TOTGEGRILLT

Nach seiner Ausbildung bei einem schwäbischen Lokalradio arbeitet Tim Frühling jetzt seit über zwanzig Jahren beim Hessischen Rundfunk. Er moderiert bei der Radiowelle hr1 und präsentiert die Wettervorhersage im hr-Fernsehen und in der ARD. Geboren in Niedersachsen, aufgewachsen in Stuttgart, lebt er seit 1997 in Frankfurt und ist mittlerweile im Herzen Hesse.

TIM FRÜHLING

TOTGEGRILLT

★ ★ ★

KRIMINALROMAN

emons:

© Emons Verlag GmbH
Cäcilienstraße 48, 50667 Köln
info@emons-verlag.de
Alle Rechte vorbehalten
Umschlaggestaltung: Nina Schäfer unter
Verwendung von shutterstock.com/Shahin Aliyev,
shutterstock.com/StockSmartStart
Gestaltung Innenteil: DÜDE Satz und Grafik, Odenthal
Lektorat: Susann Säuberlich, Neubiberg
Druck und Bindung: sourc-e GmbH, Köln
Printed in Europe 2025
Erstausgabe 2021
ISBN 978-3-7408-1118-1
Originalausgabe
2. Auflage

Unser Newsletter informiert Sie
regelmäßig über Neues von emons:
Kostenlos bestellen unter
www.emons-verlag.de

Dieser Roman wurde vermittelt durch
die Agentur Brauer, München.

Vorwort

Dieses Buch ist ein Kriminalroman. Mit Leichen. Dafür ganz ohne Rezepte. Es geht zwar um Lebensmittel, vorrangig um die flammengestützte Garung genießbarer Teile des tierischen Körpers, diese sind aber entweder erfunden oder so überkandidelt, dass ich Ihnen eine Zubereitung nicht empfehlen würde. Jedenfalls nicht in den genannten Kombinationen.

Gelegentlich mache ich die Beobachtung, dass am Rost die preisliche Relation zwischen Grillequipment und Nahrungsmittel in einem auffälligen Missverhältnis steht. Die Recherche zu diesem Buch hat mich gelehrt, dass gutes Fleisch auch auf einem schlechten Grill gelingen kann. Andersrum nie. Deswegen: Gönnen Sie sich Qualität, am besten vom Fachmann. Es muss ja nicht gleich ein Kōriyama-Steak sein.

Kōriyama-Steak? Na, da geht's ja schon los mit den erfundenen Delikatessen …

Personenverzeichnis

Gastgeber
Leo Vossen, Bauunternehmer
Anka Vossen, seine Ehefrau, Technische Zeichnerin

Gäste
Walter Blaschek, ebenfalls Bauunternehmer
Simone Blaschek, seine Ehefrau, Golferin
Klaus Matejka, Inhaber eines Baustoffgroßhandels
Irene Matejka, seine Ehefrau, Boutiquebesitzerin
Michael Röckerath, Leos Bankberater
Martina Röckerath, seine Ehefrau, Vorsitzende des Gewerbevereins
Manfred Vermeulen, Medienanwalt
Lydia Vermeulen, seine Ehefrau, stark am Glas
Bertram Tritschler, Vorsitzender im Kreisbauausschuss
Sabine Reynders, Steuerberaterin

Nachbar
Othmar von Bredow, ruhebedürftiger Richter

Leos Grillfreunde
Kurti, *Sascha* und *Maurice*

Fleischlieferant
Frank Esser, Metzger, eröffnet eine Filiale nach der anderen

Ermittler

Carla Weiß, Chefin der Kölner Mordkommission

David Lahmann, Carlas neuer Stellvertreter, frisch nach Köln
gezogen

Lutz Tremper, wollte Davids Position

Verena Böhme, wollte Davids Posten nicht

PROLOG

»Komm, gib mir ruhig auch eins von den Stücken, die nicht
so kross geworden sind. Das lässt sich mit den dritten Zähnen
eh besser kauen.«
   Lacher.
   »Ja, mir auch. Das schmeckt bestimmt auch so ganz toll.
Wäre ja schade um das kostbare Fleisch.«
   Höflichkeit im falschen Moment.
   Gut gemeinte Höflichkeit.
   Tödliche Höflichkeit.

EINS

»Socializing« – so nannte Leo Vossen insgeheim die Abende, an denen er sich mit seinen Grillfreunden zum gemeinsamen Fleischbraten traf. Verordnete Geselligkeit sozusagen. Denn für den erfolgreichen Bauunternehmer waren diese Zusammenkünfte ein Blick in die Welt der kleinen Leute. Einfach mal hören, wie die Arbeiterseele so tickte, während die Wurst auf dem Rost brutzelte.

Am besten ging das bei Soßen-Sascha, der im vierzehntägigen Turnus heute dran war, seinen Garten im Schatten eines großen Kraftwerks zur Verfügung zu stellen. Vor einer rußgeschwärzten Backstein-Doppelhaushälfte hockten Leo, Kurti, Maurice und Soßen-Sascha auf durchgesessenen Stühlen mit dieser seltsamen Bespannung, die irgendwie an Plastik-Spaghetti erinnerte, im Laufe vieler Sommer komplett ausgeblichen, aber doch saubequem.

Soßen-Sascha wurde von den Grillfreunden so genannt, weil er den Standpunkt vertrat, dass eine gute Tunke wichtiger war als das Fleisch oder die Wurst darunter. Deswegen kam er regelmäßig mit irgendwelchen abgepackten Supermarktprodukten an, die bei wahren Brutzelkünstlern eigentlich verpönt waren. Aber mit Herkunft und Tierwohl musste man Sascha nicht kommen, solange die Stippe stimmte. Heute hatte er aus Sojasoße, Knoblauch, etwas Orangensaft, Ingwer und jeder Menge Zucker eine Teriyaki gezaubert, die er in einer unprätentiösen Plastikschale auf der Tischmitte der Allgemeinheit anbot.

Sascha arbeitete im Neuwagenverkauf eines Autohauses, gemeinsam mit Kurti, den Leo wiederum noch aus Grundschulzeiten kannte. Maurice hatte die drei während der WM 2014 beim Public Viewing in einer Fußballkneipe kennengelernt, wo die Männer während eines ereignisarmen Vorrundenspiels über das Grillen ins Fachsimpeln geraten waren. Daraus hatte sich die Runde gebildet, die sich seitdem bei passendem Wetter regelmäßig traf und ihre Kenntnisse am Rost vertiefte. Maurice, dessen Luxemburger Vater diesen Vornamen ausgewählt hatte, war Französischlehrer und der unumstrittene Schöngeist der Truppe. Er war Burger-Fan, die aus seiner Sicht aber nur mit speziellen selbst gebackenen Brioche-Brötchen funktionierten. Außerdem musste das Fleisch aus Biohaltung, Tomaten, Zwiebeln und Gurken aus Ökolandbau stammen und die Mayonnaise selbst aufgeschlagen sein.

Er zog eine längliche Edelstahldose aus seiner Kühltasche und erklärte, während er die Laschen des Deckels öffnete: »Ich lass mir das Fleisch jetzt immer direkt hier reinpacken. Ist euch mal aufgefallen, wie viele Tüten und beschichtetes Papier so ein Metzger verbraucht?«

Weil niemand antwortete, redete Maurice einfach weiter. »Und das landet später alles im Meer. Das geht ja auch anders.« Stolz hielt er Kurti die Dose mit einem Hackpatty unter die Nase. »Guck dir das mal an. Hundert Prozent Rind. Allein die Farbe. Das kommt von einem Bauern aus der Eifel. Einer der wenigen, der ausschließlich mit Mutterkuhhaltung und Weideschussprinzip arbeitet.«

Maurice machte eine kleine Pause, er schien an dieser Stelle mit Rückfragen zu rechnen. Tatsächlich tat Kurti ihm den Gefallen.

»Weideschussprinzip?«

»Ja, die sanfteste aller Arten, ein Tier zu töten. Der größte Stress für so ein Rind ist ja die Selektion und die Fahrt zum Schlachthof. Das fällt da alles weg. Ein gezielter Schuss auf ein Tier aus der Herde, das war's. Kein Leiden, kein Transport. Und das kannst du sogar wissenschaftlich überprüfen. Wenn der Stress wegfällt, hat das Fleisch einen ganz anderen pH-Wert und ein anderes Wasserhaltevermögen.«

»Ich hätte nach dem vierten Bier auch ganz gern mal ein anderes Wasserhaltevermögen!«, rief Leo, dem der Vortrag von Maurice jetzt dann genügte. War schon okay, wenn ein anderer Grillfreund auch mal mit einem besonderen Fleisch kam, aber wenn hier einer der Experte für extravagantes Grillgut war, dann ja wohl er, da konnten so ein paar sanft erschossene Viecher auch nichts dran ändern. Deswegen war für Leo an dieser Stelle der passende Moment gekommen, die Grillfreunde in seinen neuesten Plan einzuweihen. »Aber wenn wir schon beim Thema sind: Hat von euch schon mal jemand was vom Kōriyama-Rind gehört?«

Kurti schüttelte den Kopf, Maurice zuckte mit den Schultern, und Sascha hörte auf, in die Glut zu pusten. Volle Aufmerksamkeit, so mochte Leo das.

»Kōriyama-Rind, das ist was ganz Feines. Die kommen aus dem Nordosten Japans und werden mit getrockneten Kirschblüten gefüttert. Ihr wisst ja: Je energiereicher das Futter, desto stärker die Fettablagerung in den Muskeln. So, und diese Kirschblüten ergeben die ideale Faserstruktur, nur eine ganz leichte Fettmarmorierung als Geschmacksträger, ansonsten aber zart und überaus saftig. Ich habe mal einen Flyer mitgebracht.« Leo legte einen Zettel auf den Tisch und signalisierte mit einem gönnerhaften Fingertippen, dass seine Freunde sich ihn anschauen mögen.

Kurti griff nach dem Papier und wurde blass. »Achthundertvierzig Euro das Kilo? Ist ja der absolute Wahnsinn. Das ist ja noch teurer als Kobe-Rind.«

»Das Geld ist ja erst mal egal. Viel interessanter ist, dass das Fleisch im Prinzip noch gar keine Zulassung hat, um hier bei uns in der EU verkauft werden zu dürfen. Aber es gibt natürlich Wege, trotzdem dranzukommen, wenn man es nur wirklich will. Und dreimal dürft ihr raten: Wer wird der Erste sein, der es in Deutschland grillt?« Leo zeigte mit beiden Daumen auf sich. »Euer Freund Vossen. Habe ich mit der Metzgerei alles schon vereinbart, das wird 'ne ganz exklusive Geschichte.«

Kurti drehte den Flyer um und legte die Stirn in Falten. »›Fleisch und Feinkost Esser‹? Du schwörst doch sonst auf den Metzger Schmitz.«

»Ja, der Schmitz.« Leo machte eine verächtliche Handbewegung. »Der kann Würste, Steaks und vielleicht Filet. Aber Kōriyama ist einfach eine Nummer zu groß für den.«

»Finde ich ehrlich gesagt nicht so gut«, monierte Maurice. »Der Esser breitet sich gerade wie eine Krake aus und macht die ganzen kleinen Metzgereien platt. Irgendwann hast du überall nur noch Ketten, die dann auch die Preise diktieren.«

»Och, Morri, jetzt komm nicht wieder mit *der* Leier. Das ist eben Kapitalismus, der Größere frisst den Kleineren, der Starke den Schwachen. Du hast ja deinen Rinderstreichler aus der Eifel, dafür interessiert sich der Esser eh nicht.« Leo zupfte Kurti den Flyer wieder aus der Hand. »Ganz abgesehen vom Lieferanten. Ich ziehe diese Grillpremiere ganz groß auf. Hab sogar die Fachpresse eingeladen. Und stellt euch vor: Tom Kraske von der ›Flame‹ hat schon zugesagt.«

»Wow, die ›Flame‹ ist dabei?«, rief Sascha vom Grill rüber. »Dann müssen wir uns ja richtig schick machen an dem Abend, wenn wir alle in die Zeitung kommen.«

Ganz genau jetzt wäre der ideale Moment für Leo Vossen gewesen, seine Freunde darüber in Kenntnis zu setzen, dass für sie eigentlich kein Platz auf der Gästeliste vorgesehen war. Aber weil er sich gerade so schön in der Bewunderung seiner Kumpels sonnte, verschob er dieses hässliche Detail auf einen späteren Zeitpunkt.

Zur selben Zeit ließ sich Anka Vossen erschöpft auf den Terrassenstuhl einer eleganten Außengastronomie in der

Innenstadt fallen. Die benachbarte Sitzgelegenheit versank unter Einkaufstüten, während ihre Freundin Lydia auf der gegenüberliegenden Seite des Tischs Platz nahm. Die beiden hatten sich nach langer Zeit mal wieder zu einem ausführlichen Shoppingbummel getroffen und jeweils einen vierstelligen Betrag in den Boutiquen auf der Edel-Shoppingmeile der Stadt ausgegeben. Dazwischen hatten sie sich schon ein Gläschen Champagner und einen Lillet Wild Berry zur Erfrischung gegönnt, nun stand den beiden Frauen etwas bedüdelt der Sinn nach einem leichten Snack bei ihrem Lieblingsitaliener.

Gianni kam sofort mit der Tageskarte auf einer großen Schiefertafel angewuselt, diese fand allerdings keine Würdigung, weil die Damen wie üblich den Flusskrebs-Curry-Salat orderten, dazu zwei Chablis. Während sie auf die Bestellung warteten, zogen sie Teile ihrer Beute aus den Tüten, um sich noch mal gegenseitig in ihrer Auswahl zu bestärken.

»Fühl mal, wie weich das ist.« Anka reichte ihrer Freundin ein mit Flamingos bedrucktes Seidentuch von Jimmy Choo, das Lydia genussvoll an ihrer Wange rieb. Als sie fertig gekuschelt hatte, zog sie ein paar Pumps in Fuchsia aus einem Stoffbeutel von Miu Miu und sagte glücklich: »Wenn du bei Schuhen einmal deine Marke gefunden hast, musst du die quasi gar nicht mehr anprobieren.«

Anka nickte bestätigend, der kleine italienische Wirt brachte den Wein.

Lydia erhob das Glas. »Prost, meine Liebe, so schön, dass es endlich mal wieder geklappt hat mit uns beiden.« Sie nahm einen Schluck und zündete sich eine damenhafte Zigarette an. »Wie sieht das eigentlich mit dem Urlaub aus? Habt ihr mal Zeit, ein paar Tage in unser Haus auf Sylt zu kommen?«

Anka machte eine wegwerfende Handbewegung. »So wie ich Leo kenne, wird das erst mal nix. Der hat Arbeit ohne Ende und plant jetzt als Nächstes eine riesige Grillparty mit ein paar wichtigen Gästen, um noch mehr Aufträge an Land zu ziehen.« Sie machte eine kleine Pause, nahm einen großen Schluck und fuhr fort. »Ich kann dir sagen, ich bin ganz schön genervt von dieser Prahlerei. Der will dafür so ein ganz besonderes Fleisch besorgen und alle beeindrucken. Ich weiß ja, Klappern gehört zum Handwerk, aber ich würde lieber mal ein paar Tage meine Ruhe haben.«

»… und mit deinem Leo in einem schönen Wellnesshotel relaxen.«

»Gern auch ohne ihn. Dann könnte ich mal machen, was ich will. Im Alltag ist es halt doch immer er, der den Ton angibt. Ob in der Firma oder privat.«

Anka hatte vor vielen Jahren als Technische Zeichnerin bei der Vossen Bau angefangen. Schnell war Leo die attraktive junge Frau aufgefallen, er hatte sie umgarnt, ihr Komplimente und Geschenke gemacht, und irgendwann hatte sie entschieden, sich in ihren Chef verlieben zu wollen. Ein paar Monate später zog sie bei ihm ein, schon im Jahr darauf wurde geheiratet. Natürlich liebte ihr Mann sie, aber sie kam sich durch Leos gleichzeitige Liebe zu seiner Firma, seiner Reputation und seinem Geld oft vor wie auf Platz vier in der Rangfolge. Außerdem machte ihr der Altersunterschied von vierzehn Jahren immer mehr zu schaffen, zumal sie vor Leo eigentlich mehr auf jüngere Typen gestanden hatte.

Bevor Anka ihr begonnenes Lamento fortsetzen konnte, brachte Gianni den Salat, der durch viel Chicorée und Lollo rosso am Tellerrand größer aussah, als er tatsächlich war. Die Frauen aßen, plauderten ein wenig über Mode und das Wetter und bestellten noch zwei Gläser Wein, als ein anderer Kellner zum Abräumen kam.

»Weißt du«, nahm Anka den Faden von vorhin wieder auf, »ich komme mir manchmal vor wie in einem goldenen Käfig.« Sie zeigte auf die Tüten. »Guck mal, die ganzen schönen Sachen, die wir gekauft haben. Bemerkt Leo eh wieder nicht. Ich bin halt das Püppchen an seiner Seite, schlank, gut geschminkt und teuer gekleidet, aber meinst du, der hätte mich in letzter Zeit mal gefragt, wie es mir wirklich geht?« Lydia schwieg betreten. Sie führte mit ihrem Mann, einem renommierten Medienanwalt, eine glückliche Ehe und schämte sich jetzt fast dafür. Anka hatte hier und da schon mal Andeutungen gemacht, aber gerade schien sie mehr loswerden zu wollen. Sie fragte: »Er hat aber doch keine andere, oder?«

»Das kann ich mir nicht vorstellen. Das wäre dem doch alles viel zu anstrengend. Nee, das ist es nicht, aber ich frage mich halt immer häufiger, was in der Zukunft noch kommen soll. Überleg mal: Wir haben keine Kinder, und die Firma irgendwann zu verkaufen ist für Leo völlig undenkbar. Ich sage dir, der schuftet bis zum letzten Tag und würde wahrscheinlich am liebsten auf dem Baggersitz tot umfallen. Bis dahin bin ich eine alte Frau und habe jahrelang seinen Geschäftspartnern höflich Canapés gereicht, ohne jemals wirklich gelebt zu haben.« Anka starrte vor sich auf den Tisch.

Lydia war die Situation unangenehm. Mit Krisen konnte sie schlecht umgehen. Aber Anka wollte Kummer abladen, das war eindeutig. Und tatsächlich hatte Lydias beste Freundin in den letzten Monaten manchmal so bedrückt gewirkt, dass sie das Thema nicht überraschte.

Sie rückte näher an Anka heran und fragte leise: »Denkst du darüber nach, dich scheiden zu lassen?«

Anka schüttelte leicht den Kopf. Sie kreiste mit dem Zeigefinger nachdenklich auf dem Rand des Weinglases herum. Schließlich sagte sie mit gedämpfter Stimme: »Nein, das bringt nichts. Wir haben einen Ehevertrag. Also, nicht dass du jetzt denkst, es ginge mir nur ums Geld, aber bei einer Scheidung würde für mich kaum was übrig bleiben. Wenn, dann muss ich mir was anderes überlegen.«

»Du, dann rede doch mal ganz in Ruhe mit Leo. Schau

mal, im Grunde ist das doch ein lieber Kerl. Der wird schon Verständnis haben, dass du dich in der Situation gerade nicht wohlfühlst. Oder ihr geht zu so einer Eheberatung. Du kennst doch die Charlotte, die vom Robert? Ja, du wirst lachen, die haben auch schon so was gemacht, das muss eine ganz tolle Psychologin gewesen sein ...«

»Nee, Lydia, wirklich, so was ist doch der Anfang vom Ende. Das würde der Leo auch gar nicht mitmachen.« Anka strich ihr Sommerkleid glatt. »Ich glaube, meinem lieben Mann würde was ganz anderes helfen.« Sie machte eine geheimnisvolle Pause. Lydia glotzte sie neugierig an. »Und zwar, dass er mal scheitert. Aber so richtig. Mit irgendeinem wichtigen Projekt. Dann bin ich mal die Starke, die ihn auffängt, die ihm wieder Kraft gibt. So ein Rollentausch, ohne dass er es merkt, verstehst du?«

»Na klar, die Idee ist genial.« Lydia war froh, dass Anka zumindest schon eine theoretische Lösung für ihr Problem hatte. Denn außer Trennung oder Therapie wäre ihr nicht mehr viel eingefallen. »Und ich weiß auch schon, wie du das machst: Du zeichnest irgendwas Falsches in einen Bauplan ein, damit das Haus noch im Rohbau zusammenbricht!«

»Du bist ja süß, nee, so einfach ist das nicht. Das würde spätestens der Statiker bemerken. Aber irgendein kleiner, mieser Denkzettel wird mir schon einfallen, wenn ich mal ein bisschen drüber nachdenke ...«

Diese Ruhe! Nichts genoss Othmar von Bredow mehr als die Momente, in denen er ohne Lärm- und Geruchsbelästigung auf seiner Veranda sitzen und die gesammelten Tageszeitungen der vergangenen Woche durcharbeiten konnte. Der ruhige Abend hatte sich schon abgezeichnet, als der Prolet von nebenan in seinen Maserati-SUV gestiegen und unter großem Getöse davongebraust war. Als dessen Frau kurz danach noch den Mini Countryman vom Hof gelenkt hatte, war von Bredow ein zufriedenes Lächeln über die Lippen gehuscht.

Er justierte den Sonnenschirm, klaubte die letzten fünf Ausgaben der Frankfurter Allgemeinen Zeitung aus dem ledernen Zeitungsständer neben dem Sofa und machte es sich mit einem trockenen Sherry im Freien bequem.

Bevor er anfing zu lesen, ließ er den Blick über seinen Garten schweifen. Ein wahres Idyll. Die dichte Kirschlorbeerhecke schirmte das gesamte Areal vor neugierigen Blicken ab, der Rasen war perfekt gestutzt und saftig grün, in einem schmalen Beet sorgten Malven und Eibisch für einen dezenten Farbklecks. In der zentralen Blickachse von der Terrassentür aus hatte von Bredow die marmorne Justitia-Statue platziert, die seine Kollegen ihm zum sechzigsten Geburtstag geschenkt hatten. Ein wenig Sorge bereitete ihm der Oleander, der in einem riesigen Terrakottatopf am Rand der Terrasse stand. Die Kübelpflanze blühte zwar wunschgemäß, aber der Wuchs behagte Othmar nicht. Nicht buschig genug, möglicherweise ein Fehler im frühsommerlichen Formschnitt.

Elisabeth hätte gewusst, wie man aus den langen Trieben wieder einen kompakten Strauch gemacht hätte, aber Elisabeth war nicht mehr da. Der Kampf gegen den Krebs verloren. Zwischen der Diagnose und ihrem Tod hatten nur zweieinhalb Monate gelegen. Zweieinhalb Monate, die Othmar von Bredows Lebensplanung zerstört hatten. Der ursprüngliche Plan hatte vorgesehen, den Dienst als Richter am Oberlandesgericht spätestens mit zweiundsechzig zu quittieren, um sich mit seiner Frau noch ein paar schöne Jahre zu machen. Das Haus zu verkaufen und in die Provence zu übersiedeln, vielleicht auch in die Toskana. Aber dann war dieses Monster in Elisabeths Bauchspeicheldrüse entdeckt worden, und der Traum war vorbei. Nach ihrem Tod hatte Othmar sich entschieden, so lange wie möglich im Dienst und in seinem Haus vor den Toren der Stadt zu bleiben.

Als er die Gegend zum ersten Mal gesehen hatte, war von Bredow vollkommen entsetzt gewesen: ein zusammengelegtes Konglomerat aus grauen Dörfern, ärmliche Klinkerbuden, die scheinbar ohne jeden Plan erbaut und erweitert worden waren, eine chronisch überlastete Hauptstraße und ein riesiges Industriegebiet, in dem eine Brikettfabrik, ein Kohlekraftwerk und der Chemiepark um die Wette stanken. Elisabeth, die aus dem grünen Siegerland stammte, hatte aber genau hier ein Wäldchen entdeckt, in dem einige Grundstücke zur Bebauung freigegeben worden waren. Sie hatte ihren Othmar auf den grünen Hügel geführt und ihn schließlich davon überzeugt, dort oben ihr Traumhaus zu bauen. Weiß sollte es sein, um sich vom regionaltypischen Backstein abzuheben, und mit einem aristokratischen Säuleneingang ausgestattet. Noch heute musste von Bredow grinsen, wenn er an die damalige Diskussion zurückdachte, ob die Kapitelle denn nun im ionischen, dorischen oder korinthischen Stil gestaltet sein sollten. Er hatte sich am Ende für die schlichteren dorischen Säulen entschieden und war auch dreißig Jahre später noch sehr zufrieden damit.

Gänzlich unzufrieden waren der ruhebedürftige Richter und seine Gattin gewesen, als vor fünf Jahren schweres Gerät durch die Siedlung gerollt war und sich angeschickt hatte, auf dem benachbarten Grundstück einen hellgrauen Kubus mit Dreifachgarage zu errichten. Nach vierundzwanzig Monaten Baulärm stand eines Tages ein feister Mann in kurzen Hosen zwischen den dorischen Säulen und stellte sich mit einer Flasche Champagner als Leo Vossen und neuer Nachbar vor. Die von Bredows nahmen das Getränk entgegen, erkundigten sich, ob die Bauarbeiten nun final abgeschlossen seien, und wünschten schmallippig einen guten Einzug. Und damit ging der Spaß erst richtig los. Denn Familie Vossen hatte zwar keine Kinder, aber offenbar einen großen und lauten Bekanntenkreis, der sich in immer kürzeren Abständen palavernd und grillend auf der Terrasse traf, in letzter Zeit sogar im Winter.

Zu Beginn hatte Leo Vossen seine Nachbarn noch zwei-, dreimal zu einer seiner Partys herübergebeten, aber nachdem von Bredow und seine Frau jegliche Einladung ausgeschlagen hatten, beschränkte er seinen Kontakt auf ein freundliches Nicken im Vorbeigehen.

Othmar von Bredow schätzte Leo Vossen als neureichen Prahlhans ein, dem es an Bildung und Manieren mangelte. Zwar hielt sich der Bauunternehmer peinlich genau an die gesetzlichen Vorschriften, arbeitete sogar mit einem Ventilator, der den Grillrauch vom Nachbarhaus wegblies, und scheuchte seine Gäste um zweiundzwanzig Uhr ins Wohnzimmer, aber was von Bredow bis dahin an Gesprächsfetzen mitbekommen hatte, genügte ihm schon für sein Urteil, dass er mit diesen Leuten wohl kaum gemeinsame Themen hätte. Da ging es um Ferienwohnungen auf Mallorca, eine Yacht am Rhein und natürlich um den unvermeidlichen Fußball. Und das alles in der typischen rheinischen Lautstärke, der selbst die bestgewachsene Kirschlorbeerhecke nicht standhielt.

Umso schöner waren die seltenen Momente, in denen der Schreihals und seine dumme Frau gleichzeitig unterwegs waren. Dann war hier oben im Wald alles ein bisschen wie früher.

Othmar nahm noch einen Schluck Sherry, dabei fiel sein Blick wieder auf den Oleander. Vielleicht sollte er ihn doch noch dieses Jahr zurechtstutzen, um seiner Elisabeth einen Gefallen zu tun. Allerdings musste er dafür die Gartenhandschuhe suchen. Schließlich waren alle Teile dieser Pflanze hochgradig giftig.

★★★

»Du, ich habe eine Spitzenidee!«

Anka verdrehte die Augen. Wenn Leo einen Satz so begann, kam meistens irgendeine durchgeknallte Spinnerei dabei heraus oder zumindest etwas extrem Teures. Auf jeden Fall etwas, das ihn in den Mittelpunkt stellen würde und neidgeeignet war.

Leo machte einen Knoten in den Stoffgürtel seines Bademantels, ließ sich auf einen weißen Freischwinger plumpsen und griff nach einem Croissant.

Noch mehr als seine Spitzenideen hasste Anka es, dass ihr Mann bevorzugt ungeduscht in knöchellangem Frottee am Frühstückstisch erschien, die französischen Hörnchen in seinen Milchkaffee stippte und dabei auf den frisch gewischten Glastisch kleckerte. Die Kombination aus beidem war morgens um halb acht besonders schwer zu ertragen.

»Ist mir heute Nacht gekommen, der Blaschek hat das erzählt.«

Der Blaschek war direkt das nächste rote Tuch für Anka. Seit Leo den Bauunternehmer aus dem Nachbarlandkreis bei einem Innungstreffen kennengelernt hatte, war zwischen den beiden ein absurder Protz-Wettbewerb ausgebrochen, bei dem jeder den anderen überbieten wollte. Wenn sich der Blaschek einen Porsche von 1965 kaufte, musste es bei Leo ein Jaguar sein, am besten noch drei Jahre älter; wenn sich Leo einen Fünfundneunzig-Zoll-Fernseher zulegte, brauchte der Blaschek einen mit hundertzwei und Dolby-Surround bis ins Gästeklo.

»Und zwar die Geschichte von 'nem Scheich. Der hatte in Dubai oder irgendwo da unten auch 'ne Party am Laufen, und alle haben sich schon gewundert, wo der Gastgeber steckt. Und da ist der mit 'nem Fallschirm eingeschwebt! Stell dir mal vor. Auf einer Insel in seinem Pool isser gelandet. Von dreitausend Metern Höhe direkt auf diese Insel. Stark, oder?«

»Darf ich dich daran erinnern, dass wir gar keinen Pool haben, weil du nicht gern schwimmst?«

»Ja, nee, darum geht es ja auch gar nicht. Ich könnte neben dem Grill landen. Der Esser hat das Kōriyama gerade fertig, à point, und genau in dem Augenblick schwebe ich ein und verteil das an die Gäste. So was hat die Welt noch nicht gesehen.«

»Aber du bist doch noch nie Fallschirm gesprungen. Mach mir da mal nicht den Möllemann.«

»Ach was, das ist doch alles völlig ungefährlich. Ich habe letztens was gesehen über 'nen Neunzigjährigen, der das gemacht hat. Ich überlege eh, ob da ein Tandemsprung nicht besser wäre. Gleich beim ersten Mal direkt auf dem Punkt zu landen ist wahrscheinlich gar nicht so einfach.«

»Für die anderen vielleicht, den Blaschek zum Beispiel, aber du bist doch Leo Vossen!« Mit Sarkasmus war dieses Frühstück für Anka noch am besten zu ertragen.

»Hömma, nicht deinen Mann verarschen, ja?« Leo bestrich sich ein weiteres Croissant mit Nutella. Um seiner Frau keine Angriffsfläche für weitere Sticheleien zu bieten, hielt er es für angebracht, das Thema vom geplanten Fallschirmsprung wegzulenken. »Wir müssen eh mal entscheiden, wen wir einladen. Die Party ist ja schon in gut zwei Wochen. Ich habe dieses Mal kein frühzeitiges Save-the-Date rausgegeben, aber wer sich so ein Event entgehen lässt, ist selbst schuld. Gib mir doch mal bitte den Stift da.«

Anka angelte einen Kugelschreiber vom Sideboard, Leo strich die Tüte von der Bäckerei glatt, auf der er offensichtlich die Gästeliste notieren wollte.

»Ich habe bei Esser drei Kilo Fleisch bestellt. Ich würde mal schätzen, wenn jeder ein halbes Pfund isst, wären das zehn Gäste und wir zwei Hübschen. Passt, oder?«

Anka machte ein »Wenn du das sagst, wird es schon passen«-Schulterzucken und goss sich Kaffee nach.

»Also, Blaschek ist klar, zusammen mit seiner Frau. Dann würde ich sagen, Klaus und Irene Matejka, oder?«

Die Matejkas hatten einen Großhandel für Baustoffe und räumten Leos Firma seit Jahren gute Konditionen ein. Der Vorschlag wurde von Anka mit einem Nicken abgesegnet. »Gut, sind vier. Ich wäre noch für den Röckerath, denk mal an den Zinssatz, den er uns für den letzten Kredit gegeben hat. Wie heißt die Frau von dem noch mal?«

»Martina. Die ist beim Gewerbeverein, da schlägst du zwei Fliegen mit einer Klappe.« Anka hatte sich in ihr Schicksal gefügt, dass Leo vor dem Duschen auf einer Brötchentüte seine Party planen wollte, und sich für Kooperation entschieden.

»Sehr gut, also Michael und Martina Röckerath. Dann hätte ich gern noch den Tritschler dabei, der sitzt im Bauausschuss vom Kreistag, ist aber ledig, für den wäre eine hübsche Tischdame gut.« Leo schien kurz nachzudenken und seinen Bekanntenkreis nach gut aussehenden Frauen durchzuscannen. »Ach, weißte was, da nehmen wir die Reynders. Ein guter Draht zur Steuerberaterin kann nie schaden.«

»Der Tritschler ist doch uralt. Meinste nicht, dass der 'ne Partybremse sein könnte? Außerdem kann ich den nicht leiden, der ist so steif und konservativ.« Den Personalvorschlag Frau Reynders kommentierte Anka nicht.

»Ach, überhaupt nicht, der Tritschler hat einen guten Herrenwitz. Außerdem ist er der Königsmacher in der Kreispartei. Der zieht die Fäden im Hintergrund. Das kann alles noch sehr wichtig für mich sein. Ich fände das schon gut, wenn der dabei wäre. Dafür darfst du die letzten beiden Plätze auf der Gästeliste vergeben, hm?«

Anka nahm eine große Erdbeere aus einem Schälchen und zupfte den Strunk ab. Sie überlegte nur kurz und wünschte sich, dass ihre beste Freundin Lydia mit ihrem Mann zu Leos Fest eingeladen wurden. Er notierte die beiden Namen und stand auf, um nach seinem ungesunden Frühstück ins Bad zu gehen. Auf der breiten Stufe, die das großzügige Wohnzimmer vom sonnendurchfluteten Essbereich trennte, blieb er kurz stehen und drehte sich um.

»Ganz vergessen, ich bin morgen übrigens noch mal bei Kurti. Wir wollen da ein paar Relishs ausprobieren. Und ich muss den Jungs noch beichten, dass sie vom Kōriyama leider erst mal nichts abkriegen. Ich schätze, das kann später werden.«

»Du warst doch gestern erst mit deinen Grillfreunden zusammen, so oft trefft ihr euch doch sonst nicht?« Anka stand auf, um den Frühstückstisch abzuräumen.

»Jaja, aber das ist ja ein wichtiges Training für die große Party. Da muss echt alles stimmen, nicht nur das Fleisch, sondern auch die Chutneys, Dips, Gemüse, Side Dishes und so. Das werde ich zwar von Esser machen lassen, aber die Anregungen sind wichtig. Weißte, der Sascha hat da echt Ahnung …«

»Mhm, der Sascha«, sagte Anka tonlos, während sie Tassen und Teller in die Spülmaschine räumte, die dabei etwas zu laut klirrten.

Dass die Belegschaft von »Fleisch und Feinkost Esser« von ihrem Chef noch vor Ladenöffnung zu einem Sektfrühstück eingeladen wurde, kam nicht alle Tage vor. Aber es gab gleich zwei Gründe zum Feiern, und da ließ Frank Esser schon mal einen springen. Zumal er mit seinen Schinkenplatten ja sozusagen an der Quelle saß, die Kaltmamsellen durften also gleich verputzen, was sie mit Cocktailtomaten und Gewürzgürkchen kurz zuvor selbst hergerichtet hatten. Davor aber schaute der Metzgermeister zufrieden in die Runde seiner Angestellten, die sich im Verkaufsraum teils hinter der Theke, teils an den Bistrotischen verteilt hatten, und erhob schließlich sein Glas.

»Liebe Mitarbeiter, Sie wundern sich vielleicht, weswegen heute schon vor acht der Sekt hier fließt, aber es ist mir einfach mal ein Bedürfnis, Danke zu sagen. Viele von Ihnen halten unserem Unternehmen schon seit Jahren die Treue, haben für jeden Kunden im Verkauf ein Lächeln übrig, bearbeiten das Fleisch und die Wurst routiniert, liefern, fahren aus und stehen manchmal auch zu den unmöglichsten Zeiten zur Verfügung, wenn ein Kunde das so wünscht. Sie sind es, die dieses Geschäft zu dem gemacht haben, was es heute ist.« Er machte eine ausladende Handbewegung über seinen marmorgetäfelten Laden mit den bräunlich geätzten Spiegeln in Goldfassungen und den vielen Halogenleuchten, der zwar immer noch etwas Edles ausstrahlte, aber zuletzt vor zwei bis drei Jahrzehnten modern gewesen war.

»Tja, und manchmal ist das Glück mit den Tüchtigen. Ich erkläre gleich, was ich damit meine, aber erst mal prost, Herrschaften, ihr sollt ja nicht verdursten, während ich hier vorn labere.« Esser grinste jovial und hob sein Glas in die Luft. Ohne daran zu nippen, setzte er die Begründung für den Umtrunk fort.»Sie sind ja alle vom Fach und kennen sich mit gutem Fleisch aus. Sie wissen vielleicht, dass es in Japan nur drei Schlachtereien gibt, die eine EU-Zertifizierung haben. Seit 2015 ist es daher möglich, Wagyū, oder präziser gesagt, Kobe-Rinder nach Deutschland einzuführen. Durch meine persönlichen Beziehungen in unsere Partnerstadt Kyoto ist es uns ja damals gelungen, sehr früh schon Reseller für dieses besondere Fleisch in Deutschland zu werden. Aber wie das so ist: Alle paar Jahre kommt etwas Neues auf den Markt, worauf unsere Kunden scharf sind – und das ist jetzt das Kōriyama-Rind. Sagt Ihnen vielleicht in diesem Moment noch nichts, ist aber der neueste Schrei. Handgefüttert mit getrockneten Kirschblüten und noch teurer als Kobe. So, und nun kommt das Problem: Kōriyama ist eine geschützte geografische Ursprungsbezeichnung, deswegen dürfen die Rinder nur in der Region geschlachtet werden, in der sie leben, aber da gibt es keinen Schlachthof mit EU-Zertifikat. Blöd, ne? Aber hier kommt euer Chef ins Spiel, das alte Schlitzohr!« Esser grinste und nahm jetzt doch einen Schluck Sekt. »Denn es gibt eine Gesetzeslücke. In Nicht-EU-Länder darf das Fleisch nämlich geliefert werden, und welches Land ist seit Kurzem nicht mehr EU? Richtig, Großbritannien. Die Nahrungsmittelverordnung wiederum sieht aber vor, dass ein freier Warenaustausch zwischen denen und uns weiterhin stattfindet, wir lassen das Kōriyama also in Japan schlachten, dann nach England liefern – und von dort aus ganz legal zu uns. Und damit sind wir die Einzigen auf dem europäischen Festland, die dieses Fleisch anbieten!«

An dieser Stelle ging ein kleines Raunen durch die Belegschaft, das Esser kurz genoss, bevor er seine Rede fortsetzte.

»Aber ich sage mal: Verkaufen ist das eine, Vermarkten das andere. Und da ist uns ein ganz großer Fisch ins Netz gegangen. Leo Vossen, der Bauunternehmer, ist Ihnen ja wahrscheinlich ein Begriff. Den habe ich beim Frühlingsfest der Handwerkskammer kennengelernt. Der Typ ist ein absoluter Grillfanatiker und hat jede Menge Connections zu lauter wichtigen Leuten. Deswegen habe ich ihm vorgeschlagen, dass wir gemeinsam die Deutschlandpremiere für das Kōriyama-Rind gestalten. Ich liefere das Fleisch, er grillt, die ›Flame‹ berichtet exklusiv. Ja, richtig gehört, die wichtigste Grillzeitung des Landes hat schon bestätigt, dass sie kommt. Prost noch mal auf Erfolg Nummer eins …«

Esser machte eine kurze Pause, direkt im Anschluss wollte er offenbar auch noch Erfolg Nummer zwei verkünden. Und da ließ er sich nach einem weiteren Schlückchen nicht lange bitten.

»Ja, Freunde, und die nächste gute Nachricht kommt aus dem kleinen Städtchen Lohmar. Der hübsche Ort hat im Zentrum nur noch eine inhabergeführte Metzgerei. Und zwar den Laden von Familie Gehlert. Aber ist das nicht traurig? Die Eltern sind mittlerweile alt, und keine der beiden Töchter will das Geschäft übernehmen …«

Aus der Belegschaft kamen bedauernde »Ooooh«-Rufe, weil alle schon ahnten, worauf Esser hinauswollte.

»Also habe ich mich nicht lumpen lassen, habe den Gehlerts eine schöne Ablöse angeboten und somit Filiale Nummer vierzehn für ›Fleisch und Feinkost Esser‹ klargemacht!«

Applaus brandete auf, den der Chef mit einer beruhigenden Geste zu unterbinden versuchte. Als wieder Ruhe eingekehrt war, sagte er: »Dafür brauche ich aber auch Ihre Mithilfe, liebe Kolleginnen und Kollegen, Sie alle wissen, wie schwer es ist, gutes Personal für den Fleischerfachbetrieb zu bekommen. Wenn Sie also jemand kennen, der Lust hat, Teil unserer Familie zu werden, dann geben Sie mir bitte Bescheid. Expansion durch Kooperation, sage ich ja immer. So.« Er nahm den letzten Schluck aus seinem Glas. »Genug gefeiert, jetzt geht's wieder an die Arbeit!«

Die meisten Mitarbeiter nahmen sich noch eine Stulle von den Tabletts, stellten ihre Sektgläser ab und begaben sich an ihre Arbeitsplätze. Nur Alwin Peschel, der Controller des Unternehmens, blieb noch im Laden stehen und schien ein Anliegen zu haben.

Esser sammelte erst mal die Gläser in seinem Verkaufsraum zusammen, stellte sie auf der Theke ab und begab sich dann zu seinem Angestellten am Bistrotisch. Er klopfte dem Finanzfachmann kumpelhaft auf die Schulter.

»Was gucken Sie denn so gequält? Irgendwas nicht in Ordnung bei Ihnen?«

»Na ja …« Peschel starrte nachdenklich vor sich auf den Tisch. »Ich weiß nicht, ob das mit der Lieferkette beim Kōriyama-Rind alles so legal ist. Bevor wir da irgendwelchen Ärger bekommen, würde ich das rechtlich lieber klären lassen.«

»Was soll denn da illegal sein? Höchstens eine rechtliche Grauzone, aber ich habe das mit den Importeuren schon alles genau abgesprochen.«

»Ich weiß nicht, ob wir da nicht zu voreilig handeln. Auch wenn ich ursprünglich Wirtschaftswissenschaftler bin und kein Jurist, kenne ich mich mit den Vorschriften der Branche mittlerweile ganz gut aus. Und das Lebensmittelrecht schreibt vor der Zulassung eigentlich Laboranalysen vor, sowohl national als auch auf EU-Ebene. Außerdem gibt es die Kennzeichnungspflicht und eine etwaige Rezepturkontrolle. Wenn wir das alles umgehen, können wir uns strafbar machen. Im schlimmsten Fall enthält das Fleisch irgendwelche Stoffe, die Unverträglichkeiten hervorrufen, Asiaten vertragen ja zum Beispiel manche Milchprodukte nicht, und das könnte andersrum genauso sein ...«

»Ach, Peschel, alte Buchhalterseele. Was soll denn an einem Stück Rind nicht zu vertragen sein? Das ist reinstes, edles Fleisch, im Prinzip sogar Bio-Qualität. Da machen Sie sich mal keine Sorgen, die Verantwortung übernehme ich. Wie heißt es so schön? Wo der Pessimist aufhört, fängt der Optimist erst an. Ich mache das schon, kümmern Sie sich lieber um die Verträge für die guten Gehlerts aus Lohmar.«

Ungefähr zur selben Uhrzeit fand auch im Polizeipräsidium ein kleiner Umtrunk statt. Anlass war die Vorstellung des neuen Kollegen David Lahmann, der in diesem Augenblick der Begrüßungsrede seiner Chefin Carla Weiß lauschte und dabei ein wenig schulbubenartig aussah.

Carla war eine kräftige Frau mit tiefer Stimme und strohigen schwarzen Haaren, die mehr und mehr mit grauen Strähnen durchsetzt waren. Sie galt unter ihren Mitarbeitern als ehrlich, fair und als eine Vorgesetzte, auf deren Wort man sich verlassen konnte. Gefühle zu zeigen oder Warmherzigkeit auszustrahlen gehörte allerdings nicht zu ihren Stärken. Deswegen wunderte sich niemand, dass Carla mehr über den organisatorischen Ablauf von Davids Wechsel aus Münster nach Köln sprach als über seine Person.

Nachdem sich die Erste Polizeihauptkommissarin sehr zufrieden darüber gezeigt hatte, dass solche Transfers innerhalb des Bundeslandes heute viel unkomplizierter abliefen als früher, wandte sie sich direkt an den neuen Kollegen. »Vielleicht möchten Sie selbst ein paar Worte dazu sagen, was Sie zu uns verschlagen hat?«

Carla Weiß setzte sich, David stand auf und räusperte sich.

»Ja, vielen Dank, das werde ich gern tun. Also, wie Frau Weiß schon erwähnt hat, mein Name ist David Lahmann, ich bin dreiunddreißig Jahre alt und habe um die Versetzung gebeten, weil meine Frau in Köln einen Job angenommen hat. Sie ist schon seit dem vergangenen Jahr als stellvertretende Direktorin einer Realschule hier. Meine Frau ist mit unseren beiden Töchtern erst mal ohne mich hierhergezogen, wir hatten seitdem eine Wochenend-Ehe, na ja, und jetzt hat es endlich geklappt, dass ich nachkommen konnte.«

David bemerkte, dass bisher keiner der Kollegen zu der Karaffe auf der Mitte des Tischs gegriffen hatte, und sah sich genötigt, kurz zu erklären, was er zu seinem Einstand mitgebracht hatte.

»Äh, das ist übrigens Mango-Lassi mit Kokosmilch, ich dachte, für Sekt ist es noch ein bisschen früh.« Ein Lächeln huschte über sein Gesicht. »Und da drüben stehen Samosas mit Kichererbsenfüllung.«

Erleichtert registrierte David, dass eine junge Kollegin zum Lassi griff, mit dem dazugehörigen Stab kurz durch die Karaffe rührte und sich ein Glas des sämigen Getränks eingoss. Auch Carla Weiß angelte nach einem Trinkgefäß, daher ging

Lahmann davon aus, dass er zunächst noch etwas weiterreden sollte.

»Ja, was gibt es sonst noch zu sagen? Ich bin passionierter Radfahrer, das ist ja typisch für uns Münsteraner, ich spiele in meiner Freizeit Gitarre und treffe mich manchmal mit Freunden zum Geocaching.« Er zuckte kurz mit den Schultern.»Tja, so weit. Haben Sie noch Fragen?«

Ein junger Mann mit Schweinchengesicht meldete sich.
»Wie war denn die Zusammenarbeit mit Boerne und Thiel?«
Wohl der Spaßvogel in der Truppe. Lahmann verstand natürlich sofort, dass er sich auf das beliebte Ermittlerduo aus dem Münsteraner »Tatort« bezog.

»Thiel sollte aufpassen, dass sein Vater weniger kifft, und Boerne ist genauso ein Stinkstiefel, wie Sie ihn aus dem Fernsehen kennen.«

Die Kollegen lachten, Punkt für David. Er nahm ebenfalls einen Schluck von seinem spendierten Drink und nutzte den Moment der gewonnenen Selbstsicherheit, um noch ein ernsthaftes Anliegen loszuwerden.

»Eins möchte ich gern an dieser Stelle noch erwähnen«, sagte er mit fester Stimme. »Ich weiß, dass meine Position hier frei geworden ist, weil der Kollege Hannes Jensen bei einem tragischen Autounfall ums Leben gekommen ist. Alles, was ich über diesen Mann gehört habe, spricht dafür, dass er ein großartiger Kollege, ein guter Ermittler und ein toller Mensch gewesen sein muss. Er hinterlässt große Fußstapfen, und da muss man sich als Neuer wirklich anstrengen, um diese Lücke adäquat zu füllen. Aber ich werde es so gut wie möglich versuchen, und ich bin dankbar, wenn Sie mich dabei unterstützen.«

Carla Weiß begann, anerkennend auf den Tisch zu klopfen, und hörte nicht damit auf, bis schließlich alle Kollegen mitmachten. Offensichtlich war sie dankbar dafür, dass David diesen emotionalen Teil übernommen hatte. Sie revanchierte sich, indem sie Hauptkommissar Lahmann vor versammelter Mannschaft einen großen Vorschusslorbeer gönnte. »Ich bin sicher, dass Sie der Richtige für Jensens Nachfolge sind. Die Referenzen Ihrer vorherigen Dienststelle sind hervorragend. Wir freuen uns, Sie als meinen Stellvertreter und als Verstärkung für unser Team gewonnen zu haben. Und Sie werden schnell merken, es geht hier bei uns sehr kollegial zu, also, ich gehe davon aus, dass Sie sich gut einleben werden.« David errötete leicht, Carla schickte die Kollegen wieder an die Arbeit. Sie schaute zu, wie Lahmann anschließend die Gläser einsammelte, auf ein Tablett stellte, und musste ein kleines Grinsen unterdrücken.

So ganz hatte ihr Lob für die Neuverpflichtung nicht der Wahrheit entsprochen. Sie selbst war es gewesen, die gegenüber Davids Wechsel ein paar Vorbehalte gehabt hatte. Nach dem ersten Gespräch war ihr der Bewerber zu sanftmütig, zu zögerlich und zu wenig anpackend vorgekommen. Im Prinzip das genaue Gegenteil vom raubeinigen Jensen. Und vor allem war Lahmann ausgesprochen klein. Bislang hatte Carla Weiß mit Männern von geringem Wuchs nur schlechte Erfahrungen gemacht. Sie speiste dieses Vorurteil aus dem Verhalten ihres ehemaligen Chemielehrers, ihres ersten Kollegen auf Streife und aus einer gescheiterten Beziehung. Alle um die eins siebzig, alle nicht ganz dicht. Carla hatte den Eindruck, dass kleine Männer das zwangsläufige Hinaufschauen durch Großspurigkeit und Besserwisserei kompensierten und darüber hinaus anderen Menschen keine Erfolge gönnten.

Auf den ersten Blick wirkte dieser Lahmann zwar nicht so, als würde er in Carlas Klischee kleinformatiger Zeitgenossen passen, aber vielleicht war sein introvertiertes, nachdenkliches Auftreten ja auch nur eine Masche zu Beginn. Genau wie sein auffällig unauffälliger Kleidungsstil aus Jeans, hellblauem Hemd und weißen Turnschuhen, in dem er wirkte wie der personifizierte Mainstream in puncto Modefragen.

Selbst die randlose Brille hatte Lahmann so ausgesucht, dass ein mittelmäßiger Beobachter nach einer Begegnung mit ihm vermutlich nicht hätte sagen können, ob er eine Sehhilfe trug oder nicht. Die Augen der Chefin verfolgten den neuen Kollegen, als er zur Entsorgung der Servietten einen Mülleimer suchte. Sie nahm sich vor, freundlich und hilfsbereit, aber gleichzeitig auch auf der Hut zu sein.

★★★

Lutz Tremper pfefferte seine Lederjacke auf den abgewetzten Besucherstuhl in seinem Büro. Danach schmiss er einen großen Schlüsselbund auf den Resopalschreibtisch und äffte seine Chefin nach. »Ihre Referenzen sind hervorragend. Sie sind eine Verstärkung für unser Team. 'ne Wurst ist der Typ und sonst gar nichts.«

Seine Kollegin Verena Böhme konnte Trempers Ärger verstehen. Denn sie wusste, was die anderen Kollegen allenfalls vermuteten: Auch er hatte sich für den Posten des Stellvertreters beworben, war aber leer ausgegangen.

Insgeheim hatte Verena schon geahnt, dass Carla den impulsiven Kommissar nicht befördern würde, trotzdem tat ihr die Entscheidung für ihren Ermittlungspartner leid. So richtig wusste sie nicht, wie sie Lutz aufmuntern sollte, deswegen sagte sie: »Du weißt doch, wie das ist. Neue Besen kehren gut. Wenn da jemand von außen kommt, obendrein auch noch jünger, kannst du es als interner Bewerber vergessen.«

Das stimmte nicht, und Verena wusste das auch, aber manchmal musste man eben sagen, was ein Kollege hören wollte.

»Um jünger geht's mir ja gar nicht«, polterte Lutz weiter. »Aber stell dir die Type doch mal in der Vernehmung mit einem Schwerverbrecher vor. Wahrscheinlich bietet der dem dann auch erst mal so 'nen Smoothie an.«

»Das war ein Lassi. Aber egal. Ich finde, du solltest ihm eine Chance geben.«

»Die hatte er schon mit seinem Einstand. Und vertan! Früher hat's da Bier gegeben und Mettbrötchen. Aber der radfahrende Gnom aus der Universitätsstadt kommt ja mit Teigtäschchen an. Würde mich nicht wundern, wenn der auch noch Vegetarier ist, guck dir doch mal an, wie blass diese Spinatwachtel ist.«

Über den Ausdruck »Spinatwachtel« für einen Mann musste Verena ein bisschen lachen. Trotzdem fand sie, dass Lutz unfair war. »Früher haben wir hier auch noch in jedem Büro geraucht. Manche Dinge ändern sich eben. Das müssen wir akzeptieren.« Sie setzte das Personalpronomen bewusst in den Plural, um ihren Kollegen nicht noch zusätzlich zu provozieren.

»Jaja, akzeptieren, ich muss ständig irgendwas akzeptieren«, knurrte er und legte seinen Schlüsselbund vom Tisch in eine Schublade des Rollcontainers.

Verena kannte das schon: Es war wieder einer dieser Tage, an denen sich Tremper auf dem Abstellgleis fühlte. Er hatte mit ihr schon oft darüber diskutiert, ob es ein Fehler gewesen war, sich freiwillig für das Einsatzgebiet vor den Toren der Stadt entschieden zu haben. Früher waren bei den einzelnen Kreispolizeibehörden bei einem Mordverdacht vor Ort entsprechende Ermittlungsgruppen gebildet worden, nach einer großen Verwaltungsreform saßen auf den übergeordneten Präsidien Bereitschaftsmordkommissionen, die sozusagen nur darauf warteten, dass es in ihrem Zuständigkeitsbereich einen Fall gab. Und die waren im kleinstädtischen Speckgürtel spärlicher gesät als in den Metropolen.

Für die verheiratete Verena mit ihren zwei Kindern mochte die Entscheidung aus Lutz' Sicht richtig gewesen sein. Aber er vermisste die Einsätze in der Großstadt, bei Taten, die bundesweit für Schlagzeilen sorgten. Bis in die sechziger

Jahre hinein hatte Köln als Hauptstadt des Verbrechens in Deutschland gegolten. Die legendären Auseinandersetzungen der Ludenkönige Dummse Tünn und Schäfers Nas um die Vorherrschaft im Rotlichtmilieu, 1977 die Schleyer-Entführung, 2004 der Nagelbombenanschlag in einer Einkaufsstraße, der wahrscheinlich vom NSU verübt worden war. Das waren Kriminalfälle, die Tremper faszinierten, selbst wenn er manche davon nur als Kind mitbekommen hatte.

Als er sich vor mehr als zehn Jahren mit der Kollegin Böhme für die Verbrechensaufklärung auf dem Land entschied, hatte sein Leben auch noch vollkommen anders ausgesehen. Lutz Tremper hatte mit seiner Frau ein kleines Reihenhaus genau in dieser Region gebaut gehabt, Kinder waren in Planung gewesen. Allerdings klappte es mit der Zeugung nicht, die Versuche wurden zunehmend verkrampft, und irgendwann fingen die beiden an, sich über die albernsten Kleinigkeiten zu streiten. Noch vor dem verflixten siebten Jahr ging Lutz' Ehe in die Brüche. Seine Frau lernte schnell einen anderen Mann kennen, zog mit dem Neuen nach Belgien – und er saß in einer überdimensionierten, hypothekenbelasteten Familienbude und hatte langweilige Vorstadtmorde aufzuklären.

Alle Versuche, danach wieder ins Kölner Ermittlerteam zu wechseln, waren bisher gescheitert. Lutz führte das auf einen Vorfall im Jahr 2011 zurück. Ein widerlicher Geschäftsmann sollte sich – so die damaligen Ermittlungen – an seiner Nichte vergangen und danach versucht haben, das Mädchen umzubringen. Glücklicherweise konnte die Kleine befreit und der Kinderschänder verhaftet werden. Er landete zur Vernehmung bei Tremper – und nachdem der mutmaßliche Täter ihn mit einem überheblichen Lächeln stundenlang nur angeschwiegen hatte, waren bei Lutz ein paar Sicherungen durchgebrannt. Er hatte dem Mann an einem heißen Tag für den weiteren Verlauf des Verhörs Getränke und Zigaretten verweigert und vor dieser Drohung das restliche Wasser aus dem Glas des Beschuldigten auf den Boden geschüttet. Dummerweise war dieses Vorgehen auf Tonband protokolliert, es zog eine interne Ermittlung und die Formulierung »Guantanamo-Methoden« in der Boulevardpresse nach sich. Klar, wenn es sonst um Kindesmissbrauch ging, schrien diese Blätter am lautesten nach harten Strafen, aber wenn man eins dieser Schweine mal nicht mit Samthandschuhen anfasste, hatte man die Presse plötzlich auch gegen sich.

Seit dieser Geschichte jedenfalls wartete Lutz Tremper vergeblich auf eine Beförderung oder wenigstens eine Versetzung in einen spannenderen Bereich und bekam bei jedem Versuch, die Position zu wechseln, im Absagegespräch mitgeteilt, dass man einen »geeigneteren Bewerber« für den Posten gefunden habe. Und was man unter »geeigneter« verstand, konnte er am neuen Kollegen Lahmann ja sehen. Irgendwelche Lullis, die Warnwesten trugen, wenn sie ihre Kinder mit dem Elektrolastenrad durch gentrifizierte Stadtviertel kutschierten, und sich die Achselhaare rasierten. Und so was sollte er laut Verena also akzeptieren.

Tremper fuhr seinen Computer hoch und beschloss, genau das ab jetzt nicht mehr zu tun.

Am Tag darauf war die gute Laune bei »Fleisch und Feinkost Esser« dahin. Grund war eine Beobachtung, die Frau Domgörgen gemacht hatte und sie dazu veranlasste, ohne Umwege beim Chef vorstellig zu werden.

Frau Domgörgen war ein dralles Weib von fast siebzig Jahren mit blond gefärbten Haaren und Schlappmaul. Bei den Kunden war sie beliebt für ihre kleinen Schwätzchen, bei den Kollegen gefürchtet, weil ein Gerücht ganz gern mal ohne genauere Prüfung des Wahrheitsgehalts weitergetratscht oder gleich ganz erfunden wurde.

Jetzt jedenfalls saß Frau Domgörgen mit puterrotem Kopf im Büro von Frank Esser und kam, nachdem sie wortreich ihr Gefühlschaos und ihre innere Zerrissenheit geschildert hatte, zum Kern der Aussage. »Herr Esser, die Frau Stricker klaut. Ich habe es mit eigenen Augen ge-se-hen.« Sie betonte jede Silbe einzeln, um klarzumachen, dass es da kein Vertun gab. »Und zwar hat die einen Zwanzig-Euro-Schein an der heißen Theke nicht in die Kassenschublade, sondern in die Tasche von ihrer Schürze gesteckt. Die dachte natürlich, es guckt keiner, aber ich habe es definitiv be-ob-ach-tet. Ein blauer Schein, ich bin mir ganz sicher.«

Esser hatte auf solcherlei Art von Ärger gar keine Lust und versuchte, den Vorwurf zu entkräften. »Aber, Frau Domgörgen, möglicherweise hat Frau Stricker davor privat Wechselgeld in die Kasse gelegt. Zwei Zehner vielleicht, und dafür hat sie sich dann einen Zwanziger rausgenommen.«

»Nee. Nicht so, wie die dabei geguckt hat. Die wusste in dem Moment genau, dass sie was Verbotenes tut, hat sich so ganz scheu umgeschaut, richtig ängstlich, ich habe es ja auch nur mitbekommen, weil ich gerade im Türrahmen stand.«

»Ich bin mir sicher, dass es eine Erklärung dafür gibt. Und wir würden ja zum Kassenabschluss auch merken, wenn da Geld fehlt.«

»Ja, eben nicht«, fuhr Frau Domgörgen auf. »Was meinen Sie, warum die Stricker immer an der heißen Theke arbeiten will? Weil sie da am besten bescheißen kann. Schauen Sie, alles an Wurst und Fleisch wird ja abgewogen, die Kassenwaage registriert den Betrag, der Kunde bekommt seinen Bon – und es würde abends auffallen, wenn zu wenig Geld da wäre. Aber an der heißen Theke sind die meisten Preise ja fix, die Ware nicht abgezählt, und die ganzen Handwerker wollen eh keinen Kassenzettel. Verstehen Sie? Da muss sie gar nicht alles bonieren und kann sich nach zehn nicht abgerechneten Frikadellen locker mal 'nen Zwanziger in die Tasche stecken.«

Das stimmte natürlich. Und tatsächlich hatte sich Frank Esser schon mal darüber gewundert, weswegen Frau Stricker so gern an der heißen Theke arbeitete. Besonders im Sommer, wenn die Sonne noch durchs Schaufenster auf die Warmhaltevitrine brezelte, wurde es zwischen Leberkäse und Spießbraten ziemlich unerträglich. Vielleicht hatte die olle Domgörgen mit ihrer Beobachtung tatsächlich recht. Andererseits hatte Esser keine Lust, seine Mitarbeiter zu beobachten. Und Denunzianten mochte er schon gar nicht. Das Betriebsklima war ihm wichtiger als alles andere, außerdem liefen die Geschäfte so gut, dass zwanzig Euro nicht groß ins Gewicht fielen. Deswegen sagte er unbestimmt: »Okay, Frau Domgörgen, danke für Ihren Hinweis, ich werde der Sache nachgehen.« Und nahm sich vor, erst mal gar nichts zu machen.

Die schwatzhafte Verkaufskanone blieb sitzen. Sie beugte sich ein klein bisschen über den Schreibtisch ihres Chefs und raunte: »Es war mir halt wichtig, das zu melden. Ich mein, ich weiß ja, wie familiär Sie Ihre Läden führen, das finde ich ja auch gut, aber Klauen geht halt gar nicht.« Danach schaute sie betroffen in ihre Handinnenfläche.

Du lieber Himmel, jetzt wollte diese Petze auch noch gelobt werden. Na gut, solange sie dann abzog, zur Not auch das. »Das haben Sie gut und richtig gemacht, Frau Domgörgen. Meine Gutmütigkeit darf ja auch nicht ausgenutzt werden. Ich habe von nun an ein wachsames Auge auf Frau Stricker.« Das musste nun aber genügen. Schien es auch, die Verkäuferin stand auf und verließ zufrieden das Büro.

Frank Esser konzentrierte sich wieder auf seinen Bildschirm. Er war dabei, ein paar Wochen vor den beginnenden Sommerferien sein Grillsortiment auf Vordermann zu bringen, und musste schockiert feststellen, dass Online-Metzgereien mittlerweile zu einer echten Gefahr geworden waren. Ein Morgan Ranch US-Beef Strip Loin Dry-Aged für unter vierzig Euro das Kilo oder das herrlich marmorierte Chuletón Sidrería Txogitxu für gerade mal fünfzig, das war eine wahre Kampfansage an den stationären Handel. Zumal das Sortiment im Netz keine Wünsche offenließ.

Esser hatte als Kopf eines alteingesessenen Familienunternehmens zwar kein Verständnis dafür, wie man Fleisch übers Internet bestellen konnte, er musste aber zur Kenntnis nehmen, dass es anscheinend immer mehr Menschen gab, die das machten. Umso besser, dass der Artikel über das Kōriyama-Rind in der nächsten Ausgabe der »Flame« auch zeigen würde, dass der Fachhandel vor Ort ganz besondere Grillmomente bescheren konnte.

Dieser Vossen war Frank Esser zwar alles andere als sympathisch, aber manchmal führte an solchen Wichtigtuern kein Weg vorbei. Zumindest gehörte er nicht zu der Sorte Griller, die sich Equipment im Wert eines Kleinwagens kaufte und sich dann blasse Supermarktwürste vom Feuer trockenschrumpeln ließ. Und obwohl Esser als Fleischer des Vertrauens der regionalen Schickeria schon so manch beeindruckende Grillhardware gesehen hatte, musste er zugeben, dass das Gerät in Leo Vossens Garten wirklich alles überbot.

Es handelte sich dabei um einen sogenannten »Custommade Grill«, also eine Feuerstelle, die der Kunde ganz nach seinen Wünschen konfigurieren und bei einer kleinen Manufaktur in Nebraska von bärtigen Männern handfertigen lassen konnte. Leos Modell hatte nicht nur den Preis eines Kleinwagens, sondern auch in etwa die Ausmaße. Bei einer Einladung hatte Vossen seinem neuen Fleischlieferanten unlängst gezeigt, was das Teil alles konnte.

Die Hersteller aus dem Mittleren Westen hatten dem Modell den personalisierten Namen »LV Roastmaster Extreme« verliehen – das LV stand für die Initialen Leo Vossens – und die Bezeichnung in geschwungener Schrift in den Edelstahl graviert. Auf knapp drei Quadratmetern Größe befanden sich zwei Grillstellen, die eine wurde mit Kohle, die andere mit Gas befeuert. Über den Flammen schwebte eine motorbetriebene Rotisserie, ein Drehspieß, der die Fleischstücke zur gleichmäßigen Röstung automatisch wendete. Auf zwei ausklappbaren Seitenkochstellen boten vier individuell regelbare Flammen die Möglichkeit, Fisch oder Gemüse zu garen, das nicht mit dem Fleisch in Berührung kommen sollte. Optional konnte hier eine massive Granitsteinplatte zum Warmhalten oder für Hot-Stone-Steaks aufgelegt werden.

In den Türen unter dem Grill befanden sich ein beleuchteter Kühlschrank mit Eiswürfelspender, ein normaler Backofen zum Nachgaren, ein Pizzaofen und ein Tandur. Das war Leos ganzer Stolz: In diesem zylindrischen Ofen mit echten Backsteinen konnte das Fleisch bei Niederhitze langsam schmoren und sogar echtes indisches Naan-Brot zubereitet werden. In alle doppelwandigen Deckel waren Thermometer eingelassen, die die Innentemperatur nicht nur anzeigten, sondern auch auf die Kommastelle genau zu einer Handy-App übertrugen, damit man nicht ständig zum Grill rennen musste, um die Temperatur zu überprüfen.

Außerdem hatte Vossen den gesamten Korpus mit kleinen LED-Leuchten ausstatten lassen, die farblich changierten und das Monstrum selbst bei Nacht unübersehbar machten. Insgesamt wog der Roastmaster Extreme zweihundertdreiundsechzig Kilo.

Ein schrilles Gezeter aus dem Verkaufsraum ließ Fleischermeister Frank Esser aus seinen Gedanken aufschrecken. Mehrere Frauen keiften sich an, ein schwerer metallischer Gegenstand fiel zu Boden.

Esser hechtete von seinem Büro vorbei an der weiß gekachelten Produktionshalle in den Laden und sah drei Verkäuferinnen, die in einer großen Lache Gulaschsuppe miteinander rangelten. Es machte den Anschein, als wollte

Frau Domgörgen in die Schürze von Frau Stricker greifen, die wiederum von Frau Laskovics festgehalten wurde. Bei der Auseinandersetzung hatte eine der aufgeregten Damen die Edelstahl-Bain-Marie mit der deftigen Tagessuppe von der Arbeitsplatte gestoßen, weswegen der ganze Kampf in einem rotbräunlichen Paprikasud stattfand.

Frau Stricker weinte und wehrte sich kaum noch, Frau Domgörgen schaffte es schließlich, in die Tasche des Arbeitskittels zu greifen und zwei Geldscheine ans Tageslicht zu befördern. In diesem Augenblick entdeckte sie den Chef und schrie:»Sie hat es wieder getan! Hier. Vorhin die zwanzig Euro, jetzt noch mal zehn! Aber diesmal haben wir sie in flagranti erwischt. Frau Laskovics kann alles bezeugen.«

Die ungarische Kollegin nickte aufgeregt mit dem Kopf und rief:»Särr richtig, alles bezeige kon ich!«

Frank Esser stand tatenlos da und wusste überhaupt nicht, wie er mit der Situation umgehen sollte. Zwei Frauen kreischten, eine heulte, und auf dem Boden schwamm Menü eins von der Mittagskarte. Glücklicherweise befand sich in diesem Moment wenigstens kein Kunde im Laden, trotzdem musste Esser auf die Szene ja irgendwie reagieren. Und zwar so, wie es sich für einen Chef gehörte. Frau Stricker hatte offensichtlich geklaut. Zwei Kolleginnen hatten sie dabei erwischt und erwarteten eine Bestrafung. Es sah nicht danach aus, als könnte man diese Situation mit einer Kompromisslösung entschärfen.

Um Zeit zu gewinnen, sagte Esser:»Sie, Frau Laskovics, machen hier erst mal die Gulaschsuppe weg. Und die beiden anderen kommen mit mir ins Büro.«

»Das mit der Suppe war übrigens auch die Stricker«, schnappte Frau Domgörgen, woraufhin die Beschuldigte anfing, noch lauter zu schluchzen.

»Das ist jetzt egal, Sie kommen mit. Beide.«

Esser wusste, dass er auf dem Weg ins Büro etwa zehn Sekunden Zeit haben würde, um eine Entscheidung zu treffen.

Wankelmut würde seine Autorität ankratzen. Frau Stricker tat ihm leid. Wer für dreißig Euro seinen Job aufs Spiel setzte, musste irgendwie in eine miese Situation geraten sein. Aber Diebstahl war Diebstahl – und wenn er es bei einer Verwarnung oder einer Abmahnung belassen würde, wäre das quasi eine Einladung an den Rest der Belegschaft, den Chef hier und da um ein paar Scheine zu erleichtern. Es half nichts. Er musste Frau Stricker rausschmeißen.

»Setzen Sie sich hin.« Die beiden Frauen nahmen auf zwei Stühlen vor Essers Schreibtisch Platz, die Domgörgen rückte mit ihrem weit von der Kollegin weg und funkelte sie aus der Entfernung böse an.

»Frau Stricker, warum haben Sie das gemacht?« Esser wollte die Nummer zumindest so verständnisvoll wie möglich über die Bühne bringen.

Die Verkäuferin hatte ihr Gesicht in den Händen vergraben und wimmerte. »Es tut mir so leid. Ich hätte ... Ich hätte das nicht tun sollen. Das war so blöd von mir. Und das, wo Sie immer so ein guter Chef gewesen sind.« Sie schwieg einen Moment und schaute Frank Esser dann mit verheulten Augen an. »Es ist wegen Vanessa. Meine Kleine will unbedingt auf diesen Ausflug ins Phantasialand, aber das kostet alles so viel Geld ... und jetzt ist alles noch schlimmer –«

»Ich habe drei Kinder durchgebracht, drei Kinder, ohne einmal was zu klauen!«, schrie die Domgörgen dazwischen. »Und mein Mann hat weiß Gott auch nicht viel mit nach Hause gebracht –«

Esser machte eine unwirsche Handbewegung, um dem lauten Weib zu signalisieren, dass es seine Klappe halten sollte. Er beugte sich zu Frau Stricker nach vorn und sagte leise: »Sie hätten doch mit mir reden können. Ich kann doch was vorstrecken. Aber Sie dürfen nicht stehlen, das ist ein Bruch des Vertrauensverhältnisses, und da reicht leider auch keine Abmahnung. Ich muss Ihnen kündigen.«

Die Beschuldigte fing wieder an zu schluchzen. Am liebsten hätte Esser sie in den Arm genommen, aber dann hätte das blonde Gift im Raum wahrscheinlich ein Riesentheater veranstaltet. Stattdessen saß Frau Domgörgen auf ihrem Stuhl in sicherer Entfernung zur Delinquentin und grinste triumphierend.

Die Frau mit den kurzen dunklen Haaren schob mit einem goldenen Gardinenstab die schweren Damastvorhänge beiseite und schaute auf die Stadt. Sie liebte es, hinter den gut isolierten Fensterscheiben auf das pulsierende Leben hinabzublicken und doch nichts anderes zu hören als das leise Rauschen der Klimaanlage ihres Hotelzimmers. Unten auf dem großen Platz zerrte eine Mutter ihr störrisches Kleinkind hinter sich her, ein junges Mädchen präsentierte aus einer Plastiktüte einer Freundin ihre Shopping-Erfolge, ein Geschäftsmann war in sein Handy-Telefonat versunken. Die Frau hinter dem Hotelfenster mochte es, sich für jeden Passanten eine Geschichte auszudenken und von hier oben aus seine Emotionen zu erraten.

Sie setzte sich in einen schweren Sessel und nippte an dem Piccolo, den sie aus der Minibar geholt hatte. Das war fast schon ein Ritual: einchecken, Zimmer betreten, Schuhe aus, Sekt aufmachen. Gleich würde sie ins marmorvertäfelte Badezimmer gehen und sich frisch machen für ihn. Aber davor genoss sie den Moment, aus dem sauberen, stillen Hotelzimmer auf die laute, schmutzige Stadt zu blicken.

Geliebte. Das klang anrüchig. Das klang nach Femme fatale, geheimnisvoll, verboten. Wobei sie aus ihrer Sicht nichts Verbotenes tat. Sie war schließlich Single und konnte sich treffen, wann und mit wem sie wollte. Er war verheiratet und musste diese Affäre mit seinem Gewissen vereinbaren.

Affäre. Wenn sie das Wort hätte schreiben müssen, hätte sie
»Affaire« geschrieben, denn Geliebte zu sein, das klang mehr
nach Frankreich als nach Deutschland, mehr nach Brigitte
Bardot als nach Uschi Glas.

Eigentlich war er gar nicht ihr Typ. Zu laut. Zu dick. Die
Haare etwas zu lang und die Hände zu ungepflegt. Aber er
hatte Charme. Sie konnte mit ihm lachen. Und er war gut im
Bett.

Manchmal saß sie in diesem Hotel, wartete auf ihn und
fragte sich, ob die Liaison ein Fehler war. Ob die lose, verbo-
tene Verbindung zu diesem Mann einer wirklichen Beziehung
zu einem anderen nicht im Wege stand. Zu Beginn der Sache
hatte sie sich eingeredet, dass sie das alles klar trennen könnte:
alle zwei Wochen aufregender Sex in einem anonymen Zimmer, ansonsten aber keine großen Gefühle für diesen ver-
heirateten Mann. Nach fast drei Jahren in einer derartigen
Konstellation musste sie sich aber eingestehen, dass das nicht
geklappt hatte. Denn wenn sie tief und ehrlich in sich hinein-
horchte, musste sie zugeben, dass sie sich doch ein bisschen
in den Kerl verliebt hatte. Dass sie sich wünschte, er möge
seine naive Frau verlassen und sich für ein Leben mit ihr entscheiden.

Ob es jemals so weit kommen würde? Ob er seine Frau
noch liebte? Ob sie von seinen Seitensprüngen wusste? All
diese Fragen stellte sie sich immer und immer wieder – und
konnte sie doch nicht beantworten. Wenn sie sich trafen,
sprach er weder von zu Hause noch von seinem Job. Eigentlich sprachen sie überhaupt nur wenig miteinander. Sie liebten
sich wild und leidenschaftlich und verließen meist vor zweiundzwanzig Uhr das Hotelzimmer mit zerwühlten Laken.
Eine ganze Nacht hatten sie noch nie zusammen verbracht.

Sie erhob sich aus dem Sessel und ging ins Bad. Sie tuschte
sich die Wimpern, legte etwas Rouge auf und zog den Lippenstift nach. Dann zauberte sie aus einer winzigen Kosme-

tiktasche ein Döschen Mundspray und sorgte mit einigen Sprühstößen für frischen Atem. Sie wollte nicht, dass er den Sekt roch, obwohl das Glas noch auf dem Tisch stand und er von den Zimmerrechnungen eh wusste, dass sie jedes Mal einen trank, bevor er kam.

Gerade als sie nach ihrem rauchgrauen Lidschatten kramte, klopfte es leise an der Zimmertür. Er war früh dran. Dann gab es eben keine Smokey Eyes heute.

Sie öffnete ihm und bekam noch im Türrahmen einen Kuss auf den Mund gedrückt. Sie erwiderte seine ungestüme, wortlose Begrüßung und ließ sich von ihm an die Wand pressen. Seine Hände umfassten ihre Taille und wanderten hoch zum Busen. Als er seine Lippen von ihren löste, schnaufte er:»Ich hab mich so gefreut auf dich!« Sie funkelte ihn lustvoll an, seine rechte Hand ließ von ihrer Brust ab und angelte nach dem hoteltypischen »Bitte nicht stören«-Schild, das er mit einem geschickten Griff von der Garderobe pflückte und an die Außenseite der Zimmertür hängte. Das war sein Ritual, wenn er sich mit ihr traf.

Er bugsierte sie durch den kleinen Flur ins Zimmer und ließ sich mit ihr aufs Bett fallen. Zunächst lag er kurz auf ihr, dann ließ er sich auf die Seite rollen und stützte seinen Kopf mit der rechten Hand ab, während er mit der linken über ihre Hüften fuhr.

In seinem Blick lag eine Mischung aus Zärtlichkeit und Begierde. Seinen Mund umspielte ein leichtes Lächeln. Dann fletschte er albern die Zähne. Sie ahnte, was gleich kommen würde. Die Frage, die ihr gemeinsames Ritual war.

»Geht es meinem kleinen Steak gut?«

Sie antwortete wie immer:»Ja, deinem kleinen Steak geht es sehr, sehr gut.«

»Kleines Steak« – irgendwann hatte sie ihn gefragt, welchen Vorwand er eigentlich seiner Frau auftischte, wenn sie sich trafen. Er hatte gelacht und geantwortet:»Die denkt, dass ich bei meinen Grillfreunden bin. Aber das passt ja. Denn die Begegnungen mit dir sind für mich ja auch so wertvoll wie ein kleines Steak.«

Das war natürlich ein außerordentlich peinlicher Kosename, den keiner erfahren durfte. Aber da alles in diesem Hotelzimmer ohnehin höchster Geheimhaltung unterlag, kam es darauf dann auch nicht mehr an.

★★★

Kurti hatte seine Grillfreunde Maurice und Soßen-Sascha am selben Abend in seinen schmalen Reihenhausgarten eingeladen. Leo hatte abgesagt – dass er sich parallel einer anderen Fleischeslust hingab, war seinen Kumpels nicht bekannt. Insgeheim kam Kurti Leos Abwesenheit aber ganz gelegen, denn so konnte er mit seiner neuesten Errungenschaft glänzen und mal ganz unangefochten im Mittelpunkt stehen.

Kurti hatte in wochenlanger Arbeit ein altes Ölfass zu einer Feuertonne umgebaut. Zu diesem Zweck hatte er über ein Kleinanzeigenportal zunächst ein schwarz-rotes Fass aus dem Hause Texaco ersteigert, dazu eine ausgediente Waschmaschinentrommel und eine runde Edelstahlplatte von fast einem Meter Durchmesser. Nach einer exakten Bauanleitung im Internet wurden der Deckel abgeflext, die Ölrückstände abgeflammt und schließlich das ehemalige Innenleben der Waschmaschine mit ein paar kleinen Metallleisten von oben in der Tonne eingehängt. Wo früher die Wäschestücke durch die Maschine geschleudert wurden, sollte jetzt das Feuer rein. Dazu war es allerdings nötig, auf die Tonne noch ein paar Abstandshalter aufzusetzen, denn wenn die Grillplatte direkt auf dem Fass aufsaß, wurde die Luftzirkulation verhindert. In die Mitte der Edelstahlscheibe musste dann nur noch ein Loch gebohrt werden, damit die Flammen aus dem Fass schön aus der Mitte der Feuerplatte lodern konnten.

Die Grillfreunde zollten Kurtis Konstruktion die verdiente Bewunderung, während er um die Tonne herumtänzelte und noch weitere Vorteile seiner Errungenschaft pries. »Durch die Größe kann man da locker zu viert drum rumstehen, und jeder kommt an sein Fleisch ran. Und rund ist ja eh viel kommunikativer als eckig, wie bei Tischen auch. Im Winter ist es für alle schön warm, außerdem hast du fürs Fleisch unterschiedliche Hitze-Areale. In der Mitte, also näher an der Flamme, ist es viel heißer als außen. Das kriegste bei 'nem normalen Holzkohlegrill so exakt niemals hin. Und jetzt kommt der Clou!« Kurti bedeutete seinen Freunden, durch das eingelassene Loch in der Platte einen Blick auf die Waschtrommel im Inneren zu werfen.

»Sind das Kokosnüsse?«, fragte Soßen-Sascha irritiert.

Kurti nickte stolz. »Gaaaanz genau«, sagte er gedehnt. »Kokosnussschalen. Bis zu dreißig Prozent mehr Hitze, vierfache Brenndauer – und wenn du nur kurz grillst, kannst du die sogar noch zwei-, dreimal wiederverwenden.«

Der umweltbewusste Maurice war begeistert. »Davon habe ich schon mal gelesen. Das ist eine klasse Idee. Die Schalen sind ja im Prinzip ein Abfallprodukt und können nach dem Grillen in der Biotonne entsorgt werden.«

Kurti hatte noch weitere Vorteile parat. »Du kannst die Asche sogar als Blumendünger verwenden, steht auf der Verpackung. Und angeblich rußen Kokosnussschalen auch viel weniger. Bin mal gespannt, ob sich das auf den Geschmack auswirkt.«

Hier kam Sascha ins Spiel. »Wenn das so sein sollte, mache ich die passende Soße dazu. Müsste ja auch aus Kokosmilch gehen. Vielleicht mit ein bisschen Curry. Oder leicht süßlich mit Ananas oder Banane.« Er nahm einen Schluck Bier aus seiner Flasche und resümierte zufrieden: »Aaaach, Grillen ist doch das schönste Hobby der Welt.«

Maurice ließ sich in einen der blauen Liegestühle fallen,

die Kurti über Bonuspunkte bei seiner Stammtankstelle bekommen hatte. Er schaute zusammen mit Sascha zu, wie der Gastgeber mit Holzwolle die Kokosnussschalen anzündete, und kam auf die Aussage seines Kumpels zurück.

»Und ich finde, dass man für dieses Hobby kein Fleisch für achthundertvierzig Euro das Kilo braucht. Ja, ich gebe zu, ich bin supergespannt auf den Geschmack von diesem Kōriyama-Rind, aber ansonsten wird das wahrscheinlich ein total unentspannter Abend bei Leo. Nur so Schickimicki-Gäste. Wenn wir mal ehrlich sind, passen wir da doch gar nicht hin.«

»Hat der uns eigentlich überhaupt schon offiziell eingeladen?«, rief Kurti von der Feuertonne herüber.

»Nee, aber der wird so 'ne Party ja wohl nicht ohne seine besten Grillfreunde feiern«, war sich Sascha sicher. »Ich habe mir sogar schon Gedanken gemacht, was zu diesem japanischen Rind besonders gut passen würde. Sagt euch Hoisin-Soße was? Die stellt man aus fermentierter Sojabohnenpaste her, und –«

Kurti bremste Sascha aus. »Du, ich wäre mir mit der Einladung nicht so sicher.« Er hörte auf, in seiner Tonne herumzustochern, blieb zwar daneben stehen, wandte sich aber seinen Freunden zu. »Ich kenne Leo schon am längsten von uns allen. Und ich sage euch: Der differenziert genau, wer ihm an welcher Stelle nützlich ist. Das war schon in der Schule so, kann ich mich noch genau dran erinnern. Der hat wochenlang mit dem Mathe-Ass aus unserer Klasse für die Mittlere Reife gebüffelt, den dann aber nach den Prüfungen mit dem Arsch nicht mehr angeguckt und ist mit zwei anderen Reichenkindern zum ausgiebigen Feiern in die Dominikanische Republik geflogen. Fallen gelassen wie eine heiße Kartoffel. So war der schon immer.«

Sascha hielt dagegen. »Aber dann frage ich mich, warum sich Leo seit Jahren mit uns trifft. Ich meine, so rein geschäftlich bringen wir ihn ja auch nicht weiter. Ein Französischlehrer und zwei Autoverkäufer. Er fährt ja nicht mal unsere Marke.«

Maurice als Pädagoge glaubte grundsätzlich an das Gute im Menschen. »Vielleicht mag er uns auch einfach, und es macht ihm Spaß, mit uns zu grillen. Das mit eurer Mittleren Reife ist ja auch gut dreißig Jahre her.«

»Und Spaß hat er mit uns auf jeden Fall mehr als mit seiner Frau. Die paar Male, die ich die beiden zusammen erlebt habe, kam es mir nicht so vor, als hätten die sich noch viel zu sagen«, schob Sascha nach.

Das Feuer brannte, Kurti kam kopfschüttelnd zu den beiden Freunden im Liegestuhl herüber und setzte sich vor ihnen auf die orange Bank einer Biertischgarnitur. »Nee, Leute, macht euch da mal nix vor. Ich kenne Leo lang genug, dem sein ganzes Leben ist eine Kosten-Nutzen-Rechnung. Und sein Nutzen hier bei uns ist es, uns mit seinem Grill und seinem teuren Fleisch neidisch zu machen. So was braucht der. Das ist wahrscheinlich psychologisch.«

Kurti angelte sich eine Bierflasche aus einer Metallwanne, die er mit Eiswürfeln und Wasser zum Kühlen gefüllt hatte. Er öffnete sie und beugte sich ein Stück zu seinen Freunden vor. »Ich habe euch noch nie die Geschichte von Elke erzählt, oder? Nach der Schule waren wir ja öfter zusammen in dieser Billard-Kneipe unterwegs. Elke hat da bedient, brauchte Geld für ihr Studium. Hübsches Mädel war das. Ich bin eigentlich mehr wegen ihr hin als wegen dem Billard. Na ja, es lief dann erst mal ganz gut, wir haben viel gequatscht miteinander, waren sogar mal zusammen im Kino und haben geknutscht. So, und das hat Leo dann irgendwann mitbekommen. Der ist kurz danach zu ihr hin, habe ich im Nachhinein erfahren, und hat ihr erzählt, was ich für eine arme Socke bin, geschiedene Eltern, Vater vorbestraft, die Geschichte kennt ihr ja.«

Mit der »Geschichte« meinte Kurti die heldenhafte Mutprobe seines Vaters, der Anfang der achtziger Jahre im Suff einen 911er Porsche aufgeknackt, im Rahmen einer Schlangenlinienfahrt über die örtliche Hauptstraße vier Autos touchiert, einen Radfahrer ins Straucheln gebracht und den Sportwagen schließlich an einer Litfaßsäule zu Edelschrott verarbeitet hatte.

»Na, das war's dann auf jeden Fall mit Elke und mir. Stattdessen war die anschließend mit Leo zusammen. Für ganze dreieinhalb Wochen! Da wurde sie uninteressant, denn ihm ging es ja nur darum, dass ich sie nicht kriege. Ja«, fasste Kurti mit resigniert zuckenden Schultern zusammen, »so ein Typ ist unser Freund Leo.«

Die Grillkumpels waren schockiert. »Aber warum gibst du dich mit dem dann überhaupt noch ab?«, wollte Sascha entgeistert wissen.

Kurti nahm einen tiefen Schluck und ließ sich mit der Antwort etwas Zeit. »Tja. So ist das eben manchmal mit Freundschaften auf dem Dorf. Und das ist ja alles schon Jahrzehnte her. Wahrscheinlich kann sich Leo da gar nicht mehr dran erinnern.«

Sascha war aufgebracht und sah das grundlegend anders. »Nein, Kurti, ganz ehrlich, wer so 'ne Nummer abzieht, der weiß das noch. Du machst dich doch voll zur Wurst, dass du dich noch mit dem triffst. Wahrscheinlich sitzt der jedes Mal in seinem fetten Maserati und grinst sich einen, wenn er zu uns fährt. Gleich sehe ich wieder diesen Trottel, dem ich das hübsche Mädchen ausgespannt habe. Und dann erzähle ich dem und seinen blöden Freunden was von diesem Japsen-Rind für achthundertvierzig Euro – und lade die aber alle nicht ein.«

»Ist doch noch gar nicht gesagt, dass er uns nicht einlädt«, wehrte sich Kurti schwach.

»Nee«, antwortete Sascha sauer. »Da haste recht, ist noch nicht gesagt. Aber eins sag ich dir jetzt: Wenn der uns nicht einlädt, dann kann er sich auf was gefasst machen. Dann wird der keinen Spaß an seiner Grillparty haben, das verspreche ich euch.«

★★★

Mit Beginn der zweiten Juniwoche nahm die Geräuschkulisse vom Nachbargrundstück zu Othmar von Bredows Entsetzen kontinuierlich zu. Eigentlich hatte der Richter in seinem Arbeitszimmer die Akten zu einem komplizierten Anlagebetrug durchackern wollen, immer neue Lieferwagen vor dem Haus nebenan raubten ihm dabei aber jegliche Konzentration. Angefangen hatte es mit dem weißen Sprinter eines Elektrikers, dann folgte ein kleiner Laster mit offener Lieferfläche von Leo Vossens eigenem Betrieb, als Drittes gesellte sich ein grüner Kastenwagen dazu, der laut Aufschrift zu einer Firma gehörte, die sich auf Garten- und Landschaftsbau verstand.

Von seinem Schreibtisch hatte von Bredow zwar einen guten Blick auf den Fuhrpark, der den Wendehammer in Beschlag nahm, welche Arbeiten all die Handwerker im benachbarten Haus oder Garten verrichteten, entging ihm aus diesem Blickwinkel allerdings. Also entschied er sich, Akten Akten sein zu lassen und die Beobachtungsposition zu wechseln.

Von Bredow stapfte ins Erdgeschoss hinab, bewaffnete sich mit einer dreistufigen Trittleiter und einer massiven Heckenschere aus dem Schuppen, die zwar nicht zum Einsatz kommen sollte, ihm aber, wie er fand, die nötige Legitimation verlieh, Gartenarbeit vortäuschend über die dichte Kirschlorbeerhecke zu kiebitzen.

Von Bredow sondierte die Lage und konnte die Handwerker problemlos ihren Autos zuordnen: Der Elektriker war damit beschäftigt, kugelförmige Gartenleuchten zwischen die Koniferen zu setzen, der Gärtner hatte vier Palmen in Terrakottatöpfen abgeladen und schien nach einem idealen Standort zu suchen, und die Mitarbeiter aus Vossens Betrieb ebneten mit einer Handwalze ein ehemaliges Stück Rasen, das offenbar geplättet werden sollte. Die Fliesen dafür standen auf einer Sackkarre schon parat. Vossen saß etwas erhöht auf seiner Terrasse in einer leicht federnden, gepolsterten Korbschaukel, die sein Nachbar schon beim Anbringen albern gefunden hatte. Der Bauunternehmer schaute der Betriebsamkeit in seinem Garten mit einem Longdrinkglas in der Hand zufrieden zu.

In diesem Augenblick betrat vom Wendehammer her ein weiterer Mann die Szenerie, der als Einziger keine Arbeitskleidung trug. Zumindest konnte sich von Bredow keinen Job vorstellen, in dem man beruflich ein ärmelloses Shirt, eine kurze, camouflierte Armeehose und Flipflops anhatte. Der Mann war braun gebrannt, muskulös und steuerte selbstbewusst auf den Hausherrn in diesem seltsam wippenden Vogelnest zu.

Die beiden begrüßten sich mit einem lockeren Abklatschen, Vossen schwang sich aus dem Korb und lief mit seinem Gast zu der Fläche, die auf etwa zwanzig Quadratmetern gefliest werden sollte – laut Kachelverpackung auf der Sackkarre mit Belgischem Blaustein, wie von Bredow mit zusammengekniffenen Augen entziffern konnte.

Vossen wies zunächst auf den Boden, dann taxierten die beiden Männer Büsche und Bäume, die das Grundstück umgaben, um schließlich ausgiebig in den Himmel zu schauen. Der Muskulöse zeigte in die Wolken und schien dabei irgendetwas zu erklären.

Von Bredow bekam es mit der Angst zu tun. Wollte dieser Verrückte etwa den Bau einer Überlandstromleitung in seinem Garten genehmigen? Oder einen Hubschrauberlandeplatz? Der Richter traute dem neureichen Spinner von nebenan allerhand zu. Er beruhigte sich mit dem Gedanken, dass sowohl eine Stromtrasse als auch ein Heliport genehmigungspflichtig wären und ohne die Zustimmung der Nachbarn, der Kommune und wahrscheinlich sogar der Bezirksregierung da wohl nichts ging.

Da kam von Bredow eine Idee: Möglicherweise war auch dieser Besucher in Vossens Garten mit einem verräterischen Auto angereist. Er räumte seinen Beobachtungsposten hinter dem Kirschlorbeer, ließ die Trittleiter stehen, warf die Heckenschere achtlos daneben und eilte zurück in sein Arbeitszimmer.

Tatsächlich. Da hatte sich ein weiterer Wagen zu den Handwerkerkutschen in das Ende der Sackgasse gesellt. Ein weißer Renault Kangoo ohne Fenster im Fond. Stattdessen mit der Aufschrift »Skydive Fred Heckler, Ihr sicherer Tandemsprung«.

Aha. Das Großmaul wollte also Fallschirm springen. Und ganz offensichtlich auf der frisch geplätteten Fläche in seinem Garten landen.

Othmar von Bredow zögerte einen Moment, ging dann zu seinem Schreibtisch, notierte sich den genauen Namen des Anbieters und legte den Zettel grinsend neben die Stifte in der obersten Schublade seines Rollcontainers. Den Spaß würde er Vossen gehörig verderben.

Ein paar Tage später saß Metzgermeister Frank Esser in seinem Büro und versuchte, sich auf seine Bestellungen zu konzentrieren. Das gelang ihm nicht so ganz, denn immer wieder fiel sein Blick auf das Bild an der Wand. Es zeigte ihn im Hof seines Unternehmens, umringt von den Angestellten, die Fleischverarbeiter in ihren weißen Kitteln, die meist weiblichen Kollegen aus dem Verkauf mit bordeauxroten Schürzen. Essers Augen blieben immer wieder an Frau Stricker hängen, die in der ersten Reihe links in die Kamera lachte. Er konnte sich noch genau erinnern. Er hatte die junge Frau vor gut zwei Jahren von einem kleinen Laden übernommen, nachdem der ehemalige Besitzer die Metzgerei aus Altersgründen verkauft und Esser Filiale Nummer zwölf daraus gemacht hatte. Sie hatte ihren Chef kurz nach der Übernahme gefragt, ob sie perspektivisch ins Stammhaus wechseln könne, weil sie von ihrem Wohnort dadurch eine wesentlich kürzere Fahrzeit hätte. Als ein paar Monate später eine Mitarbeiterin aus der Zentrale in Rente ging, konnte Esser ihrem Wunsch entsprechen. Alles war reibungslos gelaufen, Petra Stricker war ruhig, höflich und kollegial. Auf dem Foto an der Wand sah ihr Lachen zufrieden aus.

Und nun war sie weg. Frank Esser hatte nach dem Vorfall an der heißen Theke seinen Anwalt konsultiert, der ihm dringend zu einer außerordentlichen Kündigung geraten hatte. Die eigentliche Summe des Diebstahls sei dabei auch gar nicht erheblich, hatte er gesagt, sondern das zerstörte Vertrauen. Im Besonderen, weil auch andere Angestellte den Vorfall mitbekommen hatten. Esser selbst hätte es am liebsten bei einer Abmahnung belassen, aber er wusste, dass eine zu nachsichtige Bestrafung seine Autorität in Frage gestellt hätte, zumal er sich darauf verlassen konnte, dass die olle Domgörgen allen Mitarbeitern erzählt hätte, was ihr Chef für ein Luschi sei.

Frau Stricker hatte jämmerlich geweint, als Esser ihr einen Tag nach dem Diebstahl in seinem Büro die endgültige Entscheidung mitteilen musste. Sie hatte ihm von ihrer kleinen Tochter erzählt, die sie ohne Vater großzog, von der engen Zwei-Zimmer-Wohnung, in der sie im Wohnzimmer schlief, damit Vanessa ein eigenes Kinderzimmer hatte, und davon, dass ihr letzter Urlaub sieben Jahre zurücklag. Frank Esser hätte sie gern in den Arm genommen, getröstet und ihr noch einen Zwanziger zugesteckt, aber er blieb standhaft. Das konnte man als beklauter Chef natürlich nicht machen. Das waren so Situationen, in denen er sich wieder fragte, warum er manchmal so ein weiches Herz hatte. In Geschäftsdingen konnte er knallhart sein. Wenn es darum ging, mit einer Großbestellung den Preis zu drücken. Oder einem Konkurrenten auf dem Großmarkt die besten Stücke Fleisch vor der Nase wegzukaufen. Aber in puncto Mitarbeiterführung war Esser der personifizierte Kuschelkurs. Er scheute jegliche Auseinandersetzung, war nachgiebig und fand immer irgendeinen Kompromiss, wenn es mal Reibungspunkte gab. In einer wissenschaftlich völlig unfundierten Selbstanalyse führte Frank Esser diesen Wesenszug darauf zurück, dass er sich damit weitestmöglich vom Führungsstil seines Vaters absetzen wollte.

Esser senior war ein mürrischer Zeitgenosse gewesen, der für seine Mitarbeiter ungefähr genauso viel Empathie übrig hatte wie für ein Schwein, dem er das Bolzenschussgerät ansetzte. Ähnlich herzlos behandelte er seine Frau und seinen einzigen Sohn, dem von Kindesbeinen an klargemacht worden war, dass es zur Übernahme der väterlichen Metzgerei keine berufliche Alternative gab.

Franks größter Horror, mit seinem Vater gemeinsam arbeiten zu müssen, blieb ihm glücklicherweise erspart. Denn einerseits kam kurz vor Eintritt des Juniors in das Familienunternehmen die erste Filiale dazu, in der sich der junge Metzgermeister austoben konnte, andererseits war der Vater so feinfühlig, sich mit Ende fünfzig ein paar Tage nach einem schweren Schlaganfall ultimativ von seinen Metzgereien und der Welt im Allgemeinen zu verabschieden.

Seitdem hatte der Junior freie Hand und setzte auf Expansion. Zugute kam ihm dabei, dass viele Geschäfte, die an sich gut liefen, keinen Nachwuchs mit Lust auf das Fleischerhandwerk hatten und nach und nach zum Verkauf angeboten wurden. Mittlerweile wurde ein gutes Dutzend Filialen vom Stammhaus aus beliefert, außerdem hatte Frank den Partyservice und das Catering ausgebaut und in allen Zweigstellen die heiße Theke etabliert. Denn so unglaublich das klang, aber viele kleine Fleischereien ließen sich an dieser Stelle ein Riesengeschäft entgehen, weil sie nicht auf ihre Mittagspause verzichteten. Genau in der Zeit also, in der jede Menge Handwerker, Schüler oder sonstige Kochmuffel Lust auf einen herzhaften Snack hatten, standen sie bei vielen Kollegen vor verschlossener Tür. Essers Filialen hatten alle durchgehend geöffnet, die meisten sogar auch samstags bis achtzehn Uhr, denn auch der Samstagnachmittag war eine Zeit, in der viele kleine Metzger schon das Hackbeil fallen ließen, obwohl noch reichlich Kunden mit Wurstwunsch durch die Straßen liefen.

Frank Esser löste seinen Blick von dem Teamfoto mit Frau Stricker und schaute auf die Uhr. Schon kurz vor zwölf. Da musste er ja los!

Er klappte seinen Laptop mit den unbearbeiteten Bestellungen zu, die konnten morgen ja auch noch erledigt werden. Denn heute Nachmittag stand erst mal ein sehr viel wichtigerer Termin an, und zwar im Hafen von Zeebrugge. Dorthin brachte die Fähre aus dem nordenglischen Hull die ersten drei Kilo Kōriyama-Rind, die das europäische Festland je erreichen würden. Und die wollte der Metzger höchstpersönlich abholen, aus drei Gründen: Erstens, weil er die Inempfangnahme für einen nahezu sakralen Moment hielt, zweitens, weil er Sorge hatte, dass ein schusseliger Fahrer die Kühlkette unterbrechen, das Fleisch verlieren oder falsch zustellen könnte, und schließlich drittens, weil Vossen ihn darum gebeten und ihm eine Aufwandsentschädigung von fünfhundert Euro angeboten hatte.

Bevor sich Esser in seinen weißen Ford-Transit-Kühltransporter schwang, öffnete er noch mal die WhatsApp mit dem Foto, die er von seinem britischen Zwischenhändler bekommen hatte. Er schaute die Aufnahme versonnen an: zwei zusammen drei Komma zwei Kilogramm schwere Rumpfstücke aus dem vorderen Rücken mit einer gleichmäßigen Marmorierung, die im zwölfstufigen Beef Marbling Score, der internationalen Marmorierungsskala sozusagen, locker eine Zehn bis Elf bekommen hätte. Die Farbe ging dank einer sechswöchigen Trockenreifung von einem fleischigen Rot leicht in ein erdiges Braun über. Neben dem Beef befand sich eine Art Beipackzettel, der auf Englisch darüber informierte, dass das Tier im Alter von fünfunddreißig Monaten geschlachtet worden war, sehr zufrieden starb und deshalb einen vorbildlichen Glykogen-Spiegel aufwies. Dieser habe für eine ganz besonders feine Maserung bei Hanabusa gesorgt, was auf Japanisch so viel wie »Blütenblatt« hieß und offenbar der Herdenname des Tieres mit diesem besonders glücklichen Tod war.

Frank Esser schüttelte den Kopf. Es gehörte nicht zu seinem Alltag, Fleisch zu verkaufen, dessen Ursprungstier ihm vornamentlich bekannt war, aber wenn das bei diesen grillversessenen Bonzen jetzt der letzte Schrei sein sollte, würde er eben auch diesen Blödsinn mitmachen.

Die Fahrt nach Zeebrugge verlief staufrei und verging dank zweier Bon-Jovi-Alben auf Franks Playlist wie im Flug. Am Hafen war ihm per Mail ein Schalter zugewiesen worden, an dem Privatleute und Händler kleinumfängliche Lieferungen abholen konnten.

Die Fähre hatte vor einer knappen Stunde angelegt, Frank hatte nur zwei Leute vor sich, der erste Kunde holte eine Holzkiste mit schottischem Whisky ab, eine stark geschminkte Dame nahm einen aufgeregten jungen Glatthaardackel in Empfang, der in einem Plastikkäfig herumtobte.

Nun war Esser an der Reihe, der mit leicht zittrigen Fingern seine Dokumente der Hafenangestellten überreichte. Die Frau verschwand mit gleichgültiger Miene und kam eine ganze Weile nicht wieder. Esser wurde skeptisch, bei den anderen Kunden vor ihm war das viel schneller gegangen. Es würde doch hoffentlich keine Komplikationen geben? So kurz vor dem Ziel?

Der Metzgermeister beruhigte sich mit dem Gedanken, dass verderbliche Lebensmittel wahrscheinlich im Kühlhaus gelagert wurden, das wahrscheinlich im Keller lag, und der war wahrscheinlich weit weg. Oder hatte der Trick, die EU-Importgesetze mit dem kleinen Schlenker über Großbritannien zu umgehen, doch nicht funktioniert? War da vielleicht eine neue Verordnung in Kraft gesetzt worden, die er nicht mitbekommen hatte? So was veränderte sich ja alle naselang.

Herrschaftszeiten, das dauerte aber jetzt echt schon verdächtig lang, so weit konnte doch das entlegenste Kühlhaus nicht entfernt sein.

Esser schaute den Gang hinab, der sich dem Raum mit den Ausgabetresen anschloss. Fünf Türen, zwei rechts, zwei links, eine geradeaus, die offenbar ins Freie führte. Neonröhren an der Decke, Linoleum am Boden. An den Wänden hingen ausgeblichene Bilder von irgendwelchen Schiffen, sofern er das von seiner Position aus richtig erkennen konnte. Er hatte nicht darauf geachtet, welche Tür die schlecht gelaunte Flämin benutzt hatte, und ärgerte sich darüber.

Ob die Frau Verstärkung holte? Zollbeamte oder Polizisten, die das Fleisch konfiszieren und ihn festnehmen würden, weil die Einfuhr doch illegal war? Hatte er doch irgendwas übersehen?

Als Frank Esser schon darüber nachdachte, wie die Arrestzellen in einer belgischen Hafenstadt wohl aussehen könnten, tauchte die grobschlächtige Mitarbeiterin wieder auf. Ihr gelangweiltes Gesicht deutete nicht darauf hin, dass es hier gleich zu einer spektakulären Verhaftung kommen würde – und sie hatte tatsächlich einen Styroporkarton dabei.

Sie knallte die Ware auf ihre abgewetzte Theke, dabei entstand ein Luftzug mit einem verräterischen Duft. Die blöde Kuh hatte einfach nur eine geraucht, bevor sie sich um die Auslieferung von Essers Ware kümmerte.

Der Metzgermeister riss die Thermobox pikiert an sich, bestätigte mit einer unwirschen Unterschrift den Empfang und eilte zu seinem Auto.

Im Kühlhaus seines Lieferwagens hob er den Deckel kurz ab und wagte einen schnellen Blick in die Kiste. Alles stimmte mit dem Foto seines Lieferanten überein, drei Komma zwei Kilo von Hanabusa waren in doppelschichtiges Frischhaltepapier gewickelt, denn die Vakuumierung von Dry-Aged-Fleisch lehnten echte Kenner ab. Umso wichtiger, dass dieses Juwel auf dem Transport so wenig Licht und Sauerstoff wie möglich abbekam und auf dem schnellsten Wege für die letzten vierundzwanzig Stunden im Reifeschrank landete.

Wobei – ob das überhaupt so eine gute Idee war? Der Schrank im Verkaufsraum bot zwar die idealen Voraussetzungen, ein bis zwei Grad Temperatur, fünfundachtzig Prozent Luftfeuchtigkeit und einmal pro Minute eine Bakterienabtötung durch die aktive Entkeimungsbox, aber nachher hielt irgendeine Verkäuferin das Kōriyama einfach nur für ein gut durchwachsenes Rib-Eye und verkaufte den Lamborghini unter den Steaks zum Preis eines gebrauchten Twingo.

Frank nahm sich vor, auf der Rückfahrt die finale Entscheidung über die Zwischenlagerung zu treffen.

ZWEI

Der Sommer steuerte Mitte Juni auf die längsten Tage des Jahres zu, die Sonne würde erst um kurz vor halb zehn hinter den Baumwipfeln des kleinen Wäldchens untergehen, das die gediegene Wohnsiedlung umgab. Das Thermometer zeigte am Nachmittag sechsundzwanzig Grad, die Luft war trocken, noch keine Spur von der Schwüle, die sich im Hochsommer gern in der Gegend einnistete und den Menschen tagelang den Schweiß schon im Sitzen rinnen ließ. Optimaler konnten die Bedingungen für eine Grillparty kaum sein.

Auch der Garten der Vossens hatte nach akribischer Bearbeitung den Barbecue-Idealzustand erreicht. Der LV Roastmaster Extreme glänzte als Herzstück des Happenings in der Sonne. Leo hatte seinen Turbogrill in der Mitte des Gartens platziert, damit die Gäste nach dem Champagnerempfang auf der Terrasse beim Weg zu ihren Sitzplätzen an seinem edelstählernen Statussymbol vorbeidefilieren mussten.

Im hinteren Teil des Gartens hatte ein Bühnenbauer mit Holzpaneelen aus roter Zeder für eine ebene Sitzfläche gesorgt. Überspannt wurde der Bankettbereich von weißen Segeln, deren stoffummantelte Bodenverbindungen mit LED-Scheinwerfern von unten indirekt in Pastelltönen beleuchtet wurden. In der Mitte des Baldachins prangten in goldenen Lettern die Initialen des Gastgebers in derselben Schriftart wie in der Gravur von Leo Vossens personalisiertem Grill.

Unter dem Stoffdach stand eine lange Tafel mit schneeweißen, gestärkten Damasttischdecken und dreizehn gepolsterten Stühlen. Diese waren mit ebenfalls weißen Hussen ummantelt, die Leo ursprünglich auch mit seinen Initialen besticken lassen wollte. Anka fand das allerdings zu dick aufgetragen und hatte ihren Mann schlussendlich davon abgebracht. Der Effekt der edlen Sonnensegel-Beflockung würde verloren gehen, so ihr Argument, wenn auf Stühlen, Besteck und Geschirr überall »LV« stünde. Leo hatte schließlich nachgegeben und auf weitere Gravierungen und Punzierungen verzichtet.

Dafür konnte er sich mit einem anderen Einfall gegenüber seiner Frau durchsetzen: den Namensschildern für seine Gäste. Tischkarten hatte ja jeder oder im besten Fall bedruckte Serviettenringe. Auf Leos Tafel waren es stattdessen Knochen, ausgelöste Hochrippen eines Tomahawk-Steaks, um genau zu sein, die ein Kalligraf mit den Namen der Eingeladenen beschriftet hatte. Die platzzuweisenden Rückenstücke lagen auf riesigen polierten Edelstahltellern und verliehen der eleganten Tafel eine leicht morbide Note.

Ein Stück weiter rechts, zwischen dem kleinen Teich und einer kugeligen Buchsbaumgruppe, stand eine Bühne mit professioneller Soundanlage und einem silbernen Retro-Mikrofon. In dieses würde die Soulsängerin Amanda Sparkle später unaufdringliche Jazzlounge-Klassiker hauchen, davor wurde das Podest allerdings für drei peruanische Panflötisten benötigt, die Vossens Eintreffen auf seiner eigenen Party besonders effektvoll gestalten sollten.

An Personal hatte der Bauunternehmer grundsätzlich nicht gespart: Frank Esser hatte von seinem Cateringservice zwei gut geschulte Kellnerinnen mitgebracht, die sich um die Getränkeversorgung und den Abtransport des schmutzigen Geschirrs zu kümmern hatten. In der Küche arbeitete ein kleines Team zusammen mit dem Metzgermeister seit dem Mittag an Beilagen und Dips. Den Erstkontakt mit den Gästen beim Betreten des Grundstücks sollte ein Fakir übernehmen, dessen Feuerspuckerei Vossen für eine gelungene Einführung in die Grillthematik hielt. Außerdem waren zwei Stelzenläufer verpflichtet worden, die die Gäste vom Portal des Anwesens auf die Aperitif-Terrasse begleiten sollten, einer von ihnen schnitt Grimassen, um von vornherein für gute Stimmung zu sorgen, der andere jonglierte.

Als erste Gäste trafen um kurz vor achtzehn Uhr Walter und Simone Blaschek ein, die ihren Wagen quer vor Vossens Dreifachgarage abstellten. Leos großer Konkurrent hatte sich an diesem schönen Tag für seinen weißen Bentley Continental GT Cabrio entschieden, dessen Dach sich nach dem Aussteigen der Fahrgäste nahezu geräuschlos und automatisch schloss. Passend zu seinem britischen Wagen trug Blaschek einen hellbraunen Tweed-Anzug, in dem er mehr wie ein Landlord als wie ein Bauunternehmer wirkte. Schon jetzt schwitzte er darin stark. Simones schlanke Taille umspielte ein dunkelgrünes Etuikleid, mit dem ihre braune Barbour-Handtasche wie eine Selbstverständlichkeit harmonierte.

Auf den anderen Stellplatz passte gerade noch Bertram Tritschler, der ebenfalls mit offenem Auto kam, einem knallroten 1967er Alfa Romeo Spider. Der Grandseigneur der Konservativen im Kreistag hatte eine Schwäche für Oldtimer und konnte aus seinem Privatbestand zwischen dem kleinen Alfa, einem wunderschönen Citroën DS und einem schwarzen Mercedes 300 wählen, Letzterer eine Reminiszenz an Konrad Adenauer. Tritschler kam in einem blauen Zweireiher mit goldenen Knöpfen, der schlecht saß, dafür aber teuer gewesen war. An seinen Füßen glänzten sommerliche Lackslipper, die er ohne Socken trug.

Klaus und Irene Matejka stellten ihren Volvo-SUV in Ermangelung legaler Parkplätze auf dem Wendehammer vor Vossens Anwesen ziemlich dreist auf den Bürgersteig und begrüßten Sabine Reynders, die nahezu im selben Augenblick aus einem Taxi stieg. Der Baustoffgroßhändler hatte einen beigen Leinenanzug gewählt und sich einen Strohhut auf das schüttere Haar gesetzt, seine Frau trug ein schwarz-weißes Kleid mit in sich verschlungenen Kreisen, in dem sie wie eine Retro-Tapete aussah. Frau Reynders kreuzte in einem

Gehrock mit Leopardenmuster auf, unter dem das knapp geschnittene kleine Schwarze verräterisch hervorblitzte, und tat sich mit ihren hochhackigen Schuhen auf dem Kopfsteinpflaster sichtlich schwer. Sie drückte ihre goldene Clutch verspannt gegen die Hüfte und stakste konzentriert über den unregelmäßigen Untergrund.

Lydia und Manfred Vermeulen hatten offenbar vor, auf Leos Grillparty ordentlich einen zu heben, und reisten von vornherein ohne Auto an. Die beiden ließen sich von ihrer Tochter in einem kompakten BMW-Geländewagen vorfahren und stiegen lachend aus dem Fond. Der Medienanwalt bedankte sich winkend für den Chauffeurdienst und gab seiner Frau anschließend einen Klaps auf den Hintern. Es war unübersehbar, dass die Vermeulens schon ein klein bisschen vorgeglüht hatten. Lydia rückte den breitkrempigen Hut zurecht, der wunderbar zu ihrem lachsfarbenen Chiffonkleid passte. Manfred wirkte mit seinen grauen, zurückgegelten Haaren, der dickrandigen schwarzen Brille und dem Fünftagebart immer wie ein alternder Hipster, er trug an jeder Hand einen dicken Silberring, ansonsten legere Jeans und unter einer karierten Weste ein weißes Shirt mit einem tiefen V-Ausschnitt.

Zuletzt trafen Röckeraths ein, die im Wendehammer keinen Parkplatz mehr gefunden hatten und ihren Golf an der Hauptstraße abstellen mussten. Vossens Bankberater hatte einen Anzug aus seinem Arbeitsalltag gewählt, seine Frau Martina kam in einer schwarzen Steghose und einem roten Blazer mit Schulterpolstern.

Anka, die Dame des Hauses, hatte auf der oberen Terrasse die eintrudelnden Gäste persönlich begrüßt und hob zu einer kleinen Rede an, nachdem alle mit Champagner oder einem Kir Royal versorgt worden waren. Man merkte ihr an, dass sie sich im Mittelpunkt nicht besonders wohlfühlte, aber Leos Dramaturgie seiner Grillparty ließ eine andere Eröffnung nicht zu.

»Liebe Gäste, liebe Freunde. Ich freue mich, dass ihr an diesem wunderschönen Abend alle gekommen seid. Ihr wundert euch vielleicht, warum der Leo noch nicht da ist. Und warum ich euch begrüße, aber das werdet ihr gleich noch sehen.«

Anka zog einen Zettel aus der Tasche ihres floralen Sommerkleids und spickte kurz auf die Stichpunkte, die sie sich gemacht hatte.

»Ja, also das werdet ihr dann gleich noch sehen, wie gesagt, aber ich möchte die Gelegenheit nutzen, um die Gäste kurz vorzustellen. Denn bisher kennen sich nicht alle untereinander. Leo und ich haben überlegt, dass während der Party das Tages-Du gilt, das ist dann für alle entspannter.«

Von Entspannung konnte bei Anka keine Rede sein, sie war bei ihrer kurzen Ansprache sichtlich nervös, das Zittern ihrer Hand übertrug sich auf den kleinen Zettel.

»Wir freuen uns, dass Klaus und Irene Matejka heute dabei sind, das sind ganz zuverlässige Geschäftspartner von Leo mit ihrem Baustoffhandel. Und langjährig«, schob Anka nach, denn das war das Wort, dass sie sich notiert hatte.

Die Matejkas prosteten den anderen Gästen zu.

»Ein herzliches Willkommen auch an Michael und Martina Röckerath. Michael ist der Großkundenberater bei unserer Hausbank, Martina leitet den Gewerbeverein hier in unserer Stadt, schön, dass ihr da seid.«

Das biedere Ehepaar wurde von den anderen höflich angenickt.

»Der liebe Bertram Tritschler hat mit seiner Dauerkarte beim FC den Platz neben Leo, die beiden treffen sich aber nicht nur regelmäßig im Stadion, Bertram ist außerdem noch Vorsitzender im Kreisbauausschuss und hat Leo schon mit ein paar schönen Aufträgen versorgt.«

Anka hatte diesen kleinen Jokus mit ihrem Mann abgesprochen. Sie zwinkerte dem älteren Herrn dabei zu, die

Gäste schmunzelten, und Tritschler rief: »Das mit den Aufträgen hat aber nix mit dem Stadion zu tun, sonst heißt es noch, beim Fußball wird geklüngelt!«

»Auf Leos Klüngelei passt Sabine Reynders auf, sie ist unsere Steuerberaterin und heute Abend auch dabei.« Anka war stolz auf ihre spontane Überleitung, Frau Reynders hob das Glas und rief: »Danke für die Einladung.«

»Walter Blaschek hat ebenfalls ein Bauunternehmen, er ist heute Abend mit seiner Frau Simone hier.« Anka hatte sich vorgenommen, die Begrüßung der beiden sehr kurz und neutral zu halten, denn von allen Gästen konnte sie den Wichtigtuer aus der Voreifel am wenigsten verknusen. Dafür durfte sie jetzt die einzigen Eingeladenen begrüßen, die sie der Gästeliste beigesteuert hatte, und packte an dieser Stelle ihren Spickzettel weg.

»Und ich freue mich außerordentlich, dass Lydia und Manfred Vermeulen gekommen sind. Lydia ist meine älteste und beste Freundin, ihr Mann ist Medienanwalt und verklagt die Gegner seiner Mandanten am liebsten wegen übler Nachrede. Seid also nett zu ihm!« Die Lacher gingen in einen Applaus über, den Lydia initiierte – und der ihrer nervösen Freundin guttat.

Anka wischte sich mit einer kurzen Bewegung die feuchten Handinnenflächen an ihrem Kleid trocken und deutete in die Tiefe des Gartens. »Dort unten haben unsere fleißigen Helfer die Tafel aufgebaut, und wenn ihr genau hinschaut, seht ihr, dass es dreizehn Plätze gibt. Wenn ihr mitgezählt habt, merkt ihr: Einer fehlt also noch. Und das ist ein Gast, über den wir uns ganz besonders freuen. Ich darf euch den Chefredakteur der bekannten Grillzeitschrift ›Flame‹ vorstellen, herzlich willkommen, Tom Kraske!«

Aus der Terrassentür von Leos Haus kam ein kleiner Mann mit einer blau verspiegelten Nickelbrille locker in den Applaus hereingeschlendert und genoss ganz offensichtlich seinen Auftritt. Er trug Cowboystiefel und einen rot karierten Anzug mit einer extraslim geschnittenen Hose, auf der riesigen Gürtelschnalle den Schädel eines Longhorns, die Ärmel hochgekrempelt. Tom Kraskes Unterarme waren voll mit bunten Tätowierungen. Er stellte sich neben Anka und deutete eine leichte Verbeugung an.

»Jo, wie gesagt, Tom Kraske mein Name, Food-Influencer und Editor-in-Chief bei der ›Flame‹, Market Leader in der Special-Interest-Sparte ›Grillen und Barbecue‹. Schönen Dank schon mal für die Einladung. Vielleicht ein paar Worte in eigener Sache. Print«, er sprach das Wort englisch aus und ließ eine kleine Pause, die eine längere Erklärung im Anschluss vermuten ließ, »Print als Shrinking Market in der Presselandschaft ist natürlich 'ne Challenge. Das kannst du nur mit 'nem Team machen, das sagt: Okay, challenge accepted. Wo holst du den Leser ab? Wo bietest du ihm Benefits, die er woanders nicht kriegt? Und wie bleibst du als Monthly up to date? Na klar, Internet, Social Networks, User-generated-Content. Wir sprechen ja nicht mehr von Lesern im herkömmlichen Sinne, für uns sind die User Community.«

Unter den anderen Gästen machte sich leichte Unruhe breit, denn Kraske erweckte nicht den Eindruck, sein unangefordertes Referat bald zu beenden. Lydia Vermeulen zog vorsichtshalber ihren Champagner in einem weg und schlich für einen diskreten Refill an die Bar.

»Community bedeutet: keinen klassischen Top-down-Journalismus mehr. Klar, wir sind die Blattmacher, aber warum soll das Topic nicht aus der Crowd kommen? Stichwort ›Schwarm‹. Du hast ja im Prinzip einen riesigen Thinktank –«

In diesem Augenblick unterbrach ein lauter Signalton aus Ankas Handy die Rede. Kraske verlor den Faden, die Gastgeberin schaute auf das Display und huschte an ihm vorbei ins Haus. Manfred Vermeulen nutzte die Gunst des Moments, rief:»Herr Kraske, super, dass Sie gekommen sind«, und fing an zu klatschen. Alle anderen Gäste stimmten in den Applaus mit ein und machten den Grilljournalisten damit kurzerhand mundtot.

Im nächsten Moment hasteten die drei Panflötisten aus dem Wohnzimmer über die Terrasse, angetrieben von der Frau des Hauses. Die Peruaner in ihren bunten Ponchos liefen über den Rasen und sprangen auf die Bühne, während Anka die Gäste leicht japsend aufforderte, sich in der Mitte des Gartens rund um den LV Roastmaster Extreme zu versammeln.

Alle waren zwar froh, dass Kraske aufgehört hatte zu reden, allerdings konnte sich niemand einen Reim auf die überstürzte Aktion machen, auch nicht, als aus den südamerikanischen Flöten die sanfte Melodie von »El Cóndor Pasa« einsetzte.

Schließlich mischte sich ein Brummen unter den Klang der Holzblasinstrumente, verursacht von einem weißen Propellerflugzeug über Vossens Anwesen. Der Sportflieger war langsam in etwa dreitausend Metern Höhe unterwegs, als plötzlich ein schwarzer Punkt aus seinem Bauch fiel. Der Punkt sauste der Erde entgegen, kurz danach öffnete sich ein kleiner Schirm, der die Fallgeschwindigkeit leicht reduzierte.

Die Gäste glotzten in die Luft, machten »Oooh« und »Aaah«, und Blaschek flüsterte seiner Frau zu:»Auf die Idee hab ich den Blödmann gebracht.«

Anka starrte wie gebannt an den Himmel, ihr Herz schlug so laut, dass sie dachte, jeder der Umstehenden müsse das Pochen hören können.

Nach einer knappen Minute flog ein weiterer, größerer Schirm in die Höhe. Der rote Stoff entfaltete sich am Firmament, nahm allerdings nicht die klassische Sichelform eines Gleitsegels an. Die linke Seite wurde vom Luftwiderstand aufgebläht, die rechte blieb schlaff. Sofort geriet der Fallschirm ins Trudeln, flog mehrere Spiralen und raste immer noch viel zu schnell der Erde entgegen.

Anka fing an zu schreien. Wenn sich die rechte Seite des Gleitschirms nicht öffnete, würden Leo und sein Tandempartner in spätestens einer Minute mit voller Wucht auf den Boden klatschen. Und zwar irgendwo, denn an eine koordinierte Steuerung war in diesem Zustand nicht zu denken. Und selbst wenn dieses verdammte Ding doch noch aufging, musste das in einer gewissen Höhe geschehen, damit die Fallgeschwindigkeit ausreichend verringert wurde. Leo hatte Anka den Sprung genau erklärt, aber nichts war so, wie er es gesagt hatte. Gar nichts!

Lydia spurtete zu ihrer Freundin und flüsterte ihr ins Ohr: »Das geht gut, das sind Profis. Das geht gut.«

Alle Gäste liefen und riefen jetzt durcheinander, die Panflötisten hatten ihr Spiel eingestellt und starrten genauso gebannt an den Himmel wie alle anderen.

Von unten war mittlerweile zu erkennen, dass sich am Hauptschirm offenbar irgendetwas verhakt hatte. Blaschek schrie: »Der muss den Reserveschirm aufmachen, verdammt noch mal. Hat der denn keinen Reserveschirm?«

In diesem Augenblick schnalzte die rechte Schirmhälfte doch noch in die Luft, bekam sofort Auftrieb und lenkte den unregelmäßigen Flug nach einem kräftigen Ruck in eine ruhige Bahn. Als wäre nichts gewesen, segelte der Schirm mit einem Mal friedlich am Himmel, Anka fing vor Erleichterung an zu zittern, Lydia streichelte ihren Rücken und flüsterte weiter auf sie ein: »Guck, es ist alles gut gegangen, ich habe doch gesagt, es geht alles gut.« Auf den Schreck holte sie sich anschließend ein frisches Glas Champagner.

Es dauerte noch ungefähr drei Minuten, bis Vossen mit seinem Tandempartner exakt zehn Meter neben dem Roastmaster Extreme sanft aufsetzte. Die Panflötisten hatten ihr Spiel wieder aufgenommen und waren zu »Conquest of Paradise« übergegangen. Der rote Schirm legte sich über die Buchsbaumhecke, der professionelle Skydiver Fred Heckler hatte ein knallrotes Gesicht, Leos hingegen war kalkweiß.

Anka rannte sofort zu ihrem Mann, umarmte ihn zuerst, boxte dann aber auf ihn ein, weil sie sich so sehr darüber ärgerte, dass sich Leo so grundlos in Lebensgefahr begeben hatte. Vossen schob sie von sich weg und rief seinen Gästen zu: »Na, habe ich euch Angst eingejagt? Keine Sorge. Ihr wisst doch: Unkraut vergeht nicht.«

Anka rannte an allen Gästen vorbei ins Haus und konnte vor den anderen ihre Tränen eben so zurückhalten. Allein im Wohnzimmer, schoss ihr das Wasser aber sturzbachartig in die Augen, sie schlug auf die Sofakissen ein und ließ ihrer Wut freien Lauf. Was war das für ein Arschloch! Keine Umarmung, keine Entschuldigung, stattdessen einfach weggeschubst und nur ein blöder Spruch. Am meisten ärgerte sie sich darüber, dass sie solche Angst um dieses Arschloch gehabt hatte. Weil sie ihn liebte. Weil sie ihn mit seiner großkotzigen Art und seiner Oberflächlichkeit genauso sehr liebte, wie sie ihn hasste.

Knapp zwanzig Minuten später hatte sich die Stimmung wieder beruhigt, und die Gäste hatten ihre Plätze an der Tafel eingenommen. Ankas verheultes Gesicht war durch großzügig Concealer und Wimperntusche wieder vorzeigbar hergestellt worden. Sie schenkte ihrem Mann ein falsches Lächeln, als er sich erhob und mit dem Messer gegen ein Weinglas schlug.

»Liebe Freunde, trotz dieser kleinen Schrecksekunde freue ich mich, dass ihr heute meine Gäste seid. Als Erstes möchte ich auf meinen Tandemmaster Fred Heckler anstoßen, der uns beiden durch sein beherztes Handeln in der Luft wohl das Leben gerettet hat.«

Die Gläser klirrten, der Fallschirmsprung-Profi bekam den Toast auf ihn allerdings nicht mehr mit, weil er kurz nach der Landung schon abgerauscht war. Er wollte in seiner Werkstatt sofort prüfen, wie es dazu kommen konnte, dass sich der Schirm erst so spät richtig geöffnet hatte.

»Und ein Prost in Abwesenheit geht auch an die Untere Naturschutzbehörde unseres Landkreises.« Leos Stimme wurde lauter, man konnte fast sagen, er schrie – und zwar in Richtung des Grundstücks seines Nachbarn Othmar von Bredow. »Dieses Amt hat den Sprung nämlich endgültig erlaubt, nachdem es plötzlich eine einstweilige Verfügung dagegen gegeben hatte. Dahinten in dem Wäldchen«, Leo zeigte auf eine Gruppe höherer Bäume hinter seinem Gartenzaun, »brütet nämlich angeblich der Halsbandschnäpper. Und der würde von einem Fallschirmsprung gestört, hieß es in dem Wisch. Aber wenn man die richtigen Leute an den wichtigen Stellen kennt, ist so was auch kein Problem. Prost, Halsbandschnäpper.«

Leo wurde jetzt wieder leiser und strahlte Tom Kraske an. »Und dann freue ich mich ganz besonders, dass die ›Flame‹, Deutschlands renommiertestes Grillmagazin, einen großen Artikel über unsere heutige Premierengrillung bringen wird. Der Tom hat euch vorhin ja bestimmt schon erzählt, was da gleich Spezielles auf den Rost kommt.«

»Kann man so nicht unbedingt sagen«, grummelte Bertram Tritschler, was Leo aber überhörte.

»Ja, das Kōriyama-Rind. Und ihr werdet die ersten Europäer sein, die dieses besondere Fleisch auf der Zunge haben.« Leo machte eine kleine Pause. »Hier ist doch hoffentlich keiner Vegetarier, oder?« Alle Gäste schüttelten den Kopf. Leo rieb sich die Hände. »Sehr schön. Ich sach ja immer: Wenn Gott gewollt hätte, dass wir keine Tiere essen, hätte er sie nicht aus Fleisch gemacht! Aber genug gequatscht.« Er wurde jetzt wieder etwas lauter und rief ins Haus: »Fränkyboy, es ist so weit, ihr könnt kommen!«

Der Gastgeber hatte die Dramaturgie für diesen ehrwürdigen Moment mit seinem Personal offenbar einstudiert. Amanda Sparkle stand auf der Bühne bereit und schmetterte mit viel Tremolo Tina Turners »Simply the Best« ins Mikrofon. Frank Esser trat mit zwei Gehilfen in schwarzen Schürzen aus dem Haus und näherte sich gemessenen Schritts über die obere Terrasse und den Rasen der Grillgesellschaft. Der Metzgermeister balancierte auf einem groben Holzbrett zwei rohe Stücke Fleisch, denen er eine gläserne Servierglocke übergestülpt hatte. Seine Kollegen trugen je zwei Schieferplatten durch den Garten, die ebenfalls mit Glashalbkugeln abgedeckt waren. Was sich darunter befand, war zunächst nicht zu erkennen, weil unter den Glocken dichter Nebel herrschte.

Esser stellte das Brett in die Mitte des Tischs und ließ die länglichen Lappen erst mal auf sein Publikum wirken. Dann hob er die Cloche ab, wartete, bis Amanda Sparkle mit dem Refrain fertig war, und setzte zu einer Erklärung an:

»Liebe Gäste, ich präsentiere euch die ersten drei Kilo Kōriyama-Rind, die je das europäische Festland erreicht haben. Was wir hier sehen, sind zwei Lendenstücke, also vom keulenförmigen Muskelstrang, der sich beidseitig der Wirbelsäule entlangzieht. Weil das Tier diesen Muskel kaum benutzt, ist das Fleisch auffallend zart und saftig.«

Esser zauberte ein Messer aus seiner Schürze und schnitt eines der Stücke in der Mitte auf. Er hob das Brett wieder vom Tisch und wanderte damit von Gast zu Gast, während er weiterdozierte.

»Trotzdem entsteht auch im Filet eine leichte Fettmarmorierung, die beim Kōriyama für ein ganz besonders intensives Aroma sorgt. Das wiederum verstärkt sich durch die Aufzucht der Rinder, die in kleinen Herden nur auf Weiden in einer Höhe von mehr als tausend Metern rund um den Inawashiro-See gehalten werden dürfen. Neben der frischen

Luft und dem saftigen Gras dort oben werden ausschließlich getrocknete Kirschblüten zugefüttert. Sie werden das bestimmt rausschmecken. Deswegen ist das Fleisch auch weder gewürzt noch mariniert. Wir wollen, dass Sie den puren, unverfälschten Kōriyama-Geschmack auf der Zunge haben.« Nachdem Esser seinen Gang durch die staunende Tafelrunde beendet hatte, kamen die bewunderten Rinderteile wieder auf den Tisch.

»So. Natürlich wird von einem halben Pfund Fleisch aber kein Mensch satt, deswegen habe ich Ihnen noch ein wunderbares Tri-Tip mitgebracht, auch Bürgermeisterstück genannt, das wir beim Rind zwischen der Kugel und dem Nierenzapfen finden. Außerdem eine Oberschale aus besonders kurzfaserigem Fleisch. Das wären dann der zweite und der dritte Gang. Und hier kommen meine beiden Kollegen ins Spiel, Wulf, möchtest du kurz erklären, was ihr gezaubert habt?«

Der dickere der beiden Köche sagte kurz »Achtung« und hob die Glaskuppel von einer der Schieferplatten ab. Dabei waberte der Nebel über die Tafel, der durch ein Stück Trockeneis entstand, das in einer Wasserschale vor sich hin blubberte. Lydia applaudierte, ihr Mann pfiff auf zwei Fingern.

Auf der Platte kamen fünf asymmetrische Porzellanschälchen zum Vorschein, in denen winzige Löffel steckten. »Das sind die Verfeinerungen, die wir zu Gang zwei und drei empfehlen.« Er deutete auf das erste Tiegelchen und fragte in die Runde: »Irgendjemand eine Idee, was das sein könnte?«

Irene Matejka beugte sich nach vorn und schätzte: »Kräuterbutter?«

»Fast richtig, wir haben hier eine klassische Beurre Café de Paris mit den üblichen Zutaten wie Tomatenpüree, Estragon und Sardellen, die wir mit VSOP-Cognac und Bergpimpernelle verfeinert haben. Hier nebenan ein südindisch inspiriertes Chutney auf Basis von Pomeranzenschalen und Tamarinden. Nummer drei ist was für die Männer, sag ich mal, nämlich eine Smoky-Peach-Whisky-Soße, achtundvierzig Stunden bei Niedrigtemperatur im Ofen reduziert, eine Geschmacksexplosion.«

Im vierten Schälchen befand sich eine graue, faserige Masse, die aussah wie das Spei-Gewölle eines Raubvogels. Wulf hielt die kleine Schüssel Sabine Reynders vor die Nase, die angewidert zurückwich.

»Jaaa«, rief der Koch freudig, »jetzt wird's exotisch! Pürierte Jackfrucht mit Szechuanpfeffer und Hirschhornsalz. Das ist ja normalerweise ein Backtriebmittel, verleiht Speisen aber eine leichte Salmiak-Note. Ich gebe zu, das sieht vielleicht ein bisschen abenteuerlich aus, Sie sollten es aber unbedingt probieren. Und schließlich«, Wulf zeigte auf das letzte der kleinen Serviergefäße, »das Avotziki. Man hört es ja schon am Namen, ein Tzatziki auf Avocado-Basis, wobei die gestiftelten Gurken durch eine Seetang-Julienne ersetzt werden.«

Das war das Stichwort für den schlankeren Koch, der eine große Schüssel auf den Tisch stellte.

»Und apropos Seafood, darf ich vorstellen? Das ist Rafael, unser Entremetier, also der Beilagenkoch. Er hat für Sie herzhafte Bliniwraps mit Squid gezaubert.«

»Mit was?«, entfuhr es Bertram Tritschler.

»Squid. Tintenfisch, hauchzart geschnitten und eingerollt. Das bringt Ihnen zu dem deftigen Fleisch vom Grill ein ganz wunderbares Surf-'n'-Turf-Erlebnis.« Wulf schaute zufrieden in die Runde und schloss seine Präsentation mit den Worten: »Lassen Sie die unvergleichlichen Geschmäcker der großen, weiten Welt auf Ihrer Zunge tanzen. Ich wünsche Ihnen einen guten Appetit!«

Hendrike Kupfer mochte es, Menschen beim Essen zuzuschauen. Am besten gefiel es ihr, wenn unsympathische

Zeitgenossen ungesundes Zeug in sich hineinschaufelten. Und unsympathisch war Hendrike grundsätzlich jeder, der Fleisch aß. Sie träumte von einer veganen Welt und ging davon aus, dass dieses Ziel bald erreicht sein würde, wenn sich die Fleischfresser alle nur schnell genug selbst eliminiert hatten.

Und so ergötzte sie sich an jedem Bissen, der in die gierigen Mäuler wanderte, rotes Fleisch und Würste waren ihr am liebsten. In ihrer Phantasie kroch der rote Blutfarbstoff in jede menschliche Zelle, mutierte dort sofort zu Krebs, die Pökelsalze trieben den Blutdruck in die Höhe, während die Nitrite den Insulinhaushalt so lange piesackten, bis ein Diabetes mellitus unausweichlich war. Herrlich waren auch die Gedanken an schmerzende Gelenke und gichtverwachsene Glieder als Rache für die Lust auf Kühe, Schweine und Lämmchen.

In ihrem Ökotrophologie-Studium war Hendrike gerade dabei, ihre Erkenntnisse zu vertiefen. Zwar gab es auch Ernährungswissenschaftler, die einen maßvollen Fleischkonsum als eher gesundheitsförderlich einschätzten, aber bestehende Erkenntnisse waren ja grundsätzlich dazu da, um durch neuere Studien widerlegt zu werden. Allerdings machte sie sich da keine Illusionen: Der Anteil an Fleischfressern, die man durch Analysen oder Argumente von ihrer egoistischen und weltzerstörerischen Ernährungsweise abbringen konnte, war verschwindend gering. Deswegen half nur, die verfressene Generation des Wirtschaftswunders und ihre Kinder mit den eigenen Waffen zu schlagen und nach deren Ausmerzung die Weichen in Richtung eines weltweiten Veganismus zu stellen.

Natürlich hatte Hendrike, da war sie ehrlich, auch schon Menschen getroffen, die mal ein Schnitzel aßen und trotzdem ganz nett waren. Bei denen hatte sie es dann doch mit Missionierungsversuchen probiert, denn diesen paar wenigen gönnte sie nicht, an Herzmuskelschwäche oder Fettleber zugrunde zu gehen. Bei allen anderen war die maximale Mast die einzige Lösung.

Um ihren Plan so schnell wie möglich umzusetzen, hatte sich Hendrike neben dem Studium einen Job als Serviererin in einem Cateringunternehmen gesucht. Besonders interessant waren für sie dabei solcherlei Lebensmittellieferanten, die ihre Aufträge vorwiegend aus der High Society erhielten. Denn reiche Leute reisten mehr, fuhren dickere Autos und kauften sich ständig neue Sachen. Seit Hendrike gehört hatte, dass die reichsten zehn Prozent auf der Welt für mehr als die Hälfte des CO_2-Ausstoßes verantwortlich waren, wusste sie, wo sie ansetzen musste.

Bis dieser widerliche Gastgeber sein beklopptes Japaner-Steak endlich auf den Grill schmiss, schien es noch eine Weile zu dauern. So lange kümmerte sich die zuvorkommende Servicekraft darum, dass die Getränke nicht ausgingen. Fix ins halb volle Glas nachschenken war die beste Methode, um den Gast schnellstmöglich die Übersicht verlieren zu lassen. Und saufende Reiche waren ja auch nicht schlecht. Denn ob sich das dekadente Pack nun durch einen Herzinfarkt oder eine Leberzirrhose von der Welt verabschiedete, war Hendrike im Prinzip einerlei.

Am liebsten wartete sie in der Nähe des Tischs. Einerseits konnte sie so kein leeres Glas verpassen, andererseits boten die Gespräche dieses degenerierten Gesindels jede Menge Futter für ihre abgrundtiefe Verachtung. Glücklicherweise neigten die Menschen hier in der Region nicht zu Unterhaltungen in niedriger Phonzahl, deswegen bekam Hendrike auch ein paar Meter hinter den Gästen gut mit, dass der Alte in dem hässlichen Zweireiher gerade von seinem letzten Winterurlaub prahlte.

»Mein Tipp: Das Gourmet Hotel Rote Wand in Zug. Bei Lech, Arlberg. Es ist irre, was die da bieten. Vier Hauben bei Gault-Millau, achtundneunzig von hundert Falstaff-Punkten,

da musste ›Chef's Table‹ buchen, da kriegste neunzehn Gänge.
Ungelogen. Neunzehn.«
Die biedere Tante mit den Schulterpolstern schien beeindruckt. »Ja, kann man denn da am nächsten Tag überhaupt noch Ski fahren, wenn man so viel gegessen hat?« Der Alte lachte. »So viel ist dat ja nicht. Molekular und so 'n Zeuch. Bei mir ist da eher der Wein das Problem am nächsten Tag!«, grölte er.

Hendrikes Stichwort. Sie goss noch mal nach. Der Typ war ein guter Kandidat, relativ alt, übergewichtig und knallrote Birne. Hervorragende Voraussetzungen für einen Schlaganfall. Sie ging ein Stück weiter. Leo Vossen fachsimpelte über irgendwelche Baumaschinen mit dem Kerl im Tweed-Anzug, dem der Schweiß von der Stirn tropfte. Hendrike füllte noch einen guten Schluck von dem schweren argentinischen Wein in sein Glas. Die dazugehörigen Frauen diskutierten darüber, ob es unmoralisch sei, »Sommerhaus der Stars« zu gucken, während der Mann mit dem Strohhut und die Frau mit dem Leopardenjäckchen in eine politische Diskussion vertieft waren.

»… absolut unwählbar! Wenn die an die Macht kommen, wird es zappenduster in diesem Land. Und für mich. Wer soll denn noch Baustoffe kaufen, wenn alles zum Naturschutzgebiet wird? Früher konnte ich das ja noch verstehen, Atomausstieg und so, aber mittlerweile sind die nichts anderes als eine absolute Verbotspartei geworden.«

Sie nickte und pflichtete ihm bei: »Sie müssten mal sehen, was wir als Steuerberater durch diese Regulierungswut zu tun haben. Daran wird das Land zugrunde gehen. Wir müssten alles entbürokratisieren, alles. Wie hieß der noch mal, bei dem die Steuererklärung auf einen Bierdeckel passen sollte? Das war ein guter Mann.«

Hendrike wandte sich ab. Den beiden musste sie dringend noch ein paar Schälchen Trüffelbutter bringen. Und noch zwei Gläser Champagner und vielleicht etwas Käsegebäck für diese Olle mit dem riesigen Hut, die jetzt schon mächtig Schlagseite hatte und sich giggelnd an der Schulter dieses gealterten Hipsters festkrallte.

Die Ökotrophologie-Studentin lief grinsend zur Bar. Das entwickelte sich hier alles ganz nach ihrem Geschmack.

Endlich war es so weit. Die Partygesellschaft versammelte sich in gespannter Vorfreude um Leos Grill, während Frank Esser eine große Zange auf die Abstellfläche des Roastmaster Extreme legte, daneben das kostbare Fleisch, das er mittlerweile in zwölf nahezu gleich große Stücke geschnitten hatte. Bertram Tritschler nuckelte an einem appetitanregenden Zigarrenstumpen, Lydia hatte ihr frisch aufgefülltes Weinglas mitgebracht, Martina Röckerath schoss mit ihrem Handy Fotos von den Fleischstücken, dem Grill und den Gästen. Sie hatte sich entschlossen, auf der Homepage des Gewerbevereins einen Artikel über das große Society-Event in ihrer kleinen Stadt zu veröffentlichen.

Leo prüfte nervös die Temperatur im Inneren seines Grills. Das digitale Thermometer auf dem geschlossenen Deckel zeigte zweihundertvierundsiebzig Grad an, der Wert stimmte mit der Angabe in der Roastmaster-App auf seinem Handy überein. Das Fleisch war vor einer halben Stunde aus dem Kühlwagen genommen worden, um Raumtemperatur anzunehmen. Leo hing der Lehre an, dass sich kaltes Fleisch auf dem Grill unter einem Hitzeschock zu stark zusammenzieht. Diese Theorie war unter Fachleuten zwar umstritten, sie kam ihm aber irgendwie logisch vor.

Bevor er den Deckel öffnete, erklärte Leo seinen Gästen, was in den folgenden, alles entscheidenden Minuten passieren würde. »Wir haben aktuell eine Temperatur von über zweihundertsiebzig Grad. Wir Experten sprechen da von ›searing‹, also sengender Hitze. Ihr werdet auf dem Rost gleich eine unbeschichtete gusseiserne Pfanne sehen. Da kommt das Kōriyama drauf. Ohne diese Unterlage könnte Fett runtertropfen, dadurch entstehen Stichflammen, die den Geschmack verfälschen. Das Schlimmste«, Leo erhob belehrend den Zeigefinger, »was ihr einem Steak antun könnt, ist, mit der Gabel reinzustechen. Dann tritt nämlich der wertvolle Fleischsaft aus. Das passiert auch, wenn das Fleisch kurz vorher gewürzt wird. Osmose, ist ja klar.«

Die meisten Gäste hielten es für angebracht, an dieser Stelle wissend zu nicken.

»So, Achtung jetzt, ich mach den Deckel auf, das wird heiß. Franky, Fleisch her und Stoppuhr auf zwei Minuten.«

Der Metzgermeister hatte sein Handy zur Zeitmessung parat und reichte die Platte mit den Kōriyama-Stücken an. Leo öffnete die Edelstahlhaube, die Hitze ließ die Luft flimmern, trotz der Warnung traten die Gäste näher an den Grill heran. Mit schnellen Bewegungen platzierte der Gastgeber die ersten sechs rohen Steaks auf der Pfanne.

Der Fotograf der »Flame« schob die Zuschauer beiseite, weil er in einer Serie von Nahaufnahmen dokumentieren wollte, wie das edle Grillgut eine braune Hülle ansetzte.

Alle hatten ein sattes Zischen und anschließend ein kräftiges Brutzeln auf der heißen Unterlage erwartet, doch es folgte: nichts. Jedenfalls so gut wie nichts. Das Material im Wert von rund tausenddreihundert Euro gab ein temperamentloses Fiepen von sich, vergleichbar in etwa mit einem Ballon, aus dem die letzte Luft entwich. Parallel dazu fiel das Fleisch in sich zusammen und gab auf die Pfanne jede Menge Saft ab, der in einer hässlichen schwarzen Wolke verbrannte und einen animalischen Geruch freisetzte.

Lydia fing an zu husten. Walter Blaschek rief: »Muss das so?«

Leo schaute entgeistert auf die Steaks, dann zu Frank Esser. Der zuckte ratlos mit den Schultern und rettete sich mit dem Blick auf seine Stoppuhr.

Anka sagte leise zu Leo: »Das sieht aber irgendwie nicht gut aus.«

Der klapperte nervös mit der Grillzange und entgegnete patzig: »Ja, danke, sehe ich selber.«

Essers Stoppuhr bimmelte. Leo wendete das erste Stück Fleisch und stellte zu seiner Beruhigung fest, dass es zumindest die gewünschte Farbe angenommen hatte. Allerdings merkte er schon beim Greifen, dass von kross keine Rede sein konnte.

Tom Kraske machte sich fleißig Notizen. Leo sah sich gezwungen, das qualmende Missgeschick zu erklären. Schönreden ging nicht mehr, dazu war sein Entsetzen im ersten Augenblick zu offensichtlich gewesen. »Ja, Freunde, ich habe das Gefühl, da hat was mit der Temperatur nicht gestimmt. Entweder war das Fleisch noch zu kalt oder die Pfanne nicht heiß genug. Das macht aber nichts, ich nehme das jetzt runter und lasse es sechs Minuten bei hundertsechzig Grad nachgaren, dann wird es medium rare vom Feinsten. Zergeht auf der Zunge.«

Leo hob das erste labbrige Fleischstück mit seiner Edelstahlzange vom Grill und versteckte es vor den neugierigen Blicken der Gäste im vorgeheizten Ofen im Untergeschoss des Roastmasters.

Esser erkannte den erbärmlichen Zustand des Grillguts und versuchte, mit einem Scherz die Aufmerksamkeit vom Kōriyama wegzulenken. »Hier, äh, kleiner Metzgerwitz gefällig? Wisst ihr, wie wir das nennen, wenn jemand einen Gasgrill hat? Der macht ›Griechisches Grillen‹. Ohne Kohle!«

Alle lachten, Leo am lautesten, und Lydia lallte: »Ohne Kohle, weil die Griechen kein Geld haben. Weil man ja auch Kohle sacht zu Geld. Super.«

Leo nutzte den kurzen Moment der Ablenkung, um mit

Esser zu beraten, wie es weitergehen sollte. Die Pfanne auf dem Rost hatte jetzt wahrscheinlich die richtige Temperatur, aber sie war durch den eingebrannten Fleischsaft verkrustet. Der Metzgermeister wollte die peinliche Nummer einfach nur beenden und riet, die restlichen sechs Stücke so schnell wie möglich nachzulegen. Die Situation war günstig, weil Lydia versuchte, ihren Lieblingswitz zu erzählen, an den sie sich aber nicht mehr so genau erinnerte. Jedenfalls band sie die Aufmerksamkeit der anderen Gäste, selbst Tom Kraske und sein Fotograf waren abgelenkt.

Eigentlich schade. Denn die zweite Fuhre schien perfekt zu gelingen. Krosse Kruste, seitlich betrachtet ein mustergültiger Farbverlauf von einem dunkleren zum helleren Braun, mittig zartrosa, kaum Saftaustritt, herrliche Röstaromen.

Leo und Esser strahlten sich an. Der Metzger lief zu Kraske und zog ihn von der stammelnden Lydia weg, der Fotograf sprang seinem Chef hinterher und fokussierte mit seinem Objektiv die Steaks. Beim Wenden wirbelten ein paar appetitliche Fettspritzer in die Luft, die der Mann aus nächster Nähe einfing. Er prüfte die Aufnahmen kurz auf dem kleinen Bildschirm seiner Kamera und zeigte sie Leo. Perfekt! Das Kōriyama sah auf der gusseisernen Unterlage einfach perfekt aus.

Mittlerweile hatte die angetüterte Anwaltsgattin ihren Witz beendet, deswegen konnten die Gäste noch einen kurzen Blick auf das gelungene Fleisch werfen, bevor auch der zweite Bratdurchgang zum Nachgaren im Roastmaster verschwand. Dafür zog Leo die sechs zuerst gegrillten Stücke aus dem Ofen, die zwar immer noch nicht knusprig waren, insgesamt aber doch ganz passabel aussahen. Er bat seine Gäste, wieder an der Tafel Platz zu nehmen, und stellte das Fleisch auf einem großen Servierteller in die Mitte des Tischs. Und natürlich hatte er schon eine Idee, wie er das kleine Missgeschick beim Grillen trotzdem gut verkaufen konnte.

»So, Freunde, das sind die ersten sechs Stücke Kōriyama. Zwar nicht ganz so kross wie die anderen, aber wer der erste Europäer sein will, der diesen Schatz kostet, muss sofort zugreifen. Na, wer traut sich?«

Eine kleine Pause entstand. Die einen waren zu höflich, sich als Erste zu melden, die anderen wollten lieber auf die zweite Fuhre mit der röschen Kruste warten. Schließlich meldete sich Walter Blaschek.

»Na, komm, dann mach ich eben den Anfang, wenn es um den Eintrag ins Buch der Rekorde geht. Her mit dem Lappen, Leo.«

Auch Irene Matejka signalisierte, dass sie ein Stück nehmen würde, Manfred Vermeulen schloss sich an. Seine Frau war gerade am Nachschenken, deswegen schnappte er auch Lydias Teller und hielt ihn dem Gastgeber hin. Zwei Steaks waren noch übrig; bevor sie kalt wurden, erbarmte sich Bertram Tritschler.

»Komm, gib mir ruhig auch eins von den Stücken, die nicht so kross geworden sind. Das lässt sich mit den dritten Zähnen eh besser kauen.«

Lacher.

»Ja, mir auch. Das schmeckt bestimmt auch so ganz toll. Wäre ja schade um das kostbare Fleisch.« Das letzte Steak aus dem ersten Bratdurchgang landete auf dem Teller von Sabine Reynders.

Eine knappe Stunde später sah die elegant gedeckte Tafel aus wie ein Schlachtfeld. Überall türmten sich dreckige Teller, zusammengeknüllte Servietten, halb volle Gläser, außerdem war das teure Tischtuch mit Soße und Fettspritzern verdreckt. Seine Gäste hatten in spätrömischer Dekadenz geschlemmt, dass es Leo Vossen die reinste Freude war. Das Kōriyama-

Steak war von allen Seiten gelobt worden, wahnsinnig zart, unglaublich intensiv im Geschmack, nur Anka Vossen war der Genuss verwehrt geblieben. Denn leider hatte sich bei der Verteilung herausgestellt, dass Leo mit den zwölf Stücken einen kleinen Rechenfehler gemacht und nicht an seinen Gast von der Presse gedacht hatte. Und wenn einer das extravagante Fleisch gekostet haben musste, dann natürlich Tom Kraske.

Geistesgegenwärtig hatte die gute Frau des Hauses schon bei der Portionierung der einzelnen Stücke bemerkt, dass eins fehlte, und lautstark kundgetan, dass sie gar kein Freund von Kurzgebratenem sei und sich viel mehr auf ein schönes Well-done-Steak freue, das Frank Esser gerade auf dem Roastmaster nach allen Regeln der Kunst durchbriet. Leo hatte seiner Frau für die Abwendung einer weiteren Blamage einen zutiefst dankbaren Blick zugeworfen.

Als alle fertig und satt waren, fing Tom Kraske an, ein paar Zitate für seinen Artikel zu sammeln. Klaus Matejka beschrieb den Geschmack des Kōriyama als kräutrig, würzig und fast ein bisschen ins Nussige gehend. Michael Röckerath hatte metallische Aromen festgestellt, Simone Blaschek fand das Fleisch eher pilzig und meinte sogar, einen leichten Hauch von Vanille herausgeschmeckt zu haben.

Vossen schlich dem Journalisten hinterher, um das Lob seiner Gäste aufzusaugen. Als alle artig fertig geschwärmt hatten, wollte der Gastgeber auch noch ein paar Takte seines Grillwissens in Kraskes Notizblock diktieren, setzte sich dazu breitbeinig neben den Editor-in-Chief, nahm einen Schluck Wein und hob zu einem kleinen Referat an.

»Tja, da siehste mal, so faszinierend kann Chemie sein. Maillard-Reaktion.« Zu dem Begriff machte Leo eine majestätische Geste. »Aminosäuren werden in Zucker umgewandelt, weißte ja, und bei diesem Prozess können über tausend Aromen entstehen. Nur weil Fleisch auf Hitze trifft. Eigentlich irre, dass wir bei tausend Aromen nur fünf Geschmacksrichtungen unterscheiden können. Und umami kam ja sogar erst Anfang des 20. Jahrhunderts dazu. Wusstest du, dass ein Baby noch die doppelte Menge an Geschmacksknospen ...«

Dieser Satz blieb unvollendet, weil aus Bodennähe plötzlich ein metallisches Geräusch, gefolgt von einem verdächtigen Röcheln, an Leos Ohr drang. Sofern Darth Vader nicht unangemeldet die Party geentert hatte, konnte es nur eine Ursache dafür geben.

Noch bevor Vossen seinen Gedankengang beenden konnte, fingen sechs versenkbare Rasensprenger von der Hecke her an, mit Hochdruck Wasser in den Garten zu speien. Einer traf ziemlich genau die Tafel, wo das Wasser mit voller Kraft mehrere Gläser vom Tisch fegte.

Alle Gäste sprangen entsetzt auf, die Frauen kreischten und wussten gar nicht, in welche Richtung sie rennen sollten, da von überall druckvolle Fontänen nahezu horizontal durch den Garten peitschten. Ein anderer Strahl verursachte auf dem Gehäuse des Roastmasters einen scheppernden Ton und verdampfte effektvoll auf dem noch heißen Deckel. Martina Röckerath warf sich auf den Boden, Lydia kroch unter den Tisch, alle anderen versuchten, sich hinter den Sprinklern in Sicherheit zu bringen.

Nur Leo Vossen nahm eine andere Richtung: Er hechtete durch den künstlichen Platzregen zur Garage. In einem angrenzenden Wirtschaftsraum befand sich die Steuerungsanlage, nur dort konnte er dieses sprudelnde Inferno beenden. Die Tür, die vom Garten in die Garage führte, war mit einem kleinen Kästchen versehen, das erst nach der Eingabe eines achtstelligen Nummerncodes den Schließmechanismus öffnete.

Acht Stellen. Zum Teufel. Hätten vier nicht gereicht? Während Leo hektisch auf dem Display herumhackte, hörte er, wie die Sprinkler die Gießrichtung änderten und dabei das

Tempo verdreifachten. Tschak – tschak – tschak – tschak – tschatschatschatschatscha. Martina Röckerath auf dem Rasen fing an zu schreien.

Endlich gelang es ihm, die richtige Zahlenkombination einzugeben, die Tür ließ sich nach einem leisen Surren öffnen. Leo stürzte in den kleinen Nebenraum, riss den Kasten an der Wand auf und starrte auf ein digitales Bedienfeld. Und wie stoppte man diese verdammten Höllendinger da draußen? Das Teil vor ihm hatte ein Monteur eingebaut und so programmiert, dass es an zwei regenfreien Tagen hintereinander morgens um sechs für eine halbe Stunde bewässerte. Die Daten dafür bezog die Anlage über WLAN vom Hersteller, der sich wiederum auf die Messungen des Deutschen Wetterdienstes stützte.

An einer Kordel neben dem kleinen grauen Kasten hing das Bedienungshandbuch des Rainbird 805 XL – mit Versenkregner und Sektorrücklauf. Das Standardwerk der gediegenen Rasensprengautomation umfasste etwa achtzig Seiten.

Verdammte Schießelektronik!

Leo entschied sich, dass er mit kurzem Prozess hier am schnellsten zum Ziel kam. Er schnappte sich den Rechen, den sein Gärtner ordentlich an der Wandaufhängung befestigt hatte, und rammte den Holzstiel mit voller Wucht in die Digitalanzeige. Sicherheitshalber drei Mal hintereinander.

Danach hielt er für einen Moment inne. Im Garten herrschte Ruhe. Kein Wasser mehr, keine Schreie. Leo ließ den Rechen fallen, stützte sich mit der Hand an der Wand ab und starrte auf die zertrümmerte Steuerungsanlage. Was war denn heute los? Erst der Beinahe-Absturz mit dem Fallschirm, dann wurde das Fleisch von diesem japanischen Kirschblütenvieh labbrig, und jetzt drehte die Anlage durch und setzte alles unter Wasser. Die war um diese Uhrzeit doch noch nie angegangen.

Leo bückte sich, um den Rechen aufzuheben und wieder

in die Halterung zu hängen. An dem Rasensprenger musste doch jemand rumgefummelt haben. An seinem Gleitschirm – und am Fleisch vielleicht auch? War da draußen jemand, der seine Party sabotieren wollte? Einer seiner Gäste? Othmar von Bredow! Na klar, der hatte ja schon versucht, den Fallschirmsprung juristisch zu untersagen. Gut – dass hinter der Klage sein Nachbar steckte, wusste Leo nicht mit hundertprozentiger Sicherheit, aber wer sollte das denn sonst gewesen sein außer diesem misanthropischen Griesgram von nebenan? Jurist obendrein! Aber ob er auch für die Aktion mit den Rasensprengern verantwortlich war? Schließlich wusste von Bredow weder den Code für den Zugang zur Garage, noch traute Vossen ihm den technischen Sachverstand zu, die Beregnungsanlage zu manipulieren. Und mit dem Fleisch hatte er ja wohl keinen Berührungspunkt gehabt.

Leo beschloss, sich erst mal ein trockenes Hemd anzuziehen und sich dann einen großen Cognac zu genehmigen. Er hatte eh keine Ahnung, wie er seinen Gästen diesen Zwischenfall erklären sollte.

Er schlich sich durch die Garage ins Haus und lief ins Schlafzimmer. Dort stand Anka schon vor dem geöffneten Kleiderschrank und kramte nach Handtüchern und Klamotten für die durchnässte Grillgesellschaft.

Der Herr des Hauses blieb in der Tür stehen und sah seiner Frau zu. Sie hatte ihn nicht bemerkt. In solchen Momenten war er froh, dass es Anka gab. Wahrscheinlich hatte sie mit den richtigen Worten die tropfenden Gäste beruhigt, einen Scherz gemacht und die Lage deeskaliert. In Situationen wie diesen war diese Frau einfach unverzichtbar. Sie war besonnen, loyal, beherrscht. Nicht die Hellste, aber mit dem nötigen Fingerspitzengefühl für heikle Augenblicke ausgestattet. Außerdem hatte sie einen süßen Arsch.

Irgendwann bemerkte Anka, dass sie beobachtet wurde.

Sie fuhr herum und sah, wie ihr nasser Mann im Türrahmen den Boden volltropfte. Er setzte schnell einen bedröppelten Gesichtsausdruck auf und fing an, die Situation zu erklären, noch bevor seine Frau etwas sagen konnte. »Ich habe keine Ahnung, wie das passieren konnte. Um diese Uhrzeit sind die Dinger doch noch nie angegangen. Und ich wusste auch nicht, wie man sie wieder auskriegt. Ich hab einfach die Steuerung kaputt gemacht.«
»Echt? Wie hast du das denn geschafft?«
»Mit der Rückseite vom Rechen zertrümmert. Volle Möhre in diesen Kasten reingerammt. Manchmal glaube ich, wir haben zu viel Technik hier im Haus.«

Ankas Blick zeigte Leo, dass sie ihm da nicht grundsätzlich widersprechen würde. Nach einer kleinen Pause fragte er: »Und, wie ist die Stimmung da unten? Ich traue mich ja kaum raus.«

Anka hatte einen ganzen Berg Handtücher und Pullover auf ihre Arme geladen und stieß mit dem Fuß die Tür des Kleiderschranks zu. »Überraschend gut. Kannste dich bei Lydia bedanken. Nachdem sich alle hinter diese Sprengteile gerettet hatten, ist sie irgendwann unter dem Tisch vorgekrochen, hat ihre Schuhe ausgezogen und angefangen, durch den Garten zu tanzen. Mitten durch die Wasserstrahlen. Und hat gesungen ›I'm singing in the rain‹.« Anka drückte sich an ihrem Mann vorbei durch die Schlafzimmertür. »Sie trinkt zu viel. Aber die lustige Besoffene hat deine Party gerettet. Nur Röckeraths fanden das nicht gut. Die sind gegangen.«

Anka stapfte die Treppe nach unten. Leo ging zum Schrank und machte nachdenklich die Tür wieder auf. Röckerath. Der kleine Langweiler, der es gerade so noch auf die Gästeliste geschafft hatte, ging als Erster. Hatte das etwas zu bedeuten?

★★★

Anka und die Gäste hatten dem Personal dabei geholfen, die nassen Tischdecken abzuziehen, anschließend waren alle von den Kellnerinnen mit neuen Gläsern versorgt worden. Als Leo in den Garten zurückkam, saß die Partygesellschaft wieder am Tisch, zum Teil in Decken und Handtücher eingehüllt, aber erstaunlich gut gelaunt. Simone Blaschek sah um die Haare aus wie ein nasser Hund, Irene Matejka hing die Wimperntusche auf den Wangen, und Sabine Reynders zog die Blicke der Männer auf sich, weil sich jede Wölbung ihres weiblichen Körpers unter ihrem feuchten Kleid in fast obszöner Deutlichkeit abzeichnete.

Eine blasse Kellnerin brachte ein großes Tablett mit Heißgetränken, drei Kaffee, zwei Latte macchiato, einen Cappuccino und vier Espresso, davon einer mit Amaretto für Lydia. Leo wiederum hatte aus dem Wohnzimmer eine teure Flasche Cognac dabei, um seine Gäste mit dem kostbaren Digestiv zu besänftigen. Das war aber gar nicht nötig.

Als Walter Blaschek den Gastgeber kommen sah, krakeelte er durch den Garten: »Leo, das nächste Mal lässte dein Haus von 'nem ordentlichen Bauunternehmer bauen – und nicht von so einem Stiesel, der sich mit Technik nicht auskennt.«

Alle lachten, schließlich hatte Vossen jedes Detail selbst geplant und selbstverständlich von seinem eigenen Unternehmen errichten lassen.

Tritschler rief: »Jetzt weiß ich auch, warum der keinen Pool hat. Wenn ihm warm ist, macht der einfach den Rasensprenger an.«

Und Tom Kraske schob hinterher: »Ich sehe schon die Schlagzeile für meinen Artikel: Leo Vossen macht alle nass!«

Die Gäste wieherten. Leo lachte mit, auch wenn es überhaupt nicht seinem Humor entsprach, im Mittelpunkt des Spotts zu stehen. Aber immerhin schien ihm niemand wirklich böse zu sein. Außer Röckeraths. Die saßen in diesem Augenblick wahrscheinlich tropfend in ihrem jämmerlichen

Golf und zeterten, bis sie in ihrem spießigen Reihenhaus verärgert ins Bett gingen. Auf solche Gäste konnte man auch verzichten.

Klaus Matejka erzählte, dass die Hochzeit seiner Tochter im vergangenen Jahr eine ähnliche Unterbrechung erfahren hatte, allerdings nicht durch einen Rasensprenger, sondern einen plötzlichen Gewitterschauer, woraufhin Simone Blaschek zu berichten wusste, dass schon mal eine ganze Hochzeitsgesellschaft vom Blitz erschlagen wurde. Es folgten andere Unwettergeschichten und Hochzeitsanekdoten, bis sich Bertram Tritschler auf den Tisch übergab.

Einfach so, ohne Vorwarnung.

Es war ein gewaltiger Schwall, der zunächst unkontrolliert aus dem älteren Herrn hervorbrach, dann folgte eine kleine Pause, in der er schwer atmete, kurz darauf die nächste Eruption. Jetzt war er zumindest in der Lage, die Richtung des Strahls zu kontrollieren, und platzierte ihn unter der Tafel.

Alle Gäste starrten Tritschler schockiert an. Nur die wackere Anka sprang auf, goss dem kreidebleichen Mann ein Glas Wasser ein und schrie Richtung Küche, dass die Kellnerin einen Lappen bringen solle.

Tritschler war auf seinem Stuhl zusammengesackt, hatte Schweißperlen auf der Stirn und brabbelte: »Mir ist so schlecht, mir ist so unglaublich schlecht.«

Anka legte seinen Kopf etwas nach hinten, hielt ihn mit der einen Hand fest, während sie ihm mit der anderen das Wasser einflößte. Wieder ein Moment, in dem Vossen seine Frau bewunderte. Weil Tritschler nicht so schnell schlucken konnte, lief ein Teil der Flüssigkeit auf sein Hemd.

Die blasse Kellnerin war herbeigeeilt und wollte gerade anfangen, den Tisch abzuwischen, als Lydia plötzlich aufsprang, ein paar Meter rannte, dann auf die Knie fiel und sich in Leos akkurat geschnittene Buchsbaumkugel erbrach. Manfred eilte hinter seiner Frau her, kniete sich daneben, strich ihr die Haare aus dem Gesicht und hielt sie schützend fest. Irene Matjeka goss schnell ein weiteres Wasser ein, brachte es Lydia und half ihr mit Manfred beim Aufrichten. Der streichelte seiner Frau über den Rücken, Irene hielt ihr den linken Arm, während Lydia aus eigener Kraft den rechten zum Mund führte und trank.

In diesem Moment drang aus Irene Matejkas Magen ein dumpfes Grollen. Sie riss die Augen auf, hielt sich die Hand vor den Mund und rannte wie ein geölter Blitz ins Haus.

In der Zwischenzeit redete Leo auf Bertram Tritschler ein, während Anka ihm den Schweiß abtupfte. »Was ist denn los, alter Junge, sag doch was, ich mach mir ja richtig Sorgen. Hast du zu viel getrunken?«

Tritschler machte eine kaum merkliche Kopfbewegung. Es klang, als wollte er etwas sagen, seinem Mund entwich neben einem unangenehmen Duft nicht mehr als ein Röcheln.

Anka zückte ihr Handy. »Ich rufe einen Krankenwagen!«

Lydia schien es etwas besser zu gehen, sie ließ sich von ihrem Mann auf einen Stuhl zurückführen und starrte mit glasigen Augen vor sich hin.

Manfred setzte sich neben sie, legte seine Hand auf die seiner Frau und flüsterte: »Du musst weniger trinken. Das war heute zu viel. Und zu viel durcheinander.«

Lydia musste mehrere Mal schlucken, bevor sie antworten konnte. Sie zog ihre Hand unter Manfreds weg und sagte leise: »Das hat mit Alkohol nichts zu tun. Ich habe … Ich habe so was noch nie erlebt. Das war … wie ein Faustschlag in den Magen. Von jetzt auf gleich.«

In diesem Augenblick sackte Walter Blaschek in sich zusammen und spie eine graue Flüssigkeit in seinen Schoß.

Simone fing an zu schreien. »Wir brauchen auch einen Krankenwagen! Was ist denn hier auf dieser Scheißparty los, dass alle kotzen? Walter! Oh mein Gott!«

Anka rief ein weiteres Mal den Notruf an und erhöhte die Anzahl der angeforderten Krankenwagen präventiv auf fünf. Klaus Matejka war seiner Frau ins Haus hinterhergelaufen. Er rief nach ihr und hörte schließlich eine leise Antwort aus der Gästetoilette. Er stellte sich vor den Raum und erkundigte sich durch die geschlossene Tür, wie es Irene gehe.

»Jetzt besser. Aber ich hatte mit einem Mal einen furchtbaren Magenkrampf. Ich habe es gerade noch hierher geschafft, dann kam der Durchfall. Aber jetzt ist es besser.«

Plötzlich stand Sabine Reynders neben Klaus Matejka vor der Tür. Ihr war anzusehen, dass es dringend war. Er schüttelte nur schnell den Kopf, sie machte kehrt und rannte ins Obergeschoss.

Draußen im Garten lag Manfred Vermeulen mittlerweile auf dem Gras und schrie, dass ihn die Goldblitze aus den grünen Löchern im Himmel blendeten.

Leo Vossen war wie paralysiert. Er hatte es am Tisch nicht mehr ausgehalten zwischen all den röchelnden, schwitzenden Gästen, die ihren Mageninhalt im Wert von mehreren tausend Euro an verschiedenen Stellen des Gartens verteilt hatten. Er saß auf dem Bühnenrand und sah zu, was um ihn herum geschah, konnte aber nichts davon verarbeiten. Simone Blaschek, die weinend neben Walter kniete. Manfred Vermeulen auf dem Rasen. Lydia daneben, die tonlos zu schreien schien. Bertram Tritschler, der sich nicht mehr bewegte. Anka ratlos an seiner Seite. Die Sängerin Amanda Sparkle, die sich von hinten zum Gastgeber heruntergebeugt hatte. Anka, die zornig herüberschaute. Es war, als könnten seine Augen zwar sehen und seine Ohren auch hören, aber als fehlte die Verbindung vom Organ zum Gehirn. Nichts kam bei ihm an. Leo war völlig leer.

Wenn das Ganze ein Alptraum sein sollte, wäre so langsam ein guter Moment, um wach zu werden.

Erst der Lärm der Martinshörner und das zuckende blaue

Licht holten den Bauunternehmer wieder zurück in die Realität. Er rieb sich kurz mit der Hand über die Augen und versuchte es vom Bühnenrand mit einer kleinen Bestandsaufnahme. Lydia ging es offenbar schon wieder besser. Manfred hatte anscheinend so was wie Halluzinationen, schien sich aber zumindest nicht erbrochen zu haben. Simone Blaschek wirkte fit, ihr Mann Walter benötigte Hilfe, in erster Linie aber Bertram Tritschler. Anka war mittlerweile nicht mehr da, auch Sabine Reynders und das Ehepaar Matejka waren verschwunden. Leo fiel wieder ein, dass Irene vorhin hektisch ins Haus gerannt war. Dann war Klaus vermutlich auch dort.

Über den Kiesweg kamen die ersten Sanitäter gerannt. Leo lief ihnen entgegen und schickte sie der Schwere der Symptomatik nach mit kurzen Erklärungen zu den verschiedenen Patienten. Weil Anka nicht mehr da war, ging er neben seinem alten Kumpel Tritschler in die Hocke, der von zwei Sanitätern untersucht wurde.

»Atemweg frei.« Das klang gut.

»Patient atmet.« Das auch.

»Puls kaum spürbar. Er schwitzt stark.« Das schien jetzt eher bedrohlich.

»Fast kein Pupillenreflex.« Der Mann in der orangefarbenen Jacke wandte sich an seinen Kollegen. »Sieht für mich nicht nach einem Myokardinfarkt aus. Würde auch nicht passen. Wenn hier die halbe Partygesellschaft mit Erbrechen und Durchfall zu kämpfen hat, muss was anderes dahinterstecken. Apoplex kommt auch eher nicht in Frage. Haben Sie gegrillt? Hallo, ob Sie gegrillt haben?«

Leo hatte gar nicht mitbekommen, dass die Frage an ihn gerichtet war. Er war damit beschäftigt, mit seinem laienhaften Medizinwissen die Diagnosen des Sanitäters zu verstehen.

»Ja, wir haben gegrillt. Eine Fleischsorte, die noch nie in Europa zubereitet wurde. Kōriyama-Rind, eine Spezialität aus Japan.«

»Ach du Scheiße, klingt kompliziert. War das komplett durchgebraten?«

»Zwei Minuten von jeder Seite, sechs Minuten nachgegart bei hundertsechzig Grad.«

»Schlecht. Um alle Keime abzutöten, muss auch im Kern für mindestens zwei Minuten eine Temperatur von siebzig Grad herrschen. Sonst überlebt alles. Campylobacter, Salmonellen, Noroviren.«

»Die einzelnen Steaks waren aber recht dünn«, schob Leo kleinlaut nach.

»Was gab es dazu? Rohen Fisch, irgendwas mit rohem Ei?«

»Tintenfisch, aber keinen rohen. Den Rest müssen Sie den Caterer fragen, der hat ein paar recht außergewöhnliche Dips gemacht.«

»Waren irgendwo Pilze dabei? Vielleicht sogar selbst gesammelte?«

»Nicht dass ich wüsste, nein, ich glaube, Pilze waren nirgendwo drin ...«

»Immerhin. Für mich sieht das auf den ersten Blick nach einer Vergiftung aus. Also, mal ganz vorsichtig gesprochen, weil eben so viele Gäste auf einmal erkrankt sind. Sind von den Lebensmitteln noch Reste im Haus? Das könnte uns möglicherweise bei einer Schnellanalyse und bei der Suche nach einem Antidot helfen.«

»Ja. Ich denke, von den meisten Sachen müsste noch etwas da sein. Schon abgeräumt, in der Küche. Wir hatten fünf unterschiedliche Dips, dann natürlich Beilagen und außer dem Kōriyama noch weitere Steaks. Von denen müssten ... Aber von dem Kōriyama ist nichts mehr da. Das waren zwölf Stücke, die sind alle weg.«

»Das ist schlecht, gerade wenn es um völlig unbekanntes Fleisch geht.« Damit der Einsatzleiter die Befragung in Ruhe durchführen konnte, war ein anderer Sanitäter gekommen, der mit seinem Kollegen Bertram Tritschler auf eine Krankentrage gehoben hatte. Der Patient wurde zum Wagen gebracht, mittlerweile mit einem Tropf am Arm.

Leo wollte wissen, was mit Tritschler geschah, und lief den Rettungskräften hinterher. Allerdings war der Fragenkatalog von medizinischer Seite noch nicht abgearbeitet. Der Einsatzleiter erkundigte sich, wie viele Gäste insgesamt da waren, ob schon jemand gegangen sei – und wer dieses mysteriöse Fleisch eigentlich besorgt habe. Vossen beantwortete die Fragen abwesend, während sein Freund im Krankenwagen an einen Vitaldatenmonitor angeschlossen wurde. Durch die geöffneten Türen war die Herzfrequenzkurve darauf zu sehen. Sie zeigte schwache, unregelmäßige Ausschläge. Im Wagen brach Hektik aus. Das war alles kein gutes Zeichen.

Leo wurde von einem Helfer von der Tür weggeschoben. Er stand auf dem Wendehammer vor seinem Haus, hörte die aufgeregten Stimmen aus seinem Garten und das leise Piepsen des Elektrokardiogramms im Rettungswagen.

Dann folgte ein langer, durchdringender Ton. Ein Ton, der nicht aufhörte.

Das kannte Leo aus jeder Krankenhausserie. Herzstillstand.

Aus dem Garten hörte er die aufgeregte Stimme seiner Frau. »Leo, Leo! Leeeooo, verdammt.« Sie suchte ihn. Sein Freund war vor ein paar Sekunden gestorben. Die Stimme kam näher. Bertram war tot. Anka hatte ihren Mann gefunden. Vor dem Rettungswagen. Aus dem immer noch das Geräusch des Todes kam.

Anka blieb stehen. Sie zeigte aufs Haus. »Leo, ich glaube, Sabine Reynders ist tot!«

DREI

Kriminalkommissar David Lahmann lag in einer bunten Stoffhängematte und war glücklich. Papa durfte sich nach dem anstrengenden Umzug und den aufregenden ersten Arbeitstagen ein bisschen entspannen. Bis eben hatte er an diesem milden Samstagabend mit seiner Frau Sintje und den beiden Töchtern Mieke und Lola zum ersten Mal in der neuen Wohnung auf der Terrasse gegessen. Oder, um genau zu sein, zum ersten Mal überhaupt auf einer eigenen Terrasse, denn früher hatte die kleine Familie nur eine Drei-Zimmer-Wohnung mit Balkon gehabt, die immer enger erschien, je älter die Mädchen wurden.

In ihrer neuen Heimat hatten Lahmanns das große Glück, eine komplett neu gebaute Erdgeschosswohnung in einem ruhigen Stadtteil gefunden zu haben. Vier Zimmer, hundert Quadratmeter, Gästetoilette! Die Miete brachte den Kriminalbeamten und die stellvertretende Rektorin finanziell zwar an die Grenze, aber durch den Gartenanteil, so der Plan, könnte man vielleicht mal auf einen Urlaub verzichten, um so das Geld wieder einzusparen.

Obwohl die Sonne schon untergegangen war, saß Sintje mit den Töchtern immer noch am Terrassentisch und spielte »Spitz, pass auf!«. Davids Mutter hatte kürzlich sein Zimmer im Elternhaus entrümpelt und in diesem Zusammenhang jede Menge uralte Gesellschaftsspiele bei ihrem Sohn abgeladen. Für »Scotland Yard« waren die Mädchen leider noch zu klein, »Vier gewinnt« fanden sie langweilig, und für »Jenga« fehlte den jungen Damen die Geduld. Also wurde fröhlich gewürfelt und bei jeder Eins oder Sechs unter großem Krakeele an der Schnur gezogen, damit bloß kein buntes Kegelchen unter dem bösen Würfelbecher landete.

Trotz des Gekreisches wäre David mit den Gedanken

an den schönen Tag fast schon weggedämmert. Die Familie hatte mit den Rädern einen Ausflug zu einem herrschaftlichen Schloss und ins benachbarte Wildgehege unternommen. Um Geld zu sparen und das Klima zu retten, hatte David eins der beiden Autos verkauft und stattdessen zwei gute Elektrofahrräder angeschafft. Sintje hatte für Lola einen Anhänger mit Wimpel bekommen, Mieke wurde in einem länglichen Holzkorb vor dem Lenker ihres Papas kutschiert.

Der Moment des perfekten Familienglücks wurde durch ein Vibrieren von Davids stummgeschaltetem Handy gestört. Er nestelte auf der Hängematte das Telefon aus seiner Gesäßtasche und schaute auf das Display. Carla Weiß, seine Chefin. Samstags, um diese Zeit. Wenn sie sich nicht gerade danach erkundigen wollte, wie sein erstes Wochenende nach dem Umzug so lief, roch das nach Arbeit.

»Lahmann?«

»Gut, dass Sie rangehen, Weiß hier.«

»Ja.«

»Entschuldigen Sie die späte Störung, aber es könnte da eine größere Sache geben. Eine Grillparty ist offensichtlich aus dem Ruder gelaufen, zwei Tote, unnatürliche Todesursache, möglicherweise Vergiftung. Vier weiteren Gästen geht es schlecht. Die Kollegen vom K 11 im betreffenden Kreis haben uns angefordert.«

»Absichtliche Vergiftung?«

»Das gilt es herauszufinden. Die haben da wohl lauter exotisches Fleisch gegrillt, die Reste sind schon auf dem Weg ins Labor. Kann auch sein, dass es sich als Unfall herausstellt, aber es gab auf der Party wohl schon davor ein paar Zwischenfälle.«

»Na, das ist für mich als Veganer ja genau das richtige Ermittlungsumfeld.«

»Sie müssen nicht persönlich kommen, wir können das auch an Böhme und Tremper weiterdelegieren …«

Weiterdelegieren? David stutzte. War das eine Falle? Wollte Weiß prüfen, wie flexibel ihr neuer Kollege auf einen spontanen Einsatz am Wochenende reagierte? Oder hatte sie den Satz mit dem Veganer so verstanden, dass er da nicht hinwollte? »Nein, neinnein, kein Ding, ich fahre dahin. Aber einen von den anderen Kollegen hätte ich schon gern dabei. Was meinen Sie, wen ich besser anrufe, Frau Böhme oder Herrn Tremper?«

Carla Weiß machte eine kleine Pause. »Das überlasse ich Ihnen. Entscheiden Sie selbst. Die Nummern haben Sie ja.« Sie nannte ihm noch die Adresse für seinen ersten Einsatz und schloss mit den ermunternden Worten: »Ich danke Ihnen auf jeden Fall für Ihr Engagement. Viel Erfolg bei Ihrer Ermittlung.«

»Ja, danke. Schönen Abend.« David legte auf. Er dachte kurz nach. Böhme oder Tremper. Das war jetzt definitiv ein Test von Carla Weiß. Klang ja fast süffisant, wie sie gesagt hatte »Das überlasse ich Ihnen«. Im Prinzip kannte er beide Kollegen kaum, nur von einem kurzen Schnack, als Carla Weiß ihm die Räumlichkeiten gezeigt hatte. Verena Böhme wirkte zugänglicher als Tremper. Trotzdem entschied sich David, beim ersten Einsatz seinen männlichen Kollegen ein bisschen besser kennenzulernen.

Lutz Tremper hatte nach dem zweiten Klingeln abgenommen und sich sofort bereit erklärt, zu der verunglückten Grillparty zu kommen. Davids Angebot, ihn abzuholen, hatte er mit der Begründung ausgeschlagen, dass er ohnehin näher am Einsatzort wohne und der Abstecher ein ziemlicher Umweg sei. Also saß Kommissar Lahmann allein in seinem Škoda Fabia und ließ sich vom Navi über den Autobahnring auf den Hügel zu Vossens Villa lotsen.

Irgendwie fand er es strategisch ungünstig, später als sein Kollege einzutreffen. Er mochte es, einen Tatort als Erster zu betreten. Die Atmosphäre in sich aufzusaugen, Bilder in seinem Kopf entstehen zu lassen, was passiert war. Klar, die lokalen Streifenpolizisten waren immer früher da als die Mordkommission, aber gerade jetzt nach der Beförderung und bei seinem ersten Fall auf dem neuen Posten wäre er gern vor Tremper da angekommen.

War »Tatort« überhaupt der richtige Begriff, wenn zwei Leute an vergiftetem Essen gestorben waren? Was hatte Carla noch gesagt? Exotisches Fleisch. David kramte in seiner Erinnerung. Hatte er je von giftigem Fleisch gehört? Von verdorbenem schon, aber nicht in dem Ausmaß, dass man gleich an Ort und Stelle starb. Und was hatte exotisch zu bedeuten? Strauß, Krokodil, Känguru? Diesen fanatischen Brathanseln mit ihren Turbogrills war ja alles zuzutrauen. Dabei war ein gut marinierter Grilltofu mindestens genauso lecker.

Als David auf dem Wendehammer ankam, war von der Armada der Rettungswagen nur noch einer übrig. Die Dunkelheit im Inneren des Autos sprach allerdings dafür, dass dort aktuell kein Patient mehr behandelt wurde.

David blieb nach dem Aussteigen einen Moment stehen und schaute das Haus bewundernd an. Hier saß augenscheinlich jede Menge Geld. Er hörte Stimmen aus dem Garten und steuerte die parkartige Außenanlage über einen beleuchteten Kiesweg an.

Am Rande der oberen Terrasse hatte sich ein junger Streifenpolizist positioniert, der dafür sorgte, dass keine unautorisierten Personen das Grundstück betraten. David wies sich aus und bekam von dem Kollegen eine kurze Erläuterung über die verbliebenen Gäste. »Wir haben alle angewiesen, für die Erstvernehmungen hierzubleiben. So wie es bisher aussieht, sind sechs Leute von den Beschwerden betroffen.«

Der Beamte schaute in ein kleines Notizbuch. »Der Party-gast Bertram Tritschler ist vor einer guten Stunde im RTW verstorben. Ein Walter Blaschek wurde ins Krankenhaus eingeliefert, ebenso Lydia und Manfred Vermeulen. Es kam aber schon ein Anruf, dass die glücklicherweise alle außer Lebensgefahr sind. Sooo ...« Er drehte sich Richtung Garten um und deutete auf die verschiedenen Gäste. »Dahinten auf der Bank sitzt Simone Blaschek, beschwerdefrei, aber in Sorge um ihren Mann. Der Gastgeber Leo Vossen wird bereits von ihrem Kollegen befragt. Der Vossen ist hier in der Stadt ein bekannter Bauunternehmer. Seine Frau heißt Anka, sie hat Sabine Reynders tot im Obergeschoss des Hauses aufgefunden. Frau Vossen ist wohl ziemlich verstört und hat sich ins Schlafzimmer zurückgezogen. Irgendwo muss auch noch ein Journalist namens Kraske mit seinem Fotografen stecken, die sehe ich im Moment aber nicht. Das Personal wartet in der Küche. Zwei weitere Gäste, Klaus und Irene Matejka, sind nach Angaben des Gastgebers vor Kurzem gefahren, und das Ehepaar Röckerath hatte die Party schon verlassen, bevor hier die große Kotzerei losging.«

David fand das letztgenannte Substantiv seines Kollegen zwar unangebracht, lobte ihn aber trotzdem. »Gute Arbeit, vielen Dank. Wer ist der Mann am Grill?«

»Soweit ich weiß, der Metzger, der hier alles angeschleppt hat. Den Namen habe ich gerade nicht vorliegen.«

»Na, ein bisschen Arbeit muss für mich ja auch noch übrig bleiben.«

Das hatte David so locker dahingesagt. Aber er wusste, dass dieser Fall kompliziert werden könnte. Unübersichtlich viele Protagonisten waren nie gut. Und wieso litt nur etwa die Hälfte der Partygesellschaft an Symptomen? Vielleicht konnte der Mann, der gerade mit einer Eisenbürste den Rost reinigte, erste hilfreiche Angaben dazu machen.

David lief über den Rasen und nahm erst jetzt die Ausmaße

des Grills wahr. In der Größe fast vergleichbar mit seinem Fabia.

»Entschuldigung, darf ich Sie kurz stören? Lahmann, Kripo Köln, haben Sie Zeit für ein paar Fragen?«

Er zückte seine Dienstmarke, der Mann am Grill nickte und legte die Bürste auf eines der ausklappbaren Seitenteile. Dann wischte er sich die Hände an seiner Schürze ab.

»Na, selbstverständlich, Frank Esser mein Name. Ich bin Metzgermeister und habe die Feier hier heute becatert.« Er hielt kurz inne. »Was für ein schreckliches Ende.«

»Ja, furchtbar. Herr Esser, wir müssen als Erstes herausfinden, woran Herr Tritschler und Frau Reynders verstorben sind. Aber vielleicht haben Sie ja schon vor der Obduktion einen Hinweis. Es hieß, hier sei exotisches Fleisch gebraten worden?«

»Na ja, was heißt exotisch? Eigentlich ganz normales Rindfleisch, allerdings von einer besonderen Rasse aus Japan. Kōriyama. Das war hier eine Premiere, ich war der Erste, der dieses Fleisch in Europa verkauft und verarbeitet hat.«

Jetzt wurde David hellhörig. Zwar kein Strauß oder Gnu, aber eine offenbar unbekannte Spezialität. »Okay, da muss ich an dieser Stelle mal blöd fragen, Sie kennen sich da ja auch viel besser aus: Kann es sein, dass so ein besonderes Fleisch irgendwelche Inhaltsstoffe hat, die ein europäischer Magen nicht verträgt?«

Esser schüttelte den Kopf. »Nein, Rind ist Rind, der Unterschied liegt nur in der Fütterung und der daraus resultierenden Fettmaserung. Aber an sich waren das ganz normale Steaks. Wobei …«

»Wobei?«

»Wobei wir die zwölf Steaks in zwei Durchgängen auf den Grill gelegt haben. Und die erste Fuhre briet sich komischerweise ganz anders als die zweite. Die wollte gar nicht richtig kross werden.«

»Ist ja interessant. Wissen Sie, wer von den Gästen von der ersten Fuhre gegessen hat?«

»Leider nicht, ich war ja mit der Zubereitung der nächsten Steaks beschäftigt. Und die mussten was werden, sonst wäre der Gastgeber«, Esser schielte kurz in Richtung Vossen und sprach leiser weiter, »in die Luft gegangen. Das war ja ein ganz großes Event hier, mit Fachpresse und allem Pipapo. Na ja, wer sich allein das Fleisch fast drei Riesen kosten lässt …«

»Dreihundert Euro für zwölf Steaks?« David machte einen kurzen Pfiff.

»Nix dreihundert, dreitausend! Achthundertvierzig das Kilo. Können Sie ja mal runterrechnen, was ein einzelner Bissen kostet.«

»Ich wüsste lieber, welcher tödlich war.«

Jetzt wurde Esser wieder lauter. »Wer sagt denn überhaupt, dass es am Fleisch lag? Ich bin mir sicher, dass das tadellos war. Ich verarbeite schon mein ganzes Leben lang Fleisch, ich erkenne auf den ersten Blick, ob etwas frisch oder verdorben ist.«

»Auch bei einer Sorte, die Sie davor noch nie gesehen haben?«

»Kümmern Sie sich lieber mal darum, was die Menschen sonst noch alles gegessen und getrunken haben. Aber eins kann ich Ihnen sagen: An meinen Beilagen oder Dips lag es definitiv nicht. Davon hat mein ganzes Team gegessen, selbst ich, und wir sind alle topfit.«

David ging auf diese Schlussfolgerung nicht ein. Stattdessen fragte er: »Wie sieht das überhaupt aus, wenn so ein besonderes Fleisch zum ersten Mal gegrillt wird, wie Sie sagen … Wird so was dann irgendwo geprüft oder zertifiziert?«

»Was soll das denn heißen? Ich habe Ihnen doch gerade gesagt, das sind im Prinzip ganz normale Steaks. Da kann nichts drin sein. Da war nichts drin.«

Diese Aussage war alles andere als eine Antwort auf die

Frage. David machte sich eine kleine Notiz, bedankte sich für den Moment und bat Esser, sich für weitere Fragen zur Verfügung zu halten.

★★★

Lutz Tremper hatte sein Gespräch mit Leo Vossen beendet und steuerte auf seinen Kollegen zu, der in diesem Augenblick zu überlegen schien, wen er als Nächstes befragen sollte. Lutz konnte sich nicht gegen sein Gefühl wehren, dass der neue Vorgesetzte für so eine Situation wie diese viel zu wenig Autorität ausstrahlte. Er hatte David heimlich in seinem Gespräch mit Frank Esser beobachtet und konnte seiner Körpersprache nichts abgewinnen. Dieses verständnisvolle Nicken. Bei einer Befragung ging es nicht darum, die Sympathie eines Zeugen zu gewinnen, sondern die Oberhand in der Gesprächsführung zu behalten. Aber gut, das würde man auf dem Präsidium früher oder später hoffentlich auch merken. »Herr Lahmann, grüße Sie. Sieht ja nach einer komplizierten Premiere für Ihre Ermittlungsarbeit hier bei uns aus.«

»'n Abend, Herr Tremper. Ich glaube, zusammen schaffen wir das. Was erzählt der Hausherr?«

»Also, der geht fest davon aus, dass das ein Anschlag war, der eigentlich ihm gegolten hat.« Lutz erzählte von dem Fallschirmsprung und den Rasensprengern. »Vossen ist überzeugt, dass ihm jemand nach dem Leben trachtet.«

»Okay, ich sage mal so: Aus einer plötzlich anspringenden Bewässerungsanlage einen Mordversuch zu konstruieren, halte ich für abenteuerlich. Aber der Rest klingt in der Tat verdächtig. Ist halt die Frage, ob der Fallschirm wirklich manipuliert war, und wenn ja, in welchem Zusammenhang das mit den möglichen Vergiftungen steht. Übrigens, wollen wir nicht Du sagen? Ich finde das immer einfacher. Ich bin der David.«

»Lutz«, sagte sein Kollege nur. »Was hat der Metzger denn ausgesagt?«

»Was ganz Interessantes. Dass hier eine Fleischsorte gegrillt wurde, die davor noch nie in Europa verzehrt worden ist.« David holte sein Notizbuch raus, weil er sich den Namen nicht hatte merken können. »Kōriyama, ja so hieß das. Ich denke, wir müssen abwarten, was die Pathologie herausfindet.«

Lutz starrte auf die kleine Kladde. Da war nicht wirklich ein rosa Einhorn mit Glitzerstaub drauf?

David bemerkte den Blick seines Kollegen und erklärte: »Das hat Lola mir da draufgeklebt, meine Tochter. Das ist Pink Fluffy. Gerade ein ganz großer Hit bei den Mädels. Jedenfalls hat Herr Esser an einer Stelle sehr dünnhäutig reagiert. Und zwar, als ich ihn nach einer Zulassung für dieses Fleisch gefragt habe. Da könnte was im Argen liegen.«

»Okay, dem sollten wir nachgehen. Ich habe ansonsten alle Lebensmittel, die noch übrig waren, sichern lassen. Da kümmert sich unser Labor drum.«

»Super.« David ging im Gespräch noch mal ein Stück zurück. »Hat Vossen denn schon einen Verdacht geäußert, wer hinter diesem Anschlag, wie er es nannte, stecken könnte?«

Lutz zeigte auf ein dunkles Nachbargrundstück. »Da drüben wohnt wohl ein Richter, mit dem er sich nicht grün ist. Jemand hatte anscheinend im Vorfeld versucht, den Fallschirmsprung gerichtlich zu untersagen. Das hat aber nicht geklappt, da hat Vossen seinen Nachbarn im Verdacht.«

»Läge ja nahe. Hat eigentlich schon jemand mit der Frau des Hauses gesprochen? Der Kollege vorn am Tor sagte, sie sei sehr verstört nach den Vorkommnissen.«

»Nein, die Kollegen vom K 11 haben sich um die Personalien gekümmert und waren ansonsten wohl ein bisschen verschnupft, dass unsere Behörde den Fall übernehmen soll. Sagen Sie mal, ist das Nagellack da an Ihrem Finger?«

David schaute auf seine Hand. »Ja, ganz süß, oder? Hat Mieke gemacht, meine jüngere Tochter. Aber wir waren doch beim Du, Lutz.«

Tremper konnte seinen entgleisten Blick nicht von Davids Hand lösen. Er musste dringend an seiner Mimik arbeiten, Pokerface war noch nie sein Ding gewesen. Sein neuer Chef hatte ein Einhornblöckchen und zwei lackierte Fingernägel. Und fand das offenbar alles kein bisschen peinlich. Wie hatte man so einem metrosexuellen Lappen nur eine Führungsposition geben können, im Speziellen eine, auf die er sich auch beworben hatte?

David schien keine Ahnung von Lutz' Gedanken zu haben und schlug vor: »Komm, wir gehen mal gucken, in welcher Verfassung Frau Vossen ist. Mir fehlt auch noch die Übersicht, in welchem Verhältnis ihr Mann zu den einzelnen Gästen steht und ob die sich untereinander alle gekannt haben. Ach, kümmer dich doch mal drum, dass die beiden Jungs vom K 11 noch das Personal befragen, vielleicht haben die Kellner ja was Verdächtiges beobachtet. Dann haben die Kollegen auch was Sinnvolles zu tun und fühlen sich eingebunden. Ich schaue solang schon mal, ob Frau Vossen vernehmungsfähig ist.«

Anka Vossen war am späten Abend nicht mehr in der Lage gewesen, Fragen zu beantworten. Der Notarzt riet von einer Vernehmung ab, weil er ihr kurz davor erst eine Beruhigungsspritze gegeben hatte. Seiner Auskunft nach musste die Frau des Hauses mit den Nerven völlig herunter gewesen sein. Kein Wunder, schließlich hatte sie vor gut anderthalb Stunden eine Freundin tot aufgefunden. Oder eine Bekannte. David hatte als ranghöchster Beamter vor Ort schließlich entschieden, dass die Befragungen der Gäste beendet werden und alle nach Hause gehen konnten.

Am nächsten Morgen auf der Fahrt ins Präsidium dachte der neue stellvertretende Leiter der Kölner Mordkommission darüber nach, wie der gestrige Abend verlaufen war. Aus seiner Sicht im Prinzip ganz gut. Okay, Lutz Tremper hatte sich wahrscheinlich ein wenig über sein Auftreten gewundert, aber das war er gewohnt. Schon auf der Polizeischule war David klar geworden, dass er mit seiner Körpergröße von einem Meter neunundsechzig nie so angsteinflößend wirken würde wie die fitnessstudiogestählten Schränke um ihn herum. Dazu kam sein weiches Gesicht, das selbst jetzt mit fast Mitte dreißig immer noch dem eines Abiturienten glich und in das sich kaum ein Barthaar verirren wollte.

Deswegen hatte er sich von Beginn seiner Polizeilaufbahn an für eine andere Strategie entschieden: die des Unterschätztwerdens. Das brachte eigentlich nur Vorteile: Wer sich nicht von vornherein wie ein Gorilla auf die Brust trommelte, sorgte unwillkürlich für niedrigere Erwartungen, die dann mit umso einfacheren Mitteln übertroffen werden konnten. Außerdem fassten Kollegen viel leichter Vertrauen, weil sie keine Konkurrenz in ihm sahen. Er hatte sogar die Verhörmethoden seinem Wesen angepasst und war mit dieser Herangehensweise äußerst erfolgreich. Ein Ausbilder hatte ihm empfohlen, sich ein Vorgehen anzutrainieren, das er selbst als »Markus-Lanz-Taktik« tituliert hatte: smartes Auftreten, verständnisvoller Blick, vertrauensbildende Fragen zum Einstieg des Gesprächs, dabei aber genau zuhören, innerlich lauern – und im passenden Moment die richtige Frage abfeuern. Wer während des Verhörs die Angst vor der Situation verlor, war im entscheidenden Augenblick viel schneller aufs Kreuz zu legen.

Auf der Autobahn war an diesem Sonntagvormittag kaum Verkehr, deswegen dauerte Davids Fahrt ins Polizeipräsidium gerade mal zehn Minuten. Er schaute auf die Uhr. Viel zu früh. Er schwor sich, seine neue Heimat möglichst schnell genau kennenzulernen, um Fahrtzeiten und Distanzen besser einschätzen zu können. Er hatte sich mit Lutz Tremper für elf Uhr im Präsidium verabredet, beide waren der Hoffnung, dass im Lauf des Mittags die ersten Ergebnisse zur Todesursache feststehen könnten. Am Morgen hatte er auch die Kollegin Böhme kontaktiert, weil er sie bei einer Ermittlung in ihrem Zuständigkeitsbereich nicht übergehen wollte, Verena musste ihren Sohn aber dringend zu einem F-Jugend-Spiel drei Dörfer weiter kutschieren und anschließend anfeuern, also fiel sie für den Sonntag erst mal aus.

David schloss sein Büro auf und betrachtete eine Weile den kahlen Raum. Hier musste dringend eine persönliche Note rein, ein paar Fotos von seiner Familie, Pflanzen vielleicht – und auf jeden Fall der Pokal, den er beim polizeiinternen Minigolfturnier auf seiner alten Dienststelle vergangenen Sommer gewonnen hatte. Er war grundsätzlich kein Freund von Einzelbüros. Erst recht nicht jetzt, wo er es in einem neuen Team zum ersten Mal auf eine Führungsposition geschafft hatte. Da wäre ihm doch wichtig gewesen, die Schwingungen unter den Kollegen und möglicherweise auch sich gegenüber aufzunehmen.

Er stand noch immer im Türrahmen, als plötzlich das Telefon klingelte. Verdutzt schaute er den Apparat an. Sonntags, um diese Uhrzeit? Das war doch nicht etwa schon ...? Er hob ab.

»Ja, hör mal, da habe ich ja gar nicht mit gerechnet, dass da schon einer abnimmt. Der Mattes ist hier, also Matthias Koch von der Patho. Du musst der Neue sein, ne? Auf der ehemaligen Stelle vom Hennes Jensen, feiner Kerl, Gott hab ihn selig, da hat sich ja das halbe Präsidium drauf beworben. Gut, zur Sache, Junge: Du hast uns ja gestern zwei Leichen geliefert, erstaunlich, sage ich mal. Warum erstaunlich, wirste fragen, sage ich dir auch. Weil ich in den Mägen was gefunden habe, was

da gar nicht reingehört. Und zwar Amanitin, ein Amatoxin, klingelt was, da merkste schon am Namen, in welche Richtung das geht, ne? Gift nämlich. Kommt in allen möglichen Wulstlingen vor, in Knollenblätterpilzen zum Beispiel oder im Gift-Häubling, ist aber auch egal, denn jetzt kommt's.«
Zum ersten Mal machte Mattes in seinem Wortschwall eine kleine Pause.
»Jetzt kommt es, Junge: Pilze habe ich nämlich keine gefunden. Gut, der Alte hatte sich schon übergeben, da war eh nicht mehr viel zu holen, aber die Frau ... warte, wie hieß die noch ... ja, Reynders, die hatte den Mageninhalt noch komplett – und da war ungefähr alles dabei außer Pilze. Da guckste, was? Eine Pilzvergiftung ohne Pilz. Das habe ich so auch noch nicht gehabt.«
»Okay, warte mal, das muss ich mir notieren. Amanitin, ja? Ist das denn ein tödliches Gift?«
»Ja, und wie! Was mich allerdings wundert, ist die Geschwindigkeit, mit der dat gewirkt hat. Ich sage mal, normalerweise merkste bei einer Amanitin-Intoxikation die ersten zwölf Stunden gar nix. Dann kriegste den flotten Otto, Kotzerei und Magenkrämpfe. So, dann ist oft erst mal Schluss, und das genau ist so trügerisch, weil es dann ein paar Tage später erst wieder losgeht, aber umso schlimmer. Wenn du bis dahin nix unternommen hast, kriecht das Gift in die Leber und die Niere, und zack: Multiorganversagen! Dass das jetzt innerhalb von Stunden ging, muss an einer außergewöhnlich hohen Konzentration liegen. Anders kann ich mir das nicht erklären.«
»Eine außergewöhnlich hohe Konzentration bei gleichzeitigem Fehlen von Pilzen. Wie kann das sein?«
»Na ja, das Zeug muss woanders drin gewesen sein.«
»Besteht die theoretische Möglichkeit, dass eine unbekannte Rindfleischsorte diesen Giftstoff enthält? Die haben so was ganz Exklusives aus Japan gegessen.«

»Rindfleisch? Nein, ausgeschlossen. Das Fleisch könnte höchstens mit extrahiertem Pilzgift versetzt worden sein. Wenn du jemand unter die Erde bringen willst, ist das 'ne relativ perfekte Methode. Weißte warum? Weil es nix bringt, wenn du das Fleisch durchbrätst. Amanitin denaturiert beim Erhitzen nicht und ist resistent gegen unsere Magenenzyme, deswegen konnte ich das überhaupt so schnell nachweisen, haste nämlich Glück gehabt, Junge.«

Glück hätte David jetzt anders definiert, aber der schnelle Erfolg bei der Ermittlung der Todesursache war für seinen ersten Fall sicher nicht von Nachteil.

»Wie schwer ist es denn, dieses Amanitin aus einem Pilz zu extrahieren?«

»Pfff, wer sich mit Lebensmitteln ein bisschen auskennt, der schafft das. Noch wahrscheinlicher ist es aber, dass man so was schon komplett fertig bestellen kann. Ich sage mal, Darknet oder so.«

»Also, würden Sie … Würdest du vermuten, dass eine der Speisen auf dieser Party mit dem Giftstoff versetzt worden ist?«

»Ist zumindest gut möglich. Jetzt willste wahrscheinlich noch wissen, welche das war, ne? Aber da muss ich leider passen, das kannst du in so einem Mageninhalt nicht rausfinden. Höchstens kurz nach dem Essen, aber wenn der Zersetzungsprozess zwischen den Schleimhäuten schon ange–«

David unterbrach den Kollegen. »Ja, danke, so genau will ich das gar nicht wissen. Das sind auf jeden Fall alles sehr wichtige Erkenntnisse. Und wenn es tatsächlich so war, dann ist die Angelegenheit bei uns in der Mordkommission auch richtig aufgehoben. Kann ich dich bei weiteren Fragen irgendwie mobil erreichen? Es ist ja Sonntag, da machst du ja bestimmt langsam Feierabend.«

»Nä, ich hab noch zu tun, ich bin da, weißt ja selber, wie das ist, der ganze Schreibkram. Wenn du was wissen willst, der Mattes ist für dich da. Hat mich gefreut, Junge, wie heißte noch?«

David nannte seinen Namen, ging nicht davon aus, dass Mattes ihn sich merken würde, und legte auf. Er schaute das Telefon an und schüttelte den Kopf. Das ganze Gespräch war ihm vorgekommen, als sei ein ICE voll mit Wörtern und Fachbegriffen an ihm vorbeigerauscht.

»Du siehst aus, als hättest du gerade mit Schwallinski telefoniert.« Lutz stand in der Tür, David hatte gar nicht bemerkt, dass sein Kollege gekommen war.

»Schwallinski? Nee, der hieß anders. Mattes, hat er gesagt.«

Lutz lachte. »Jaja, Mattes Koch, genannt Schwallinski. Weil er so viel quatscht. Der Mann trinkt drei Kannen Kaffee am Tag und wohnt quasi zwischen seinen Leichen. Hat berufsbedingt nicht so viel Ansprache und deswegen umso mehr Text, wenn er mal mit einem Lebenden spricht.«

»Ah, okay, das erklärt einiges. Ich glaube, heute waren es sogar vier Kannen.« David teilte seinem Kollegen die Erkenntnisse des Pathologen mit. Dann stand er auf und schrieb die Namen der Grillparty-Gäste auf ein Whiteboard an der Wand, darunter die des anwesenden Personals und den des Nachbarn Othmar von Bredow. Hinter Sabine Reynders und Bertram Tritschler malte er ein Kreuz.

»Weißt du, was ich mich frage?«, sagte Lutz, als David fertig war. »Warum nur zwei der Partygäste gestorben sind. Ich meine, wenn das Gift so hochkonzentriert war, dass es so außergewöhnlich schnell gewirkt hat, wieso kommen dann vier mit einer Magenverstimmung davon, und der Rest hat gar nichts?«

»Warte mal, mir fällt was ein. Dieser Esser, der Metzger, hat mir gesagt, dass er für zwölf Gäste zwei Fuhren Fleisch gemacht hat. Und eine hat sich ganz anders gebraten als die andere. Das würde ja genau passen. Sechs Stücke waren vergiftet, die anderen sechs nicht.«

»Waren das denn genau zwei Mal sechs?«

»Das hat er nicht gesagt, kriegen wir aber raus. Und wer von welchem Grilldurchgang hatte, müssen wir auch herausfinden, das wusste Esser nicht. Aber lass uns doch mal von der These ausgehen, dass das Gift im Fleisch war. Dann müssen wir wissen, wer damit Kontakt hatte.«

»Ja, aber wir sollten uns nicht nur darauf konzentrieren. Dieses Amanidingsbums kann auch überall sonst drin gewesen sein.«

Da hatte Lutz natürlich recht. Aber David gefiel seine Theorie, und an irgendeiner Stelle musste man in dem Fall ja anfangen. Kurz durchzuckte ihn der Gedanke, dass Lutz ihn absichtlich auf eine falsche Fährte lenken könnte. Wie hatte dieser Schwallinski vorhin am Telefon gesagt? Auf seine Stelle »hat sich ja das halbe Präsidium beworben«. Vielleicht auch Lutz? Und der gönnte ihm jetzt keinen schnellen Ermittlungserfolg.

David beschloss, mit den Ratschlägen seines Kollegen vorsichtig umzugehen. Um seine Spur zu verfolgen, schlug er vor: »Wie wär's, ich rufe den Vossen an, vielleicht weiß der, wer von welchem Fleisch gegessen hat – und du klärst mit Esser, wer alles Zugriff auf das Edelgrillgut hatte?«

Lutz machte eine gleichgültige Geste. »Gut, wenn du meinst, ermitteln wir erst mal in diese Richtung.« Er verließ Davids Büro und ging zu seinem Schreibtisch.

David schaute ihm nach. Wahrhaftige Kooperationsbereitschaft klang anders.

Irgendwann am Vormittag erwachte Anka Vossen aus einem traumlosen Schlaf. Sie war wie gerädert. Nach einem kurzen, gnädigen Moment der Desorientierung war die schreckliche Erinnerung an den gestrigen Abend wieder da. Am schlimmsten hatte sich das Bild eingebrannt, wie ein knappes Dutzend Krankenwagen mit zuckendem Blaulicht in der Sackgasse vor ihrem Haus gestanden hatte. Überall Sanitäter, die umherliefen, fahle Menschen, die auf Krankentragen weggerollt wurden, und die Nachbarschaft, die mit entsetzten Gesichtern von ihren Gartenzäunen aus das gruselige Treiben beobachtete.

Sie wusste nicht, wie sie in ihr Bett gekommen war und ob Leo neben ihr geschlafen hatte. Seine Betthälfte war auf jeden Fall leer. Ankas Kostüm vom gestrigen Abend hing über einem Sessel im Schlafzimmer; so wie es gefaltet war, sah es nicht danach aus, als hätte sie es dort abgelegt.

Sie zwang sich, aufzustehen und ihren Mann zu suchen. Unsicher tapste sie barfuß die breite Treppe hinunter, Leo saß am Esstisch in der offenen Wohnküche. Gegessen hatte er offenbar noch nichts, er starrte vor sich hin, rauchte eine Zigarette und sah blass und übernächtigt aus.

Er nahm wahr, dass sie kam, sagte aber nichts.

Anka ging um ihn herum und umarmte ihn. Leise fragte sie dabei: »Leo. Was ist da gestern Abend nur Schreckliches geschehen?«

Er schüttelte den Kopf, erst leicht, dann stärker. »Ich weiß es nicht«, sagte er tonlos. »Ich kann es dir nicht sagen.« Er machte eine Pause und drückte die Zigarette im Aschenbecher aus. »Sabine ist tot. Und Bertram. Und ich kann dir nicht sagen, warum.«

Anka setzte sich auf einen Stuhl neben ihren Mann. Sie wischte sich die ungekämmten Haare aus dem Gesicht. »Da muss irgendwas im Essen gewesen sein, oder?«

Leo zuckte mit den Schultern. Statt auf die Frage zu antworten, sagte er: »Die wollten *mich* treffen. Bertram und Sabine, das war ein Versehen, die wollten *mich* treffen.«

»Wie kommst du denn darauf?«

»Der erste Versuch war die Nummer mit dem Fallschirm.

Das hat nicht geklappt. Also Stufe zwei: vergiften. Irgendjemand will mich aus dem Weg räumen. Klar, mein Erfolg passt eben nicht jedem.«

Anka hielt von seiner Theorie wenig. Sie wollte in diesem Augenblick zwar nicht mit ihrem Mann streiten, traute sich aber doch zu widersprechen. »Und wenn das alles nur Zufall war? An dem Fallschirm hatte sich was verhakt, und das Essen war halt irgendwie schlecht. Guck mal, da kann doch auf dem langen Weg aus Japan irgendwo die Kühlkette unterbrochen worden sein ...«

»Wie naiv bist du denn?«, herrschte Leo sie an. »Glaubst du, das würde ein Spitzenmetzger wie Esser nicht sehen, wenn mit dem Fleisch was nicht in Ordnung wäre? Kühlkette! Ja, dann wären da vielleicht Salmonellen drin, aber daran sterben doch keine zwei erwachsenen Menschen! Nee, nee, nee, da hat jemand nachgeholfen, der allein mir schaden wollte.«

»Musst du eigentlich immer alles auf dich beziehen? Selbst wenn zwei andere Menschen sterben, stehst du wieder im Mittelpunkt. Denn die sind ja nur ein versehentlicher Kollateralschaden, im Grunde sollte es natürlich *dich* treffen.« Das Wort »dich« spie Anka verächtlich aus. »Du fragst ja nicht mal, wie es mir geht. Ich habe Sabine gefunden, leblos, oben auf dem Sofa im Gästezimmer.« Jetzt fing sie an zu heulen. »Weißt du, wie es einem da geht, wenn man einen toten Menschen vor sich liegen hat? Der auf nix mehr reagiert? Nein, weißt du nicht, aber du weißt natürlich, dass es alle nur auf dich abgesehen haben!«

Den letzten Teil des Satzes konnte man kaum noch verstehen, so tränenerstickt war Ankas Stimme. Sie rannte aus der Küche die Treppe hoch in Richtung Schlafzimmer. Sie wollte diesen Egomanen nicht mehr sehen.

Leo rief ihr nach: »Bertram Tritschler ist in meinen Armen

gestorben, weil du ja plötzlich nicht mehr da warst, schon vergessen? Mein Freund Bertram. In meinen Armen!«

»Mein, mein, mein, ich, ich, ich! Du merkst es ja schon gar nicht mehr!«, schrie Anka von der Galerie herunter und trat mit voller Wut gegen einen glänzenden Leoparden, der am Treppenabsatz stand. Die Skulptur purzelte die Stufen herunter, verlor zuerst den Kopf mit dem aufgerissenen Maul, dann brach der Schwanz ab, der Rest zerschellte auf dem Kirschbaumparkett im Erdgeschoss.

Und dann knallte Anka die Schlafzimmertür von innen zu.

Leo zündete sich eine weitere Zigarette an. In diesem Moment klingelte das Telefon.

Carla Weiß stand in einer kleinen weiß gekachelten Damentoilette vor dem Spiegel und versuchte, ihre Haare zu bändigen. So schön und entspannend der Reitsport auch war, der Helm ruinierte ihr jedes Mal die Frisur. Mit ihrem Schopf stand die Kriminalkommissarin ohnehin schon seit der Kindheit auf Kriegsfuß. Aus ihrer Sicht waren das mehr Borsten als Haare, in kurzem Zustand standen sie stachelig vom Kopf ab, in der längeren Version erinnerten die Spitzen an einen ausgefransten Besen. Bereits als Kind hatte sie die Frauen auf den Postern im Friseursalon beneidet, deren gewelltes Haar locker die Schultern umspielte, oder die Freundinnen, die nach dem Ausritt den Helm abnahmen, sich einmal kurz über den Kopf wuschelten und danach sofort wieder adrett aussahen.

Sie trieb vor dem Spiegel eine grobe Bürste durch ihre störrische Mähne und stellte mal wieder fest, dass das Geräusch dabei so klang wie beim Pferdestriegeln. Diese kleine Malässe nahm sie allerdings gern in Kauf, denn die Stunden auf dem Reiterhof ihres Schwagers gehörten zu den unbeschwerten

Momenten in ihrem Leben. Die Leute hier auf dem Anwesen am Waldrand waren so was wie ihre Ersatzfamilie geworden. Carlas Schwester Ruth war schon immer das apartere Mädchen gewesen. Kein Wunder, dass Konstantin sich für sie entschieden hatte. Das Geschwisterpaar hatte den Sohn eines Gutshofbesitzers bei einem Campingurlaub in der Bretagne vor fast dreißig Jahren kennengelernt. Der junge Mann hätte Carla auch gut gefallen, aber er hatte nur Augen für ihre Schwester gehabt. So blieb für sie mal wieder die Rolle der guten Freundin, später Schwägerin und sogar Patentante der älteren Tochter. Und einmal pro Woche der Einblick in die rosamundepilchrige Idylle der glücklichen Familie. Und eigentlich reichte ihr das auch.

Sie war inzwischen Mitte fünfzig, Single und nachwuchslos. Sie konnte sich an keine Situation ihres Lebens erinnern, in der sie sich nach Kindern gesehnt hätte. Stinkende Windeln, Geplärre die ganze Nacht durch und tausend Einschränkungen in einem chronisch übermüdeten Tagesablauf – sie hatte bei ihrer Schwester gesehen, was es bedeutete, zwei Mädchen großzuziehen. Nein, danke.

Einen Mann an ihrer Seite hätte sie dagegen schon ganz gern gehabt, aber das hatte bislang nicht so recht funktioniert, von zwei kürzeren Beziehungen abgesehen. Die erste war an Carlas unregelmäßigen Dienstzeiten gescheitert, die zweite an der Entfernung. Silvio war echt ein klasse Kerl gewesen, Kollege bei der Polizei obendrein, aber leider aus Magdeburg.

Während des Reitens konnte Carla komplett abschalten. Nicht an Männer, Kinder oder den Job denken. Auf dem Rücken ihres Pferdes zählten nur der Weg, der vor ihr lag, der Wind, der ihr um die Ohren pfiff, und die Sonne im Gesicht. Aber sobald sie ihren Hannoveraner Hengst Bluebird abgesattelt hatte, waren die Fälle wieder da. Schon während des Versuchs, ihre Haare einigermaßen in den Griff zu bekommen, dachte sie an das tragische Ende dieser gestrigen

Grillparty und an ihren neuen Stellvertreter David. Er hatte ihr am Morgen eine kurze Sprachnachricht mit dem aktuellen Sachstand geschickt und berichtet, dass er mit Lutz Tremper heute noch tiefer in die Ermittlung einsteigen wolle.

Carla hatte für den Rest des Sonntags ohnehin keine Termine, also entschied sie sich, nach dem Ausritt und einem kurzen Imbiss mit Ruth und Konstantin noch mal ins Präsidium zu fahren. Einerseits konnte sie dort vielleicht behilflich sein, andererseits wollte sie mal ganz unverbindlich schauen, wie sich der Neue in seinem ersten Fall so machte. Und ob Tremper versuchen würde, den kleinen Lahmann über den Tisch zu ziehen. Denn diese Befürchtung hatte sie ganz stark, nachdem sie Lutz die Beförderung verweigert und ihm den Newcomer vorgesetzt hatte.

Die Fahrt zurück in die Stadt ging ruckzuck, sonntags konnte man sich mit dem Auto sogar auf die stauträchtigsten Straßen und Brücken der Stadt trauen. Zudem entdeckte Carla auch noch einen Parkplatz vor dem Präsidium und ersparte sich das angestrengte Manövrieren in der engen Garage.

In den Räumlichkeiten der Mordkommission traf sie auf ein leeres Großraumbüro, allerdings schwamm ein bildschirmschonender Fischschwarm über Trempers Monitor, der Kollege schien also im Haus zu sein. Carla fand ihn im Büro ihres Stellvertreters, wo er David zuschaute, der auf dem Whiteboard Verbindungslinien zwischen einzelnen Namen zog. Lahmann sah durch die Glaswände, dass seine Chefin im Anmarsch war, und hielt inne. Tremper drehte sich um.

»Lassen Sie sich nicht stören, ich war gerade auf dem Weg, und da wollte ich mal schauen, ob ich vielleicht helfen kann.« Carla setzte sich zu Tremper, und David fragte sich, ob es eigentlich je eine Situation gegeben hatte, in der der Satz »Ich war gerade auf dem Weg« nicht gelogen war. Das ließ er sich allerdings nicht anmerken, sondern brachte seine Chefin mit knappen Worten auf den aktuellen Stand.

»… ja, und bei dem Telefonat eben mit Herrn Vossen habe ich noch mehrere interessante Fakten herausgefunden. Ich war im Moment dabei, Lutz in das Beziehungsgeflecht dieser Party einzuführen, aber ich fange gern noch mal an. Also: Viele Gäste kannten sich vor dem gestrigen Abend untereinander nicht. Beginnen wir mal mit dem Ehepaar Blaschek. Er ist Bauunternehmer aus einer Stadt etwas weiter weg, sie arbeitet bei ihm im Betrieb. Die beiden hatten bislang nur auf beruflicher Ebene mit Klaus Matejka zu tun, der einen Baustoffgroßhandel betreibt. Seine Frau Irene hat eine Boutique und war mit keinem der anderen Gäste bekannt. Michael Röckerath arbeitet bei Vossens Hausbank, seine Frau ist die Vorsitzende des Gewerbevereins. Die beiden kannten schon vor der Party Bertram Tritschler, Fraktionsvorsitzender der Konservativen im Kreistag und Mitglied im Bauausschuss. Trotz dieser Tätigkeit hatte Tritschler mit Bauunternehmer Blaschek wohl noch nie was zu tun, weil dessen Betrieb in einem anderen Landkreis liegt. So sagte das zumindest Vossen. Sabine Reynders ist Steuerberaterin und hatte davor noch nie einen der anderen Eingeladenen getroffen, genau wie Lydia und Manfred Vermeulen, sie ist die beste Freundin von Vossens Frau Anka, er Medienanwalt und hat mit diesen ganzen Bau-Leuten nichts zu tun.«

David ging ein paar Schritte zurück und schaute sich die Linien an, die er auf die Tafel gemalt hatte.

»Es gibt also niemand, der sowohl den toten Bertram Tritschler als auch die tote Sabine Reynders kannte. Bis auf die Gastgeber natürlich. Daraus schließe ich, dass die beiden eher zufällig Opfer dieser Vergiftung geworden sind.«

»Bis auf die Gastgeber, wie du selbst sagst«, warf Lutz ein. »Kann ja sein, dass Vossen mit beiden eine Rechnung offen hatte und die Party ein guter Anlass war, sie aus dem Weg zu schaffen. Überleg mal, Steuerberaterin und Bauausschuss.

Gut möglich, dass die zu viel über irgendwelche krummen Geschäfte wussten.«

David wog kurz den Kopf hin und her, Carla sah ihm an, dass er von Trempers Theorie wenig hielt. »Ja, kann sein, aber da gäbe es doch elegantere Methoden als auf einer Party mit Presse und Sängerin und ganz vielen anderen Gästen, oder?«

»Vielleicht sollen wir ja genau so denken.«

»Ja, aber warte mal, was Vossen noch erzählt hat. Er konnte sich daran erinnern, dass Frau Reynders und Herr Tritschler das Fleisch von der ersten Fuhre hatten, also von dem misslungenen Bratdurchgang. Genauso wie Lydia Vermeulen und Walter Blaschek. Bei den restlichen beiden Stücken war er sich nicht mehr sicher, wer die bekommen hatte. Was aber sicher ist: Vier von sechs Leuten, die von der ersten Ladung hatten, haben Symptome gezeigt. Wie es Frau Vermeulen und Herrn Blaschek aktuell geht, müssen wir übrigens noch klären, gestern hieß es aber, es schwebe keiner der Gäste in Lebensgefahr. Und ich habe Vossen auch gefragt, ob er das Fleisch den Gästen zugeteilt hat. Nein, sagte er, die hätten sich freiwillig für die nicht so krossen Stücke entschieden. Also, wenn tatsächlich nur in den sechs Steaks aus der ersten Lende das Gift drin war, dann war es reiner Zufall, wer davon bekommen hat und wer nicht.«

Carla bremste David in seiner Euphorie. »Wir müssen aber festhalten, dass wir noch nicht genau wissen, ob tatsächlich das Fleisch oder nicht doch irgendein anderes Lebensmittel oder ein Getränk vergiftet war.«

»Genau, und an dieser Stelle würde ich gern kurz einhaken. Ich habe nämlich auch ein paar interessante Ergebnisse aus meinem Telefonat mit Metzgermeister Frank Esser. Vielleicht sogar noch aufschlussreicher als die von David.« Tremper stand auf und schritt zum Whiteboard. Er nahm einen Stift, zog genüsslich den Deckel ab und schrieb in die rechte obere Ecke »Hendrike Kupfer«. Dann klopfte er dreimal mit dem

Ende des Stifts triumphierend auf den Namen und schien sich über den Moment von Davids und Carlas Verwirrtheit zu freuen.

»Ich bin nämlich schon eins weiter, ich habe hier bereits die erste Tatverdächtige. Ein neuer Name im Spiel, wer ist Hendrike Kupfer? Ich verrat's euch. Frau Kupfer arbeitet seit gut einem Jahr als Aushilfe bei Esser im Cateringservice. Und so, wie es aussieht, hat die Gute nicht mehr alle Latten am Zaun. Die hat vor ein paar Wochen einem Kollegen erzählt, dass sie für eine vegane Welt kämpft und dass sie Stretscherin ist.«

»Was ist sie?«, fragte Carla dazwischen.

»Streitscherin oder so was. Das sind wohl militante Veganer mit ganz vielen Tätowierungen und so.«

»Straight Edge!«, rief David. »Das ist eine Bewegung, die Alkohol und Drogen ablehnt, antifaschistische Punks, hören Hardcore-Musik und leben oft vegan. Ihr Erkennungszeichen ist ein X auf dem Handrücken. Die meisten lehnen Gewalt aber ab.«

»Womit du dich so auskennst … Aber gut, ›die meisten‹ sind halt auch nicht alle, und Frau Kupfer scheint da eher von der gewaltbereiteren Front zu sein. Die geht davon aus, dass wir erst in einer veganen Welt leben, wenn sich alle Fleischesser totgefressen haben, verkürzt gesagt. Und möglicherweise hilft sie dabei ein bisschen nach.« Lutz machte eine kleine Pause und ließ die Katze schließlich aus dem Sack. »Die irre Tante studiert Ökotrophologie. Also Ernährungswissenschaften. Und ich sage mal, wer, wenn nicht so jemand, weiß, wie man ein Pilzgift extrahiert und woanders wieder reinkriegt? So viel zur potenziellen Täterin, und ich kann euch sogar schon einen möglichen Tathergang bieten. Es war nämlich genau diese Hendrike Kupfer, die den Gästen den Kaffee gebracht hat. Und da ein bisschen Gift reinzumischen ist ja nun wirklich einfach.«

Carla wollte gerade etwas sagen, aber David kam ihr zuvor. »Aber warum beschäftigt Esser denn so jemand in seinem Cateringteam? Wenn er doch angeblich davon gewusst hat?« Lutz grinste zufrieden. Er hatte offenbar mit dieser Frage gerechnet und auch darauf eine Antwort parat. »Das kann ich euch sagen: Weil er heute früh erst davon erfahren hat. Ein Niklas hat ihn angerufen, auch eine studentische Aushilfe. Das ist der Junge, dem Hendrike ihre kruden Veganismus-Phantasien anvertraut hat. Der hat heute Morgen auf der Internetseite vom ›Stadt-Anzeiger‹ über das tragische Ende dieser Party gelesen, wusste, dass Esser dafür das Catering machte, und hat seine Kollegin dann beim Chef verpfiffen. Dieser Niklas fand Hendrike wohl bislang ganz süß, so als Frau, und hat die geplante Ausrottung der Fleischesser für einen Witz oder einen Spleen gehalten. Wie gesagt, bis heute früh. Ich habe Esser angewiesen, Frau Kupfer erst mal nicht zu sagen, was wir über sie wissen, sonst ist sie vorgewarnt.«

Jetzt war Carla dran. »Okay, Lutz, denken wir in diese Richtung mal weiter. Wir hören ja immer wieder, dass sich Menschen übers Netz radikalisieren, das muss ja nicht immer ausländerfeindlich oder antisemitisch motiviert sein. Kann auch durchaus mal so einen Hintergrund haben. Aber dann frage ich mich: warum nur zwei Tote? Wenn sie bequem die Möglichkeit hätte, eine ganze fleischfressende Partygesellschaft um die Ecke zu bringen? Radikalisierte Attentäter sehen sich als Märtyrer, denen geht es um Zahlen. So viele Opfer wie möglich. Selbst wenn sie zur Not selbst dabei draufgehen.«

»Aber genau das wird diese Hendrike nicht wollen. Wenn die wirklich so tickt, wie ihr Kollege es beschreibt, hat sie noch einen langen Kampf vor sich und will unentdeckt bleiben.«

»Genau, und deswegen erzählt sie ihre Theorien ein paar

Wochen vorher diesem Niklas.« Davids Einwurf machte deutlich, dass er von Lutz' Theorie des veganen Terrorismus wenig überzeugt war.

»Na, sie wird Mitstreiter gesucht haben. So sind junge Menschen eben. Ich bin dafür, Frau Kupfer vorzuladen und sie mit den Vorwürfen zu konfrontieren. Und am besten eine Durchsuchung ihrer Wohnung, ob da irgendwelche Erlenmeyerkolben oder Reagenzgläser rumstehen.«

»Soll bei einer Studentin der Ernährungswissenschaft durchaus vorkommen ...«

»Sag mal, David, kann es sein, dass du voreingenommen bist? Hier im Präsidium macht jedenfalls die Runde, dass du auch zu diesen Körnerfressern gehörst. Carla, vielleicht stecken die alle unter einer Decke?«

»Jetzt bleib mal sachlich, Lutz«, mahnte die Chefin. »Deine Theorie ist gut, aber sie hat tatsächlich ein paar Schwächen. Und wir sollten nicht vergessen, dass es eine offensichtliche Korrelation zwischen der ersten Grillfuhre und den Krankheits- und Todesfällen gibt. Das spräche eher für vergiftetes Fleisch als für die Getränke.«

»Gut, okay, wenn ihr meint, aber wen habt ihr dann als Tatverdächtigen zu bieten?«

David beherrschte sich, weder auf den »Körnerfresser« einzugehen noch auf Lutz' rhetorischen Schachzug, durch das »ihr« aus Carla und ihm eine Art rivalisierendes Ermittlungsteam zu machen. Bei drohendem Hochschaukeln einer Diskussion immer besser Themenwechsel, so hatte er das gelernt.

»Was anderes, Lutz. Wer hatte auf dieser Party eigentlich alles Kontakt mit dem Fleisch? Das wolltest du mit Esser doch klären.«

Das allerdings war wohl die falsche Frage, denn der Kollege Tremper wand sich ein bisschen, bevor er zugab: »Ja, nee, da haben wir dann gar nicht mehr drüber gesprochen, nachdem er mir von dieser Hendrike erzählt hatte. Das fand ich dann wesentlich interessanter.«

David beeilte sich, den Kollegen aus der unangenehmen Situation zu befreien, und schlug vor:»Macht ja nichts, dann lass uns doch noch mal anrufen und nachfragen. Ist ja eh praktischer, wenn Frau Weiß auch gerade dabei ist, dann müssen wir nicht jedem alles immer wieder von vorn erzählen.«

Das Gespräch mit dem Metzgermeister ergab, dass die drei Komma zwei Kilo Kōriyama-Rind in einer Thermobox von Frank Esser persönlich direkt aus dem Reifeschrank im Kühlhaus seiner Metzgerei in den Kühlwagen geladen worden waren. Diesen Wagen hatte Esser allein zu Vossens Anwesen gefahren, die Köche und Bedienungen waren mit einem firmeneigenen Sprinter gekommen. Das Team habe dann die Zutaten für die Beilagen und Dips ausgeladen, wobei Esser die gesamte Zeit des Vorgangs bei seinem Kalthalteauto blieb und das kostbare Fleisch im Auge behielt. Am Anfang der Party lagerte das Kōriyama mit dem restlichen Grillfleisch im abgeschlossenen Kühlwagen, den einzig und allein Esser mit seinem Schlüssel öffnen konnte. Eine gute halbe Stunde vor Grillbeginn holte der Metzgermeister das Fleisch auf Geheiß des Gastgebers aus dem Wagen, wusch die Stücke in der Küche kurz ab, deponierte sie unter einer gläsernen Haube und positionierte das kostbare Grillgut schließlich bewunderungsbereit auf der seitlichen Abstellfläche des Roastmaster Extreme. Esser betonte im Lauf des Gesprächs mehrmals, dass er das Fleisch nicht aus den Augen gelassen habe, das würde man mit einer Uhr im Wert von knapp dreitausend Euro ja auch nicht machen. Er war sich absolut sicher, dass während der Party niemand die Gelegenheit hatte, das Kōriyama zu manipulieren. Und so, wie er das alles geschildert hatte, klang es auch plausibel. Die Kommissare bedankten sich und legten auf.

Dann herrschte Stille.

Bis Carla sagte: »Die Theorie mit dem Kaffee. So schlecht klang die gar nicht. Vielleicht sollten wir dieser kleinen Veganerin doch mal einen Besuch abstatten.«

Hendrike Kupfer stand auf ihrem Balkon und zupfte einzelne welke Blätter von einem ansonsten prachtvoll gewachsenen Basilikum. Die Hochhaussiedlung am Westrand der Stadt war zwar nicht die feinste Adresse, aber die langen, schmalen Balkons waren für die Zwecke der Studentin ideal. Sie hatte ihre gesamte Loggia zugestellt mit Hochbeeten, Tomatenstauden, an der Wand rankten Bohnen, in Blumenampeln und langen Kästen an der Brüstung züchtete sie Kräuter. Die junge Frau stand bei drei Kleingartenvereinen auf der Warteliste, hatte aber von allen die Ansage bekommen, dass es mit der eigenen Scholle lange dauern könne. Urbanes Gärtnern war momentan voll im Trend, also musste sie sich solange mit der Teilautarkie begnügen, die ihr kegelbahnförmiger Balkon bot.

Hendrike steckte den Finger in einen der Pflanzkübel. Die Erde war schon wieder viel zu trocken. Es regnete ja kaum noch. Das war der Klimawandel, ganz sicher. Sie schnappte sich ihre Gießkanne und lief in die Küche. Auch eine Schande, dass Blumen mit wertvollem Trinkwasser gegossen werden mussten. In Island gab es schon ganz tolle Auffangsysteme für Regenwasser, aber auf so was war bei der verschlafenen Umweltpolitik in Deutschland ja nicht zu hoffen. Der satte Strahl trommelte auf den blechernen Boden der Kanne, als es an der Tür schellte.

Sie stellte das Wasser aus, wischte sich die Hände an ihrer Gärtnerschürze ab, ging in den Flur und griff zum Hörer der Gegensprechanlage.

»Ja?«

»Die Polizei Köln. Kommissar Lahmann, spreche ich mit Frau Kupfer?«

»Äh, ja.«

»Frau Kupfer, wir hätten ein paar Fragen, dürfen wir kurz reinkommen?«

Hendrike drückte auf den Summer und zog sich die Schürze aus. Sie schaute sich kurz in der Wohnung um. War alles ordentlich? Halbwegs. Ihr fiel ein, dass sie in der Spüle dreckiges Geschirr stehen hatte. Aber das ließ sich in der verbleibenden knappen Minute nicht mehr ändern. Außerdem würden die ihr Verhör ja wohl nicht in der Küche führen, oder was auch immer die hier machen wollten.

Es klingelte ein weiteres Mal, die beiden Kommissare hielten ihre Dienstmarken in den Spion. Konnte man eh nicht lesen. Hendrike öffnete die Tür.

»Frau Kupfer, vielen Dank, dass Sie kurz Zeit haben. Mein Kollege Tremper.« Der Kleine deutete auf einen Mann in Lederjacke mit schlechter Haut.

»Ja, wollen Sie sich vielleicht im Wohnzimmer setzen? Ich weiß nicht, bietet man da jetzt etwas an? Ein Wasser vielleicht?«

»Keine Umstände, Frau Kupfer, das geht auch ganz schnell. Vielleicht können Sie sich vorstellen, warum wir zu Ihnen kommen, Sie haben ja gestern auf der Party von Herrn Vossen gearbeitet.«

Der kleinere der beiden Kommissare nahm in einem Sitzsack Platz, der andere blieb stehen und schien mit seinen Augen das Wohnzimmer und den Balkon davor abzuscannen. Hendrike setzte sich auf ihr abgewetztes Sofa.

»Oh Gott, ja. Das war furchtbar. Mit einem Mal sind da ja alle krank geworden. Da standen bestimmt sechs Rettungswagen vor dem Haus, wir haben in der Küche alles fertig gemacht und sind dann auch so schnell wie möglich gefahren. Geht es den Gästen denn wieder besser?«

»Den meisten schon, zwei sind allerdings gestorben.«

»Ach du lieber Himmel, das ist ja schrecklich. Ich frage mich schon die ganze Zeit, woran das gelegen haben kann. Das kam ja von einer Minute auf die andere. Eben haben alle noch fröhlich zusammengesessen, und dann ging es schlagartig los. Am schlimmsten hat es diesen einen älteren Herrn getroffen, der war schon fast ohnmächtig, als ich zum letzten Mal im Garten draußen war. Kurz darauf haben Ihre Kollegen die restlichen Lebensmittel in der Küche ja quasi konfisziert. War da irgendwas schlecht?«

David antwortete nicht und zuckte nur unbestimmt mit den Schultern. Er wollte hören, ob Frau Kupfer selbst eine Idee hatte oder einen Verdacht äußern würde.

Was prompt klappte.

»War da vielleicht was mit dem Fleisch? Das war doch so eine ganz exotische Sorte.«

»Wie kommen Sie zuerst auf das Fleisch?«

»Na ja, weil der Rest ... also, die anderen Sachen, die hat Esser schon häufiger bei einem Catering zubereitet, und da gab's noch nie Probleme. Das sind zwar auch ganz verrückte Dips und Chutneys und so Zeug, aber wie gesagt, die kennen wir halt schon.«

»Wer ist wir?«

»Wir? Na, eben die Crew, die bei solchen Abenden häufiger zusammenarbeitet. Elli, Niklas, Zoran ... Gestern war außer mir noch Elli mit dabei.«

»Ah, okay, das ist so ein festes Team, klasse, macht bestimmt Spaß. Was anderes: Der Herr Esser hat uns erzählt, dass Sie sich vegan ernähren. Ist das nicht schwierig, den Gästen dann da lauter tierische Produkte zu servieren?«

»Nö, das ist mir egal. Ich bin da nicht missionarisch unterwegs.«

»Super Einstellung, das lebe ich genauso. Bin auch Veganer. Was ist Ihr Lieblingswitz über uns? Meiner der hier: Veganer bekommen keine Kinder, sie bekommen Sprösslinge! Kannten Sie den schon?«

Hendrike fragte sich, in was für eine seltsame Show sie hier eigentlich hineingeraten war. Der eine Bulle wanzte sich an sie ran, der andere stand augenrollend daneben. Was wollten die überhaupt wissen?

»Ernährt sich der Niklas eigentlich auch vegan?«

»Der Niklas, wieso? Weiß ich nicht.«

»Weil ich vergessen hab, ihn das vorhin am Telefon zu fragen.«

»Warum haben Sie denn mit Niklas telefoniert?« Hendrike schob einen Stoß Zeitschriften auf ihrem Wohnzimmertisch zusammen und richtete sie an der Tischkante aus. Das lag ja alles völlig asymmetrisch.

»Vielleicht kommen Sie selbst drauf?«

»Keine Ahnung, was Sie meinen.«

»Dann helfe ich Ihnen mal kurz. Stichwort ›Eine vegane Welt, die notfalls im Kampf herbeigeführt werden muss‹. Das war doch ungefähr Ihre Wortwahl, oder? So hat der Niklas Sie zumindest zitiert.«

Hendrike machte eine wegwerfende Handbewegung.

»Ach, das habe ich doch nur so gesagt. Okay, ich gebe zu, ich wollte dem Niklas ein bisschen imponieren. Mich als krasse Fighterin darstellen. Aber das war nur so ein Spruch. Ich bin absolut gegen Gewalt, absolut.«

Jetzt mischte sich der Lederjackenbulle ein. »Gegen Gewalt also? Das ist ja interessant. Und was haben Sie dann Anfang Juli 2017 in Hamburg gemacht? Falls Ihnen das Datum nichts sagt: Da fand der G20-Gipfel statt.«

»Moooment mal. Das hat damit gar nichts zu tun, der Prozess gegen mich ist eingestellt worden.«

»Richtig, aber die Einstellung eines Strafverfahrens ist kein Freispruch. Nur weil Sie vermummt waren und die Aufnahmen der Überwachungskameras verwaschen, konnte Ihre

Tatbeteiligung bei den eingeworfenen Schaufensterscheiben nicht eindeutig festgestellt werden.«

Hendrike schlug lässig die Beine übereinander. Der Verteidiger hatte ihr damals gesagt, dass sie mit Beendigung des Verfahrens aus dem Schneider sei. Kein Eintrag im Vorstrafenregister, keine sonstige Aktennotiz.

»Und dann hätten wir da noch eine Anzeige wegen Containerns aus dem Januar dieses Jahres«, setzte der kleine Polizist nach. »Vom Leiter einer Netto-Filiale gleich hier um die Ecke. Wollen Sie uns dazu was erzählen?«

Hendrike gab ihre lümmelnde Sitzhaltung auf und beugte sich angriffslustig nach vorn. »Ja, dazu bekenne ich mich. Das habe ich auch Ihren Kollegen damals gesagt. Weil ich die Rechtsprechung in dieser Frage völlig irrsinnig finde. Es werden Tonnen an Lebensmitteln weggeworfen, jeden Tag. Was spricht dagegen, sich ein paar Stangen Porree aus dem Müll zu holen, die noch gut sind? In diesem Punkt bereitet attac übrigens eine große Klage vor. Dann wird es da reihenweise Freisprüche geben.« Hendrike stand auf. »Ich kann mir vorstellen, dass Sie als Veganer dazu privat einen ähnlichen Standpunkt haben.«

Der kleine Polizist lächelte. »Mein privater Standpunkt tut hier leider nichts zur Sache. Darf ich Sie bitten, sich wieder hinzusetzen? Wir sind noch nicht fertig.« Hendrike ließ sich widerwillig zurück auf die Couch plumpsen. »Wissen Sie, was ich seltsam finde? Dass Sie sich als angehende Lebensmitteltechnikerin gar nicht dafür interessieren, woran diese zwei Menschen gestorben sind.«

»Vielleicht, weil Sie es ohnehin wissen«, fügte der Grobschlächtige an.

Hendrike sprang wieder auf. »Was soll das denn heißen? Nur weil ich eine andere Einstellung zum Leben und zu meiner Ernährung habe als diese feisten Bonzen und zufällig das falsche Fach studiere, bin ich jetzt verdächtig?«

»Nein, Sie sind verdächtig, weil Sie gewaltbereit sind, Ihre kruden Phantasien gegenüber einem Kollegen ausgeplaudert haben – und weil Sie über das Wissen verfügen dürften, wie man Lebensmittel entsprechend präpariert.« Der große Kommissar mit der schlechten Haut zog nach seiner Antwort ein Buch aus Hendrikes Regal. »Guck mal hier, David. Pilzführer für Einsteiger.«

An dieser Stelle musste Hendrike lachen. »Hat meine Oma mir geschenkt. Da war ich noch ein Kind. Macht mich das jetzt noch zusätzlich verdächtig?«

Der Kleine antwortete in einem ruhigeren Ton. »Nein, das Buch allein nicht. Aber die Indizien, die mein Kollege eben erwähnt hat. Die beiden Gäste auf der Party gestern sind an extrahiertem Pilzgift gestorben. Und da weckt eine polizeibekannte Ökotrophologin, die mit den Lebensmitteln auf diesem Fest Kontakt hatte, nun mal unser Interesse. Das können Sie vielleicht verstehen, oder?«

Hendrike zuckte mit den Schultern. Sie ärgerte sich, dass sie Niklas von ihrer Philosophie je erzählt hatte. Tatsächlich hatte der Schlacks auf sie den Eindruck gemacht, als könne er auch für die gute Sache begeistert werden. Stattdessen erzählte diese Lusche alles brühwarm dem Chef.

Damit war sie wahrscheinlich auch ihren schönen Job bei Esser los. Andererseits hatte sie aus ihrer Sicht nichts Verkehrtes gemacht, vielleicht konnte sie ihren Boss davon ja überzeugen.

»Frau Kupfer, ich möchte Sie bitten, uns aufs Präsidium zu begleiten, wir würden Sie gern erkennungsdienstlich behandeln. Das heißt vor allem, Ihnen Fingerabdrücke abnehmen. Sie müssen sich keine Sorgen machen, das ist zunächst mal nichts Schlimmes. Diese Maßnahme kann auch einer möglichen Entlastung Ihrer Person dienen.«

Dieser Kleine hatte die Gabe, Verdächtigungen in einer derart offensiven Höflichkeit vorzutragen, dass Hendrike ihr grundsätzliches Misstrauen der Polizei gegenüber fast vergessen hätte. Aber nur fast.

»Bin ich dazu gesetzlich verpflichtet?«

»Eine legitime Frage, nein, sind Sie im momentanen Stadium der Ermittlung nicht. Eigentlich brauchen wir dazu einen Beschluss der Staatsanwaltschaft. Aber wenn der da ist, sieht so was oft sehr hässlich aus. Da kommen die Kollegen mit Blaulicht vors Haus gefahren, sind meistens sehr unfreundlich und haben im schlechtesten Fall auch noch einen Durchsuchungsbeschluss dabei.« Davids Finger kreiste über Hendrikes Möbel. »Die reißen hier dann alles auf, schnüffeln überall rum und hinterlassen eine fürchterliche Unordnung. Und nichts davon räumen sie danach wieder auf. Das können Sie sich alles ersparen, wenn Sie jetzt freiwillig mitkommen.«

Hendrike schaute gen Himmel, schüttelte den Kopf, stand auf und suchte ihre Handtasche. Tremper war schon in den Flur hinausgetreten, Lahmann wartete, bis sie ihre Schuhe angezogen hatte. Während sie sitzend die Schnürsenkel zu einer Schleife band, schaute sie den Beamten von unten an und fragte: »Machen Sie diesen Job schon lange?«

»Mit Ausbildung gute zehn Jahre. Warum fragen Sie?«

»Weil du gar nicht so abgefuckt bist wie die ganzen anderen Bullen.«

»Wenn ich alle Beleidigungen aus dem Satz herausrechne, war er wohl als Kompliment gedacht.«

Hendrike Kupfer saß mit schwarzen Fingerkuppen in einem ungemütlichen Vernehmungszimmer des Polizeipräsidiums. Sie hatte die ganze Fahrt über beharrlich geschwiegen, sich dann aber gegen die Abnahme der Fingerabdrücke nicht länger gewehrt. David hatte beschlossen, die Vernehmung allein durchzuführen. Der resignierte Blick von Kollege Tremper sagte ihm, dass der von dieser Entscheidung wenig hielt. David betrat den Raum mit einer kleinen Wasserflasche und einem Glas. Er stellte die Erfrischung auf den Tisch und zauberte aus seiner Hosentasche noch einen Flaschenöffner hervor. Carla war wieder nach Hause gegangen, Lutz beobachtete seinen neuen Kollegen durch die verspiegelte Scheibe. Dieser Typ machte ihn aggressiv. Er konnte sich nicht vorstellen, wie dieser Pfeifenheini jemals ein erfolgreiches Verhör führen sollte. Mit seinem dauerfreundlichen Gesäusel konnte der vielleicht als Concierge im Grandhotel Excelsior anfangen, aber doch nicht als Großstadt-Cop.

»Also, danke erst mal, dass Sie mit den Fingerabdrücken so gut kooperiert haben. Die Farbe geht nur ein bisschen blöd wieder ab. Wenn Sie Spiritus zu Hause haben, versuchen Sie es damit. Erzählen Sie doch mal, seit wann ernähren Sie sich vegan?«

»Müssten jetzt so drei Jahre sein.«

»Mhm. Und was war der Anlass?«

»Gab keinen speziellen Anlass. Ich will einfach nichts essen, was mal Augen oder Emotionen hatte.«

»Weil viele ja sagen, dass ein Film oder eine Reportage über einen Schlachthof ihre Meinung geändert hat …«

»Dafür brauche ich keinen Film, ich weiß, wie es da zugeht.«

»Was empfinden Sie, wenn Leute um Sie herum Fleisch essen?«

»Was soll ich da empfinden? Deren Sache.«

»Das glaube ich Ihnen nicht ganz. Mir als Veganer ist das nicht egal.«

»Pech gehabt. Was sollen diese Fragen denn? Ich habe mit den Toten auf dieser Party nichts zu tun, das habe ich Ihnen in meiner Wohnung schon gesagt.«

David goss Hendrike einen Schluck Wasser ein. Sehr gut,

das gespielte Desinteresse wich langsam der Wut, erster Teil der Eskalationsstufe erreicht.

»Warum bewirbt man sich als Veganerin beim Cateringservice einer Metzgerei?«

»Weil ich Geld verdienen muss, warum sonst?«

»Ja, aber da gibt es doch passendere Jobs. Ich bin noch neu in der Stadt, aber ich habe schon ein total süßes veganes Restaurant entdeckt, warten Sie mal, wie hieß das noch …?«

Lutz schlug sich hinter der Scheibe die Hand vor die Stirn und schüttelte den Kopf.

»Sie meinen wahrscheinlich das ›Edelgrün‹.«

»Jaa, genau, so hieß der Laden. Das würde gut zu Ihnen passen.«

»Wissen Sie, für mich besteht aber nicht mein ganzes Leben nur aus meiner Ernährungsweise. Das ist eine Facette an mir, die mir aber gar nicht so wichtig ist wie Ihnen anscheinend.«

»Glaube ich Ihnen auch nicht. Wer seinen Balkon in so ein Kleingartenparadies verwandelt, macht sich da schon sehr viele Gedanken drüber. Augenblickchen kurz, ich muss draußen mal schauen, ob Niklas schon da ist.«

»Haben Sie den auch vorgeladen?«

»Vorladungen sprechen die Staatsanwaltschaft und Gerichte aus, wir haben den jungen Mann nur zu einer Zeugenaussage hergebeten. Damit er das Gespräch mit Ihnen noch mal genau wiedergibt. Es sei denn, Sie geben mir selbst einen kleinen Einblick in Ihre Gedankenwelt.«

Hendrike beugte sich nach vorn und fuhr sich mit den Fingern durch die Haare. Sie schüttelte sie mit einer routinierten Bewegung in Position zurück. »Gut, Niklas, dieser Lauch, hätte euch das ja eh erzählt. Dann sag ich dir eben, wie es ist: Dieser ganze Scheißplanet hier steht nämlich kurz vor dem Untergang. Du hast Kinder, oder? Viel Spaß, wenn die hier Sommer mit fünfzig Grad erleben und die Nordsee bis Duisburg reicht. Und was machen die Leute? Nix machen die

Leute. Die kaufen sich immer dickere Autos, machen immer absurdere Fernreisen mit Flugzeugen und Schiffen, und sie fressen und fressen und fressen. Weißt du, wie viel CO_2 für ein Kilo Rindfleisch freigesetzt wird? Weißt du das? Du weißt es nicht. Aber ich weiß, was hilft. Und zwar nur eins: Diese ganzen fetten Schweine müssen weg. Mit ihren Männertitten, die rechts und links runterhängen, Typen, die ihre eigenen Eier nicht mehr sehen, weil ihre fette Wampe drüberlappt, mit Oberschenkeln, die schon ganz rot und wund sind, weil sie ständig aneinanderreiben. Diese Leute zerstören unsere Welt, das sind die Terroristen der Neuzeit, ist das eigentlich keinem klar?«

In diesem Moment flog die Tür zum Vernehmungsraum auf.

David fuhr herum, sein Kollege Tremper kam einen Schritt ins Zimmer herein. »David, kommst du mal kurz?«

Er stand auf, verließ den Raum und trat die Tür von außen mit dem Fuß zu. »Mann, Tremper, was soll die Scheiße? Gerade jetzt? Die Kleine da drin stand kurz vor dem Geständnis!«

»Stand sie nicht. Koch von der Patho hat angerufen. Er hat im Mageninhalt der toten Frau ein gut erhaltenes Stück Fleisch gefunden. Und er konnte zweifelsfrei nachweisen, dass das die Amanitinquelle gewesen sein muss. Verstehst du? Wenn es so war, wie Esser gesagt hat, und niemand während der Fete Zugriff auf das Fleisch hatte, kann sie es nicht gewesen sein.«

»Aber sie ist irre! Du hast doch gehört, was für einen gequirlten Mist die vom Stapel gelassen hat.«

»Daran ist aber strafrechtlich nichts relevant. Es sei denn, wir können ihr nachweisen, dass sie diese Edelsteaks tatsächlich vergiftet hat. Vielleicht finden wir irgendwo Fingerabdrücke von ihr, die haben wir ja jetzt. Aber bis dahin müssen wir sie laufen lassen.«

»Und wenn sie in der Metzgerei war und das Fleisch dort präpariert hat? Immerhin ist das ihr Arbeitgeber.«

»Das können wir Esser ja noch mal fragen.«

»Gut, aber dann machen wir das, solange die da noch sitzt.«

»Von mir aus.«

Das Gespräch mit dem Metzgermeister ergab, dass Frau Kupfer nur ein einziges Mal in den eigentlichen Räumen der Fleischerei gewesen war, und zwar am Tag ihres Vorstellungsgesprächs. Danach liefen die Arbeitseinsätze immer so ab, dass sie sich mit den anderen Kollegen vom Catering auf dem Hof traf und die vorbereiteten kalten Platten aus dem Kühlhaus in einem gegenüberliegenden Gebäude auf die kühlbare Ladefläche des Ford Transit lud. Das Kōriyama habe dagegen in einem Reifeschrank eines speziellen Kälteraums direkt hinter dem Verkaufsbereich gelagert und sei erst ganz zum Schluss von Esser persönlich in den Transporter geladen worden. Er schloss ein weiteres Mal aus, dass eine fremde Person an diesem Tag das Fleisch manipuliert haben könnte.

David öffnete die Tür des Vernehmungszimmers, erklärte Hendrike Kupfer, dass sie nach Hause gehen könne, mit weiteren Fragen allerdings jederzeit rechnen müsse. Die Studentin stürmte wortlos aus dem Raum.

»Verdammt noch mal, ich hatte so ein gutes Gefühl. Die war geladen. Und wer geladen ist, steht kurz vor dem Geständnis. Wenn das Fleisch wirklich schon vergiftet zu dieser Party gefahren wurde, macht das den potenziellen Täterkreis riesig.«

Tremper stand lässig an die Wand gelehnt. »Gar nichts hätte die gestanden, selbst wenn es was zu gestehen gegeben hätte. Die hätte dich mit ihren abstrusen Philosophien noch weiter zugelabert, aber niemals was zugegeben. Und weißt du, warum? Weil sie keine Angst hatte. Keine Angst vor dir. Deine Verhöre sind ja die reinste Wellnessbehandlung. ›Ein total süßes veganes Restaurant hier in der Stadt‹.« Tremper ahmte Davids Tonfall und seine etwas zu helle Stimme nach. »Mann, es geht in unserem Fall um zwei Tote! So wie du mit Verdächtigen umgehst, verschafft man sich doch keinen Respekt, Lahmann.«

»Das lass mal meine Sorge sein, wie ich mir Respekt verschaffe. Smart Confidence Questioning sagt dir wohl gar nichts?«

»Klingt nach neumodischem Scheiß, brauch ich nicht.« Tremper stieß sich mit dem Fuß von der Wand weg und hinterließ dabei einen leichten Fußabdruck auf der weiß getünchten Raufaser. »Ich mach jetzt Feierabend, das bringt hier heute nichts mehr.«

»Da haste allerdings recht. Danke für die Hilfe trotzdem.« Im Weggehen schob David noch nach: »Und, ey, recherchier mal ›Smart Confidence Questioning‹. Wär auch was für dich.«

Tremper grunzte unwillig und warf sich seine speckige Lederjacke über.

Mit einem Grinsen auf den Lippen ließ sich David in der Tiefgarage des Präsidiums hinter das Steuer seines Fabias gleiten. Er freute sich darüber, dass er heute gleich zwei Leuten einen Bären aufgebunden hatte. Erst Hendrike mit der Drohung, dass dieser Niklas gleich antanzen würde – und dann Tremper mit dem erfundenen englischen Begriff einer vermeintlich innovativen Verhörmethode. Wenn der Smart Confidence Questioning ins Netz eingeben würde, könnte er da suchen, bis er schwarz wurde.

Natürlich ließ ihn der Vorwurf seines Kollegen nicht ganz kalt. Und es war auch keineswegs so, dass er den Fall mit zwei Leichen auf die leichte Schulter nahm. Aber er hatte auf der alten Dienststelle mit seiner sanften Art der Verhöre große Erfolge erzielt und wollte diese Methode beibehalten. Auch wenn ein Bulle der alten Schule das natürlich ganz anders gelernt hatte und deswegen erst mal skeptisch war, wenn sich ein schmächtiges Männlein gütig plaudernd der Wahrheit näherte. Er hatte auf der neuen Position mit Gegenwind gerechnet, war sich aber sicher, die Widersacher von sich überzeugen zu können. Dafür wäre ein schneller Ermittlungserfolg allerdings hilfreich.

Auf der Hauptstraße angelte sich David ein Mentos aus einem kleinen Plastikdöschen in seiner Mittelkonsole. Er stellte fest, dass es zum sofortigen Zerbeißen schon zu hart geworden war, und wartete, bis der Drop durch die Speichelwärme eine softere Konsistenz angenommen hatte.

Schneller Ermittlungserfolg. Davon konnte aktuell keine Rede sein. Abgesehen von den zwei gelungenen Foppereien mit Hendrike und Lutz war der Tag eher ein Schuss in den Ofen gewesen. Gut, mittlerweile stand fest, dass dieses Amanitin im Fleisch gewesen war und dass es höchstwahrscheinlich schon in der Metzgerei dort hineingelangt sein musste, aber das war's dann auch schon.

David nahm sich vor, Esser morgen einen Besuch abzustatten. Er wollte die Räumlichkeiten kennenlernen und erfahren, wo dieses Kōriyama genau gelagert worden war. Außerdem musste die Frau von Vossen dringend vernommen werden. Die hatte sich durch ihr herbeigespritztes Delirium bisher jeder Befragung entzogen. Neben dem Gastgeber war sie schließlich die Einzige, die alle Gäste kannte. In welcher Beziehung stand sie eigentlich zu Tritschler und Reynders?

Und was war mit diesem Richter, der im Nachbarhaus wohnte? Den hatte Vossen ja zuallererst verdächtigt. Möglicherweise hatte der sich durch seine Prozesse ja das nötige Wissen angeeignet, wie man ein, zwei Leute geräuschlos ins Jenseits befördert? Und der fast verunglückte Fallschirmsprung?

Immer neue Fragen schwirrten in Davids Kopf herum, auch als er gedankenverloren vom Auto zu seinem Haus lief und die Wohnungstür aufschloss. Sofort stürmten Lola und Mieke auf ihn zu und zerrten ihn auf die Terrasse, wo Sintje gerade dabei war, das Spielbrett für eine Partie »Fang den Hut« aufzubauen.

Mieke steckte sich die bunten Hütchen auf die Fingerkuppen und sah aus wie Edward mit den Scherenhänden. Lola pikste ihre Mutter mit der Spitze in den Oberschenkel.

David dachte an die Grillfeier. Warum war Essers Reaktion so dünnhäutig ausgefallen, als er ihn nach einer Zulassung für dieses seltsame Fleisch gefragt hatte?

Jetzt setzte sich Lola den winzigen Hut auf den Kopf und fabulierte: »Ich hab einen Hut, der steht mir so gut, wie er sonst niemandem stehen tut.« Sintje gab ihr einen Kuss.

David fiel der Journalist ein, der sich ja auch noch auf dieser Fleischsause herumgetrieben hatte. Er hatte ihn nur kurz gesehen, aber sofort als dubiosen Typen eingeschätzt. Der wird vermutlich Zugang zum Fleisch gehabt haben. Vielleicht wollte der seine Story ein bisschen aufpeppen – und die Sache ist durch eine falsche Dosierung aus dem Ruder gelaufen?

Und warum hat es mit Reynders und Tritschler ausgerechnet die beiden einzigen Alleinstehenden an diesem Abend getroffen? War das Zufall, oder hatte der Täter Mitleid mit Ehepartnern und hatte sich deswegen die Singles auf dem Fest ausgesucht?

Der erste Abend mit einem neuen Fall war immer der schlimmste. Da war noch so viel im Dunkeln, dass man gar nicht wusste, welche kleine Steigung an diesem Berg voll Unsicherheiten zuerst erklommen werden sollte.

David spielte lustlos eine Partie mit seiner Familie, verlor haushoch und täuschte dann sehr starke Müdigkeit vor. Sintje wollte mit den Mädels noch ein bisschen den neuen Garten und die sommerlichen Temperaturen auskosten.

David schlurfte in Richtung Bett und wusste, dass bei diesem Gedankenkarussell an Einschlafen nicht zu denken war. Alle Kommissare, die behaupteten, sie könnten im Kreis der Familie vollkommen abschalten und kein bisschen mehr an ihre Fälle denken, sobald sie zu Hause waren, waren gute Lügner. Oder schlechte Polizisten.

Verena Böhme stand vor Essers Stammhaus in einem unaufgeräumten Gewerbegebiet an einer großen Ausfallstraße und schaute zu, wie sich im langsam abflauenden Montags-Berufsverkehr die Autos Richtung Stadtmitte immer noch stauten. David Lahmann hatte schon früh am Morgen mit Frank Esser telefoniert, der ihn für halb neun in seine Metzgerei eingeladen hatte. Kurz danach war Verena Böhmes Anruf bei David eingegangen, die ihre Hilfe für die heutigen Befragungen angeboten hatte. Sie war nach einem Telefonat mit Tremper am gestrigen Abend über den Verlauf der Ermittlungen auf dem aktuellen Stand.

Kurz hatte David sich gefragt, wie Lutz Verena wohl von seinem bisherigen Vorgehen berichtet hatte. Und ob er vielleicht sogar wollte, dass sie dem neuen Chef bei seinen Befragungen ein bisschen auf die Finger schaute. Aber diesen Gedanken verwarf er wieder und freute sich schließlich, die Kollegin vor der Metzgerei warten zu sehen.

David parkte direkt vor dem Geschäft, schloss seine Autotür und ging auf Verena zu, die eine mintfarbene Caprihose, offene Sandalen und ein ärmelloses Top trug. Für den Nachmittag waren knapp dreißig Grad angekündigt, David mochte Kollegen mit pragmatischen Outfits. Was sollte man sich im Sommer in Anzug und Krawatte zwängen, wenn man dadurch eh nur ins Schwitzen geriet? Nicht anders gekleidet zu sein als Zeugen und Verdächtige ließ gemäß seiner

Philosophie erst gar keine unnötigen Hürden im Gespräch entstehen.

»Frau Böhme, freut mich! Sind Sie gut durchgekommen?«

Verena winkte ab. »Es ist in dieser Stadt besser, immer eine Viertelstunde drauf zu planen. Und wenn es doch überraschend schneller geht, kann man sich schon ein bisschen umschauen.«

»Das merke ich mir. Übrigens: David. Mit Lutz bin ich auch beim Du. Nur mit Frau Weiß noch nicht.«

»Gern. Verena. Frau Weiß bietet das Du gewöhnlich nach dem ersten gelösten Fall an.«

»Oh, dann arbeite ich da mal hart drauf hin.«

Aus der Metzgerei kam in diesem Augenblick ein weiß beschürzter Enddreißiger mit ebenfalls weißen Gummistiefeln und ausgebreiteten Armen. »Herr Lahmann, kommen Sie rein, Sie müssen doch nicht vor dem Laden warten. Aha, heute mit weiblicher Unterstützung.«

»Kriminalkommissarin Verena Böhme, Metzgermeister Frank Esser«, stellte David die beiden gegenseitig vor.

»Ja, Sie können mir glauben, ich hatte echt einen beschissenen Sonntag«, sagte Esser mit deutlich weniger guter Laune als bei der jovialen Begrüßung, während die drei in den Laden gingen. »Ich mache mir immer noch Vorwürfe. Seitdem Sie mir von Ihren ersten Erkenntnissen erzählt haben, frage ich mich ständig, ob ich das Gift in meinem Fleisch irgendwie hätte bemerken können. Kommen Sie, wir gehen nach hinten.« Er hob ein kleines Holzbrett neben der Kasse hoch und betrat mit den Polizisten den Bereich hinter der Theke. Zwei Verkäuferinnen beäugten die Beamten neugierig. »Frau Laskovics, Frau Domgörgen, die Kommissare Lahmann und Böhme.«

David war etwas flau. Er mochte den Geruch von Metzgereien nicht und ekelte sich am meisten vor Leber. Schon beim Betreten des Ladens hatte er das dunkelrot glänzende

Fleisch mit einer kleinen Lache Eigenblut in einer weißen Schale in der Theke entdeckt. Seitdem bemühte er sich, die Glibberlappen aus seinem Blickfeld zu verbannen.

Eine elektrisch gesteuerte Milchglastür fuhr beiseite und gab den Blick in die Räumlichkeiten hinter dem Verkauf frei. Esser signalisierte seinen Gästen, ihm zu folgen.

»Sie wollten sich ja umschauen. Normalerweise darf ich hier aus Hygienegründen natürlich nur Mitarbeiter reinlassen. Aber ich denke mal nicht, dass das Gesundheitsamt sich traut, deswegen gegen die Polizei vorzugehen.« Er lachte über seinen Scherz. Dann zeigte er linker Hand in einen weiß gekachelten Raum, in dem zwei Männer in blutverschmierten Schürzen an einem Metalltisch standen. Der eine hatte ein langes Messer in der Hand, der andere eine Art Säge. »Ja, das ist der Zerlegeraum. Gut, dass Sie an einem Montagmorgen kommen, da ist dann immer frische Ware da.«

David würgte.

»Herr Szymaniak trennt gerade die Haxen vom Schulter- und Brustbereich eines Kalbs, Herr Tosun macht die fertigen Teile bereit für den Wolf. Wir wursten heute. Später kommt das Material in den Cutter, da wird es zerkleinert und vermischt. Und zwar so fein, wie Sie das mit einem normalen Haushaltsgerät gar nicht hinkriegen.«

In diesem Augenblick segelte mit einem metallischen Scheppern eine Schweinehälfte wenige Zentimeter an Davids Gesicht vorbei. Das Geräusch wurde von einem Fleischerhaken verursacht, der mit der halben Sau eine abschüssige Führungsschiene hinunterglitt.

Esser brüllte in den Raum auf der rechten Seite. »Mensch, ich habe euch doch gesagt, dass ihr Pause machen sollt, wenn ich mit den Polizisten hier reinkomme. Das tut mir jetzt leid, Herr Lahmann, ich hoffe, Sie können das ab.«

Davids Gesicht hatte die Farbe der Kacheln angenommen.

»Genau, also rechts ist das Schlachthaus, und damit wir

die frisch geschlachteten Tiere nicht zum Zerlegen nach drüben schleppen müssen, schweben die hier über diese Konstruktion herüber.«Esser zeigte auf die Gestänge über seinem Kopf. Dann lief er den Gang weiter geradeaus und öffnete wiederum auf der linken Seite eine silberne Metalltür mit einem großen Drehgriff.»So, und hier ist das Kühlhaus.« Verena schaute sich ungerührt die Tierteile an, die von der Decke hingen, David warf nur einen scheuen Blick in die Kälte. Esser zog ihn ein Stück in den Raum hinein und zeigte auf einen verglasten Schrank.

»Sie wollten doch wissen, wo das Kōriyama gelagert war. Dahinten im Reifeschrank. Donnerstagnachmittag habe ich es aus Belgien abgeholt und anschließend dort aufgehängt. Es gibt noch so einen Schrank direkt vorn hinter der Theke, da können die Kunden quasi beim Reifen zuschauen. Aber ich hatte die Sorge, dass es jemand versehentlich verkauft, wenn ich das Fleisch dort deponiere. Deswegen habe ich es bis Samstag hier verwahrt. Und Sie sehen ja, hier kommt nur Personal rein. Bisschen frisch hier, ne? Wir lassen uns einen Kaffee bringen und setzen uns in mein Büro.«

David war mittlerweile speiübel, er hätte lieber einen Magenbitter gehabt, aber Kaffee in einem Raum ohne Tierleichen war auch schon mal ein Anfang.

Esser zeigte den Polizisten noch kurz den Aufenthaltsraum der Mitarbeiter und erklärte, dass sich die Küche fürs Catering in einem Gebäude auf der gegenüberliegenden Hofseite befand. Eine vorbeieilende Mitarbeiterin wurde angewiesen, Frau Domgörgen auszurichten, drei Tassen Kaffee ins Büro zu bringen.

Esser setzte sich mit den Polizisten an einen Besprechungstisch und hob zu einer Erklärung an.»Ja, Herr Lahmann, Sie hatten mich Samstag ja gefragt, ob dieses Fleisch eine Zulassung für den deutschen Markt hat. Ich will da ganz offen sein: Hat es nicht.« Er erklärte den Trick, mit der Lieferung über Großbritannien die EU-Behörden zu umgehen, betonte aber, dass das alles mit dem Pilzgift ja nichts zu tun haben könne. »Ich frage mich tatsächlich, ob ich das schon vergiftet aus Zeebrugge hierher transportiert habe.« Er hielt kurz inne, weil seine Mitarbeiterin die heißen Getränke brachte. »Sie haben die Räumlichkeiten ja gesehen, hier kommt keiner rein, der nicht zum Betrieb gehört.«

»Oder mal gehört hat«, sagte Frau Domgörgen ungefragt und blieb mit der Hand an der Hüfte selbstbewusst im Raum stehen.

»Was meinen Sie damit?«, fragte Verena Böhme.

»Dass Frau Stricker Freitag noch mal hier war.«

»Warum Frau Stricker?«, fragte Esser.

»Wer ist Frau Stricker?«, fragte David.

Esser atmete tief durch und erzählte die unerfreuliche Geschichte seiner diebischen Angestellten. Frau Domgörgen nickte in einer Tour und fügte, als ihr Chef fertig war, wichtig an: »Und genau diese Frau Stricker war Freitag noch mal hier. Ich die natürlich gleich gefragt, was die hier macht. Und dann sagtse, sie würde ihren Spind noch ausräumen, da seien noch persönliche Sachen drin. Ich hab mich echt gewundert, denn das mit dem Rausschmiss war ja schon über 'ne Woche her. Und die war auch ganz nervös, meiner Ansicht nach.«

»Hatte sie denn persönliche Sachen dabei? Also Gegenstände, die belegen könnten, dass sie davor an ihrem Spind war?«, fragte David.

»Na ja, das schon, ich glaube, die hatte ein paar Klamotten über den Arm geworfen. Und so einen kleinen Rucksack hatte sie dabei, vielleicht war da auch noch was drin. Aber was mich halt gewundert hat, dass ich ihr auf der Höhe vom Kühlhaus begegnet bin. Sie haben ja jetzt alles gesehen, Herr Kommissar. Wenn die durch die Hintertür nur zu ihrem Spind wollte, hätte die in den Gang mit dem Kühlhaus ja gar nicht gemusst.«

David schaute seine Kollegin an. In ihrem Blick lag die

Erkenntnis, dass es sich hierbei um eine sehr relevante Information handeln könnte. Eine frisch entlassene Mitarbeiterin, die womöglich auf Rache sann, hatte sich unbefugt in der Nähe des vergifteten Fleischs aufgehalten.

»Konnten Sie denn beobachten, ob Frau Stricker tatsächlich aus dem Kühlhaus kam, oder ging sie nur daran vorbei?«

»Mit Bestimmtheit kann ich das nicht sagen, Herr Kommissar. Sie stand im Türrahmen. Entweder, weil sie aus der Kühlung kam, oder weil sie mir ausweichen wollte. Oder sich vor mir verstecken.«

»Aber normalerweise kommt man in so einen Betrieb doch nicht so einfach rein. Hätte Frau Stricker für die Hintertür denn keinen Schlüssel oder eine Chipkarte gebraucht?«

Esser schaute Lahmann unglücklich an. »Ja, die Tür ist mit einem Kartenleser gesichert. Aber oft steht sie auf. Gerade freitags, wenn viel Material aus dem Laden zum Catering über den Hof rübergebracht wird, klemmt schon mal jemand einen Keil drunter, damit die aufbleibt.«

»Und das weiß die Stricker ja auch«, plusterte sich Frau Domgörgen auf.

Davids Übelkeit war wie weggeblasen. Das klang nach einer heißen Spur. Diese Frau Stricker galt es unbedingt näher kennenzulernen.

»Das ist eine ganz üble Gegend«, sagte Verena, nachdem sie Frau Strickers Adresse in das Navi auf ihrem Mobiltelefon eingegeben hatte.

David hatte entschieden, mit seinem Auto gemeinsam in die berüchtigte Hochhaussiedlung im Süden der Stadt zu fahren und Verenas Wagen nach einer eventuellen Befragung von Frau Stricker wieder bei »Fleisch und Feinkost Esser« abzuholen.

»Da, wo wir jetzt hinfahren, erlebst du einen der schlimmsten sozialen Brennpunkte weit und breit. Wenn man es böse ausdrücken will: Da wohnt keiner freiwillig.«

»Wir dürfen uns vom Umfeld nicht beeinflussen lassen«, mahnte David. »Auch in so einer Siedlung leben anständige Menschen.«

»Das wollte ich damit auch gar nicht sagen. Aber du kannst davon ausgehen, dass viele dort Geldsorgen haben.«

»Du denkst an Erpressung? Esser hat Frau Stricker entlassen, die vergiftet sein Fleisch und verlangt Geld für die Auskunft, wo das Gift drinsteckt. Klingt interessant.«

»Und dadurch wäre plausibel, warum sie sich so ein ganz besonderes Stück ausgesucht hat«, schlussfolgerte Verena.

»Keine schlechte Theorie. Aber wenn Frau Stricker schon seit über einer Woche aus dem Betrieb raus ist, woher wusste sie dann von dem Kōriyama? Und wo es gelagert wird? Und vor allem: Warum hat Esser nicht direkt am Freitag oder Samstag ein Erpresserschreiben bekommen? Die Gefahr ist doch viel zu groß, dass die manipulierte Ware bis dahin verkauft oder verarbeitet wird.«

»Vielleicht hat er es nur noch nicht gefunden. Guck mal, da rechts und dann noch mal rechts.«

Direkt am Feldrand ragten mehrere Wohnkolosse in den blauen Himmel. Auf manchen der unzähligen kleinen Balkons war Wäsche aufgehängt worden, einige Fenster waren mit Alufolie abgedunkelt, aus einem hing eine Deutschlandfahne. David stellte sein Auto am Straßenrand ab, stieg aus und schaute sich die Trabantenstadt staunend an.

»Das ist ja wirklich scheußlich.«

»Ja, und vor allem total weit draußen und miserabel angebunden. Keine Straßenbahn, nix. Als sollten die Leute dieses Ghetto am besten gar nicht verlassen.«

Die beiden Kommissare gingen auf ein Haus zu, das aus sehr viel Waschbeton leicht abgestuft gebaut worden war.

Auf einem Spielplatz ritt ein Kleinkind auf einer federnden Ente, während die Mutter auf der Bank daneben in ihr Handy starrte. Als David und Verena schließlich die richtige Hausnummer gefunden hatten, standen sie vor einer quadratmetergroßen Klingelanlage. Die Namen der Bewohner waren nach Stockwerken sortiert, ansonsten aber völlig ungeordnet.

»Du fängst rechts an, ich links«, schlug David vor.

Nach einer knappen Minute war Verena erfolgreich. Sie zeigte auf den Namen Stricker im achten Stock und betätigte die Klingel. Nichts tat sich, auch nicht nach einem weiteren Versuch.

»Dann bei den Nachbarn.« Verena hatte die Auswahl zwischen »Gutfried« und »Djojohadikusumowatra«.

»Na, komm, trau dich«, sagte David grinsend, und Verena drückte mit entschlossenem Blick auf das Namensungetüm. Es raschelte kurz im Lautsprecher, dann kam ein lang gezogenes »Jaaaaaa?«.

»Guten Tag, hier spricht die Polizei, Böhme und Lahmann. Wir suchen Frau Stricker, wissen Sie, ob sie zu Hause ist?«

»Näää, Fraustrickeabeite. Mesgerei.«

»Sie meinen die Metzgerei Esser. Da arbeitet Frau Stricker aber nicht mehr.«

»Näää, neumesgerei.«

»Sie meinen, Frau Stricker arbeitet in einer neuen Metzgerei? Habe ich das richtig verstanden?«

»Hab e do' gesa', neumesgerei.«

»Okay. Wissen Sie, wie die neue Metzgerei heißt?«

»Watte.« Der Lautsprecher knackte, Frau Djojohadikusumowatra war weg. Nach ein paar Augenblicken meldete sie sich erneut. »Jetzamesgerei Smis in Ulastarase. Habe Tüte, Fraustrickemitgebraa. Gesenkwurst, Fraustricke gute Frau.«

»Frau Stricker hat Ihnen eine Tüte mit Wurst geschenkt?«

»Hab e do' gesa'. Von Mesgerei Smis in Ulastarase.«

David tippte auf seinem Handy herum, Verena schaute

ihn ratlos an. Er übernahm das Gespräch, nachdem er offensichtlich fündig geworden war.

»Ist das die Metzgerei Schmitz in der Uhlstraße?«

»Jaaa, hab e do' gesa'!«, kam es jetzt etwas unwirsch aus dem Lautsprecher zurück.

»Vielen Dank, Frau ... äh, ja, Sie haben uns sehr geholfen. Wir haben nur ein paar Fragen an Frau Stricker. Danke Ihnen.« Die Gegensprechanlage blieb stumm, Frau Djojohadikusumowatra war anscheinend schon weg.

David schaute seine Kollegin an. »Na, dann ab in die Uhlstraße. Da lerne ich gleich noch ein bisschen Land und Leute kennen.«

Es war kurz nach halb elf, als die beiden Kommissare die Metzgerei bei der besagten Adresse fanden. Davids Kumpel Timo, der als Immobilienmakler arbeitete, hätte die Fußgängerzone eine klassische Eins-b-Innenstadtlage genannt. Also zwar zentral, aber nicht die Haupteinkaufsstraße.

Verena wies David darauf hin, dass sich schräg gegenüber der Metzgerei Schmitz auch eine von Frank Essers Filialen befand.

Sie betraten den Verkaufsraum, im Laden waren keine Kunden, zwei Verkäuferinnen nutzten die Ruhe vor dem Mittagsgeschäft. Die eine platzierte mit einer Fleischergabel Frikadellen in der heißen Theke, die andere hatte Verena und David den Rücken zugewandt und schnitt Gulasch klein. David scannte den Raum nach Leber ab und war froh, auf den ersten Blick keine zu entdecken.

Die Frau hinter der hitzebeschlagenen Glastheke legte die spitze Gabel beiseite und begrüßte die vermeintlichen Kunden. Ein kleines Namensschild auf dem bordeauxroten Polohemd wies sie als Frau Stricker aus.

David zückte seinen Ausweis, hielt ihn diskret über die Theke und sagte leise: »Frau Petra Stricker? Lahmann und meine Kollegin Böhme von der Kripo Köln. Wir hätten ein paar Fragen an Sie.«

Frau Stricker wischte sich die Hände an der Schürze ab und schaute hektisch zu ihrer Kollegin hinüber, die offenbar noch nichts mitbekommen hatte.

»Wir können auch gern kurz vor die Tür …«

Frau Stricker nickte dankbar, Verena machte sich bei der anderen Verkäuferin bemerkbar. Sie drehte sich um. »Wir sind von der Polizei, Frau Stricker muss eine kurze Zeugenaussage machen, sie hat beobachtet, wie ein Auto in ihrer Nachbarschaft zerkratzt wurde. Sie kommt gleich wieder.«

Die beleibte Kollegin zuckte mit den Schultern und sagte gleichgültig: »Sie ist die Chefin, ich bin's nicht schuld, wenn hier gleich 'ne Riesenschlange ist.«

David beobachtete die junge Verkäuferin, die sich für die Befragung vor der Tür noch eine Zigarette aus ihrer Schürze fischte. Petra Stricker musste Anfang dreißig sein, sie sah älter und abgearbeitet aus. Die gewellten Haare hingen ohne Volumen vom Kopf, im unteren Drittel waren sie von einer lange zurückliegenden Koloration blond, der Rest hatte keine definierbare Farbe.

Die Beamten gingen mit der Verdächtigen um die Ecke in eine kleine Gasse. Sie machte sich die Zigarette an, zog einmal kräftig daran und sagte: »Danke für die Geschichte mit dem verkratzten Auto, aber ich vermute, deswegen sind Sie nicht hier.« Sie wandte sich an David. »Hat Herr Esser doch noch Anzeige erstattet?«

»Wegen des Diebstahls? Nein, keine Sorge, damit hat unser Besuch nichts zu tun. Mit Herrn Esser allerdings schon. Eine Zeugin hat Sie am Freitag noch mal an Ihrem früheren Arbeitsplatz gesehen.«

»Ja, ich hatte noch ein paar Sachen in meinem Spind. Die

habe ich noch geholt.« Frau Stricker bemühte sich, diesen Satz unverdächtig klingen zu lassen, David sah, dass ihre Finger beim Rauchen zitterten. Die Frau log, und sie hatte darin keine Routine.

»Warum haben Sie Herrn Esser nicht darüber informiert?«

»Ach, ich dachte, das geht ja ganz schnell, dafür muss ich die Pferde nicht scheu machen. Aber dann läuft mir natürlich direkt die Domgörgen über den Weg. Das war die, die mich damals auch beim Esser verpetzt hatte.« Ihr Blick verriet, dass sie von ihrer ehemaligen Kollegin nicht viel hielt.

»Frau Stricker, wir gehen davon aus, dass am Freitag im Kühlhaus der Metzgerei Esser Fleisch vergiftet wurde. Zwei Menschen sind daran gestorben. Sie sind vor dem betreffenden Raum gesehen worden, obwohl der Weg von der Tür zum Spind und zurück dort nicht vorbeiführt. Kann es sein, dass Sie sich für Ihren Rauswurf rächen wollten?«

Jetzt zog sie hektisch an der Zigarette und sagte eine Spur zu überdreht: »Ich? Ach, niemals. Herr Esser war immer korrekt zu mir, er konnte ja gar nicht anders handeln, sonst hätten die Kolleginnen keine Ruhe gegeben. Ich habe keinen Grund zur Rache.«

David wartete einen Moment mit seiner Antwort und sagte dann: »Sie sind ja ganz nervös, Frau Stricker.«

»Na, wer ist das denn nicht, wenn die Polizei kommt?«

»Alle Unschuldigen«, assistierte Verena Böhme.

»Nein, wie gesagt, da sind Sie bei mir an der falschen Adresse. Ich bin ja auch direkt wieder gut untergekommen, wie Sie sehen. Fleischereifachverkäuferinnen sind gesucht.« Sie drückte ihre Zigarette mit dem Schuh auf der Straße aus.

David trat näher an die Verdächtige heran und sprach leise auf sie ein. »Frau Stricker, es ist so … Wenn Sie das waren, finden wir das auch heraus. Sie hatten keine Handschuhe an, oder? Jedenfalls hat Frau Domgörgen darüber nichts gesagt. Dann sind entweder Fingerabdrücke von Ihnen auf der Kühlbox, oder Sie haben DNA-Spuren daran hinterlassen. Und diese Box ist erst nach Ihrer Entlassung aus Großbritannien geliefert worden. Die Spuren können also nicht älter sein. Ich biete Ihnen Folgendes an: Wir fahren jetzt ins Polizeipräsidium, und auf dem Weg dahin überlegen Sie sich, ob Sie die Tat zugeben wollen. So was macht sich vor Gericht immer gut.«

»Das geht auf keinen Fall. Im Gymnasium hier nebenan ist gleich große Pause, danach kommt das Mittagsgeschäft, ich kann gern nach vierzehn Uhr zu Ihnen kommen ...«

»Nee, Frau Stricker, Sie kommen jetzt mit. Es besteht dringender Tatverdacht. Wir können das auch ganz hässlich mit Handschellen und so gestalten, aber dann wird Ihre Kollegin die Nummer mit dem zerkratzten Auto wohl nicht mehr schlucken. Wir begleiten Sie kurz in den Laden, und Sie machen Ihrer Kollegin klar, dass sie die Kunden heute allein versorgen muss.«

»Gut.« Petra Stricker machte eine resignierende Geste. »Wie gesagt, ich bin die Falsche, aber wenn es nicht anders geht ...«

Gemeinsam betraten sie den Laden, dort erklärte Petra Stricker ihrer Kollegin, dass die nächsten Stunden ein bisschen stressig werden könnten, aber sie müsse dringend zu einer Gegenüberstellung mit aufs Präsidium. Dann gingen sie die paar Meter zu Davids Auto. Bevor er Frau Stricker in den Fond einsteigen ließ, prüfte er die Kindersicherung an den Türen.

»Ich sage dir, wie wir von hier am schnellsten wieder zu Esser kommen«, sagte die ortskundige Verena, danach herrschte bis auf ein paar Richtungsangaben für gut zehn Minuten Schweigen im Fabia.

David wartete, ob Petra Stricker das Bedürfnis hatte, ein Gespräch zu eröffnen, aber irgendwann kam Verena ihr zuvor.

»Habe ich das vorhin richtig verstanden, Sie sind die Chefin im Laden?«

»Nee, Chef ist der Herr Schmitz. Aber der ist meistens an der Kasse oder hinten in der Produktionsküche. Ich leite das Verkaufsteam.«

»Aha. Herr Esser entlässt Sie wegen Diebstahls, und Herr Schmitz bietet Ihnen direkt eine Führungsposition an? Das ist aber seltsam, oder?«

»Ich habe sehr gute Zeugnisse. Und der Herr Schmitz hat mir geglaubt, dass das mit dem Geld ein einmaliger Ausrutscher war. Die Stelle war halt gerade frei.«

»Und Ihre Kollegin, die wir vorhin kennengelernt haben, wollte die Position nicht haben?«

»Weiß ich nicht.« Nach dieser leicht patzigen Replik zog es Frau Stricker vor zu schweigen.

Auf dem Präsidium wurde sie in das Vernehmungszimmer geführt, in dem tags zuvor auch schon Hendrike Kupfer gesessen hatte. Verena bot an, dass sie das Verhör von Frau zu Frau führen könne, was David aber ablehnte. Er glaubte fest daran, dieses Mal die wirkliche Täterin vor sich zu haben, und beauftragte seine Kollegin, in der Zwischenzeit Lutz und Carla auf den aktuellen Ermittlungsstand zu bringen. Er konnte sich aber gut vorstellen, dass der Rest der Mannschaft trotz dieser Anweisung sein Gespräch hinter der verspiegelten Scheibe mitverfolgte. Dafür würde Lutz schon sorgen.

David setzte sich Petra Stricker gegenüber, die in dem kahlen Raum verunsichert wirkte. Er aktivierte den Mitschnitt und belehrte sie, dass sie sich auch Unterstützung durch einen Anwalt holen könne.

»Das brauche ich nicht. Ich habe nichts Unrechtes getan.«

»Herr Esser sagte, Sie seien alleinerziehende Mutter?«

»Ja.«

»Wie alt ist Ihre Tochter?«

»Acht.«

»Wie heißt sie?«

»Vanessa.«

»Das ist ein schöner Name. Ich habe auch zwei Töchter, die heißen Lola und Mieke. Haben Sie ein Foto von Vanessa dabei?«

»Weiß ich nicht.«

»Bestimmt haben Sie eins. Gucken Sie doch mal.«

»Das will ich jetzt nicht.«

»Egal, müssen Sie ja auch nicht. Ich glaube, Sie haben ein Foto von Vanessa dabei und Sie wissen ganz genau, wie Ihre Tochter darauf aussieht. Sie können sich an den Moment erinnern, als das Bild aufgenommen wurde. War sie glücklich?«

»Was soll denn dieser Scheiß? Hören Sie auf mit dem Bild.«

»Wer würde sich um Vanessa kümmern, wenn Sie ein paar Jahre nicht da wären?«

»Ich bin da! Und ich kümmere mich um Vanessa. Wir haben es nicht immer leicht, ja. Und ich würde meiner Tochter auch gern ein besseres Leben bieten als in dieser schrecklichen Siedlung. Aber nur, weil wir es nicht so dicke haben, bin ich noch lange nicht kriminell. Und ich habe doch auch gar keinen Grund, jemand umzubringen.«

»Wissen Sie, was mich wundert? Sie haben noch gar nicht gefragt, wer da eigentlich gestorben ist. Wie das genau passiert ist. Und was für ein Gift das war. Alle Details haben Sie überhaupt nicht interessiert.«

»Ich wusste, dass da was mit dem Fleisch vom Esser war. Eine ehemalige Kollegin, mit der ich mich immer noch gut verstehe, hat mir heute in der Früh eine Sprachnachricht geschickt. Das war wohl auf einer Grillparty in irgendeinem Vorort, hat Tanja gesagt. Aber ich denke mal, dass ich von so einer Schickimicki-Party eh keinen kenne.«

»Woher wissen Sie, dass es eine Schickimicki-Party war, wie Sie es ausdrücken?«

Petra Stricker veränderte ihre Sitzposition und drückte

den Rücken durch. »Die sollen doch da so ein irrsinnig teures Fleisch gegessen haben.«

»Hat das Ihre Freundin Tanja in der Sprachnachricht gesagt?«

»Ja.«

»Kann ich die mal hören?«

»Habe ich schon gelöscht.«

David schaute sein Gegenüber mit einem süffisanten Lächeln an. »Frau Stricker. Ich habe da draußen Leute sitzen, die eine gelöschte Aufnahme innerhalb von fünf Minuten wiederhergestellt haben. Ich sage Ihnen mal, was meine Vermutung ist: Sie waren am Freitag bei Esser und haben das Fleisch manipuliert. Aber ich glaube Ihnen, dass Sie das nicht aus Rache gemacht haben. Herr Esser hat Sie auch als sehr einsichtig beschrieben. Und Sie sind ja auch schon wieder gut untergekommen in einem neuen Job. Für meinen Geschmack allerdings zu gut. Kann es sein, dass Ihr neuer Chef ein Interesse daran haben könnte, wenn sein Konkurrent einen Skandal am Hals hätte? War der Deal vielleicht: Sie manipulieren für ihn das Fleisch, und er stuft Sie direkt eins weiter oben ein? Das ist doch toll, da verdienen Sie bestimmt mehr und können Vanessa auch mal was bieten.«

Petra Stricker verschränkte die Arme vor dem Körper. »Ich sage ab sofort gar nichts mehr.«

David konterte die Stille ebenfalls mit Schweigen. Er ließ ein, zwei Minuten verstreichen und sagte dann plötzlich: »Jetzt!«

»Was, jetzt?«

»Jetzt haben Sie gerade an das Bild von Vanessa gedacht.«

»Hören Sie endlich auf mit Vanessa! Verdammt, ich will hier raus. Ich habe nichts getan!«

»Frau Stricker, ich bin selbst Vater von zwei Töchtern. Ich weiß, was Ihnen durch den Kopf geht, seit Sie im Kühlhaus waren. Wie viele Jahre bin ich weg, wenn sie mich erwischen?

Wann sehe ich meine Tochter wieder? Wenn sie zwölf ist? Vierzehn?«

Petra Stricker hatte Tränen in den Augen und zog die Nase hoch.

David beugte sich über den Tisch mit den Mikrofonen nach vorn. »Frau Stricker, ich bin kein Jurist. Aber ich mache Ihnen mal eine kleine Rechnung auf: Herr Schmitz wollte bestimmt nicht, dass jemand stirbt. Das sollte nur ein kleiner Denkzettel sein, eine Abreibung für die Konkurrenz mit einem Geschäft direkt vis-à-vis. Sie wissen, wie bei Esser alles aussieht, und führen diesen Auftrag aus. Wahrscheinlich wussten Sie nicht mal, was Sie da eigentlich in das Fleisch gespritzt haben. Dummerweise ist die Dosierung wohl etwas zu hoch, den Leuten auf der Party wird nicht nur schlecht, sondern zwei sterben. Aber das war ja nicht Ihr Vorsatz. Das ist kein Mord, das ist noch nicht mal Totschlag, das ist höchstens fahrlässige Tötung oder Körperverletzung mit Todesfolge. Im Auftrag. Sie haben ja nur einen Auftrag ausgeführt.«

Frau Stricker hatte aufgehört zu schniefen und hörte David aufmerksam zu. Sie schien zu verstehen, worauf er hinauswollte.

»So, und wenn Sie jetzt noch ein Geständnis ablegen und einen verständnisvollen Richter bekommen, kann ich mir vorstellen, dass Sie mit einer Bewährung davonkommen. Verstehen Sie, dann müssten Sie nicht mal ins Gefängnis, Sie könnten bei Ihrer Tochter bleiben. Sie sind doch nicht vorbestraft, oder?«

Petra Stricker schaute ihn mit großen Augen an und schüttelte den Kopf.

»Na also, noch ein strafmildernder Umstand.«

David machte wiederum eine Pause. Es arbeitete in der Frau ihm gegenüber, das war deutlich zu spüren. Sie stand kurz vor einem Geständnis.

Langsam beugte sie sich nach rechts zu ihrem kleinen Rucksack hinunter, den sie an ein Stuhlbein gelehnt hatte. Sie zog den Reißverschluss auf und holte einen länglichen Geldbeutel heraus. Sie öffnete den Klippverschluss und legte die Börse auf den Tisch. In einem Fach befand sich hinter durchsichtigem Plastik ein kleines Foto. Dieses drehte sie David hin. Ein blondes Mädchen trug einen blau gepunkteten Pullover mit einer Eule darauf. Die Kleine schaute fröhlich in die Kamera. Mit einem lauten Klagelaut fing Petra Stricker plötzlich bitterlich an zu weinen. Es dauerte eine ganze Weile, bis sie unter dem Schluchzen wieder zur Artikulation fähig war.

»Das ist Vanessas Lieblingspullover. Der war so teuer.« Sie holte ein Taschentuch aus ihrem Rucksack und schnäuzte sich. »Aber die hatte den gesehen bei so 'ner ganz schicken Kinderboutique. Und dann …« Ein neuerlicher Tränenausbruch unterbrach die Schilderung. »Und dann habe ich Überstunden gemacht beim Esser, damit ich ihr den kaufen konnte. Zum Geburtstag hat sie ihn dann bekommen, zum siebten. Sie haben noch nie so ein glückliches Kind gesehen.« Sie fuhr sich mit den Handballen über die verheulten Augen. »Vanessa liebt Eulen!« Danach konnte sie eine ganze Weile gar nichts mehr sagen, weil ihr die Tränen liefen und die Unterlippe vibrierte.

David goss ihr ein Wasser ein und legte seine Hand auf ihren Unterarm.

»Und dann schmeißt mich der Esser raus. Ja, er konnte ja nicht anders – wenn die geifernde Domgörgen danebensteht, was soll er denn machen? Da erzählt mir die Tanja, dass der Schmitz dringend eine Verkäuferin sucht. Ich den noch am selben Tag angerufen, am nächsten bin ich hingefahren. Da war der dann auch erst mal ganz nett. Hat sich meine Unterlagen angeguckt und mir direkt angeboten, am nächsten Montag anzufangen. Dass ich den Herrn Esser beklaut hatte, hab ich ganz ehrlich erzählt, aber das hat den gar nicht gestört, da hat er sogar drüber gelacht, als hätte ich das gut gemacht. Er fragte dann, ob ich gern einen besseren Job hätte, und ich sagte: Was denn für einen besseren Job? Na, Chefin vom Verkaufsteam, hat er gesagt, zweihundertsechzig Euro mehr. Ich war natürlich begeistert und habe das Angebot angenommen. Die ersten Tage war dann auch alles gut, zwei Kolleginnen waren zwar erst mal nicht so begeistert, dass ich plötzlich ihre Vorgesetzte war, die anderen beiden waren aber von Anfang an sehr nett. So, und dann hat mich der Schmitz in sein Büro geholt, das muss am Donnerstag gewesen sein, ja, genau, Donnerstag. Ob ich mich denn gut eingelebt hätte und so. Und plötzlich kriegt der so einen ganz fiesen Zug um die Augen rum und erzählt, dass er bei der Innung erfahren hätte, dass der Esser auf der Party bei Leo Vossen dieses teure japanische Fleisch grillt. So, das Problem ist: Dieser Vossen hat wohl immer alles bei Schmitz gekauft bis dahin, und plötzlich geht der zur Konkurrenz. Das fand ich natürlich auch nicht gut, zumal sich Esser mit seinen vielen Filialen schon ganz schön breitgemacht hat überall. Da sagt der Schmitz, er würde dem Esser eins auswischen wollen auf der Party. Und ob ich ihm da helfen würde. Na ja, und da muss ich jetzt zugeben, ich habe halt das viele Geld gesehen und wollte meinen Chef nicht enttäuschen, gerade in der Probezeit, deswegen habe ich zugestimmt. Er sagte dann, er hätte da so ein pflanzliches Mittel, davon würde es einem so richtig schlecht. Das würde er mir in einer kleinen Spritze geben, einmal kurz in dieses Edelfleisch piksen und reindrücken ... und na ja, den Rest kennen Sie ja. Das Fleisch im Kühlhaus zu finden war auch nicht besonders schwer, das hatte Esser ja extra beschriftet, wahrscheinlich damit das keiner aus Versehen verkauft. Aber bitte, Sie müssen mir glauben, ich habe nicht geahnt, dass da jemand von sterben kann. Wirklich. Wenn ich das gewusst hätte, dann hätte ich das doch niemals gemacht!«

★★★

Um kurz nach halb eins ging bei der zuständigen Polizeistelle der Befehl ein, unverzüglich den ortsansässigen Metzgermeister Harald Schmitz festzunehmen. Der Auftrag wurde per Funk an die Streifenbeamten Marvin Klepper und Celal Yildiz weitergeleitet, die zu diesem Zeitpunkt zur Verbesserung des allgemeinen Sicherheitsgefühls durch die Innenstadt patrouillierten. Der Einsatz in der Uhlstraße kam den beiden gelegen, denn vom vielen Sicherheitsgefühlverbessern knurrte der Magen, woraufhin die Kollegen nach Marvins Vorschlag übereinkamen, dass der Zugriff auch nach dem Genuss eines bekanntlich großzügig belegten Leberkäsebrötchens aus dem Hause Schmitz noch als unverzüglich deklarierbar war.

Dieses Mittagsmenü auf Schweinefleischbasis war in Celal Yildiz' Religion zwar eigentlich nicht vorgesehen, aber wenn man die ein oder andere Koransure ein wenig liberaler auslegte, fand sich für berufstätige Muslime im Außendienst schon ein Schlupfloch.

In der Metzgerei herrschte reger Betrieb, die beiden Polizisten hatten fünf Kunden vor sich, die von einer fülligen Frau und einem gelackten Mann unterschiedlich routiniert bedient wurden. Ein Namensschild wies die Verkäuferin als Frau Oschkinat aus, der Herr im weißen Kittel blieb anonym. Er schien mit dem Mittagsgeschäft hinter der Theke weit weniger vertraut als seine Kollegin und fremdelte mit den Funktionen seiner Waage.

Als Marvin Klepper und Celal Yildiz von Frau Oschkinat endlich ihre Brötchen ausgehändigt bekommen hatten, positionierten sie sich an einem Stehtisch, um das Geschehen im Laden weiter im Auge zu behalten.

Marvin schlussfolgerte aus der Situation: »Der Typ muss der Schmitz sein. Der ist bestimmt eingesprungen, weil die Kollegen seine andere Angestellte mitgenommen haben.«

»Der ahnt was«, flüsterte Celal. »Der schaut immer zu

uns rüber und schwitzt. Der merkt, dass wir nicht nur zum Essen gekommen sind.«

»Ist mir auch schon aufgefallen. Aber wir haben ihn ja von hier aus im Blick. Kann ja nichts passieren.« Marvin klappte sein Brötchen auf und stellte fest, dass ihm zu wenig Senf drauf war. Er ging zu einem Körbchen neben der heißen Theke, in dem kleine Beutel mit Ketchup, Mayo und Mostrich auslagen. Auf dem Rückweg fiel sein Blick in einen Getränkekühlschrank. Er winkte seinen Kollegen herbei, der sich mit seiner Semmel in der Hand näherte.

»Ey, Celal, guck mal, was die hier haben: Durstlöscher! Kennste die auch noch aus der Schule?« Die beiden bestaunten die bunten Halbliter-Tetrapaks hinter der Scheibe.

»Na klar! Eistee mit Pfirsich oder Sauerkirsche, die hat es damals bei uns schon gegeben.« Er zeigte auf eine orange Packung. »Fruchtgehalt ein Prozent. So hat das auch immer geschmeckt. Aber was für krasse Sorten es da mittlerweile gibt, schau dir das an. Wassermelone. Granatapfel-Zitrone. Und sogar Mate-Tee.«

»Scheiße, ey, der Schmitz ist weg!«

Celal fuhr herum und sah, dass sein Kollege recht hatte. Die Pummelige war allein hinter der Theke, vom Chef keine Spur. »Der will bestimmt abhauen. Los, hinterher!« Marvin stürmte aus dem Laden und schmiss sein übriges Mittagessen in einen Mülleimer vor der Tür.

Celal wickelte in aller Eile das beschichtete Papier um den Rest seines Brötchens und steckte es in die Tasche seiner Uniformjacke. Er hatte sich die Stücke mit der krossen Kruste extra bis zum Schluss aufgehoben, diesen Lusthappen wollte er sich von einer Verfolgungsjagd nicht nehmen lassen.

Die beiden hetzten in die kleine Gasse hinein, in der Stunden zuvor Frau Stricker mit den Kollegen gestanden hatte. Celal deutete im Rennen auf eine Hofeinfahrt und rief seinem

Kollegen zu: »Das ist bestimmt der Hinterhof der Metzgerei, dort muss er irgendwo sein.«

Marvin bog ab. Er hatte die Hand an der Pistole. Vorsichtshalber.

Im Hof stand der Mann aus dem Laden und zog ein silbernes Serviertablett von der Ladefläche eines kleinen Lieferwagens.

»Stopp, sofort aufhören! Und stehen bleiben. Polizei!«, rief Marvin.

Dem Mann fiel die Platte vor Schreck auf den Boden. Es schepperte.

»Sind Sie Herr Harald Schmitz?«, keuchte Marvin.

Der Mann nickte.

»Sie sind festgenommen wegen Mordverdachts. Also, wegen der Beauftragung zur Ermordung. Anstiftung zum Mord oder zumindest Anstiftung zu einer Tat mit Todesfolge, so. Und weil Sie sich der Festnahme entziehen wollten.«

»Was wollte ich?« Schmitz schaute irritiert.

»Abhauen wollten Sie, nachdem Sie meinen Kollegen und mich in Ihrem Laden gesehen haben.«

»So ein Quatsch, ich wollte den Wagen ausräumen, nachdem es im Laden leerer geworden ist. Wir haben gestern für eine Firmung kalte Platten ausgefahren. Sie müssen mich verwechseln.« Nach dem kurzen Schreckmoment wirkte Harald Schmitz sehr selbstbewusst.

Celal fand, dass sein Kollege das bisher nicht so gut gemacht hatte. »Herr Schmitz, die Kripo hat uns beauftragt, Sie wegen der eventuellen Tatbeteiligung an einem Vergiftungsdelikt vorläufig festzunehmen und zum Verhör ins Polizeipräsidium zu bringen. Ihnen wird zur Last gelegt, Ihre Angestellte Frau Stricker angestiftet zu haben, Fleisch bei Ihrem Konkurrenten Frank Esser zu manipulieren.«

Schmitz lehnte sich locker gegen seinen Wagen und wandte sich an Marvin Klepper, den er offensichtlich als Schwachstelle des Polizisten-Duos ausgemacht hatte. »Und wie genau soll meine Beteiligung da ausgesehen haben?«

»Hat mein Kollege doch eben gesagt. Den Rest erfahren Sie auf dem Präsidium.«

»Müssten Sie mich nicht darüber informieren, dass ich das Recht habe, die Aussage zu verweigern und einen Anwalt hinzuzuziehen?«

»Ach so, na klar, das hätte ich schon noch gesagt. Also, Sie haben das Recht –«

Celal wurde es zu bunt, er grätschte dazwischen. »Passen Sie mal auf, Herr Schmitz, wir sind nicht hierhergekommen, um mit Ihnen zu diskutieren. Sie kommen jetzt mit, oder ich mache Gebrauch von den Handschellen. Und ja, Sie können natürlich die Aussage verweigern und einen Anwalt zurate ziehen.«

»Dann würde ich kurz Dr. Lepsius informieren, bevor Sie mich in Handschellen abführen.« Harald Schmitz zog sein Handy aus der Tasche, suchte kurz nach der richtigen Nummer und wartete, bis am anderen Ende abgehoben wurde. »Birgit? Hier ist Harald. Ich muss Caspar dringend sprechen. Ich soll verhaftet werden.« Nachdem Schmitz durchgestellt worden war, bat er seinen Duz-Freund, schnellstmöglich ins Polizeipräsidium zu kommen, weil ihm gerade ein großes Unrecht geschehe. Nachdem er aufgelegt hatte, nickte er den Beamten zu, offenbar bereit, ihnen nun zu ihrem Wagen zu folgen.

Auf der Uhlstraße sagte Celal: »Übrigens: vorläufig festgenommen, nicht verhaftet. Für eine Verhaftung muss der Richter erst einen Haftbefehl ausgestellt haben. Nur, weil Sie sich ja scheinbar so gut auskennen und sich da Ihrem Anwalt gegenüber etwas unpräzise ausgedrückt haben.«

»Tz, das ist doch vollkommen egal, ich bin unschuldig.«

Celal freute sich, dem Großkotz noch einen mitgegeben zu haben, und umfasste in seiner Uniformtasche das noch warme

Brötchen. Zu schade, auf der Rückfahrt war es bestimmt kalt und die Kruste nicht mehr kross.

★★★

Weil Harald Schmitz seinen Rechtsbeistand in einer Besprechung mit dem Staatsanwalt am Amtsgericht erreicht hatte, verzögerte sich die Ankunft von Dr. Caspar Lepsius auf unbestimmte Zeit. Der Metzger weigerte sich, ohne seinen Anwalt ins Verhör einzusteigen, und wurde demzufolge im Vernehmungszimmer geparkt. Er drückte auf seinem Mobiltelefon herum und wurde dabei von den Kommissaren durch die blickdichte Scheibe beobachtet.

»Der wirkt nicht besonders angespannt«, stellte Carla fest.

»Den ranzukriegen wird auch verdammt schwierig. Wenn er alles abstreitet, steht Aussage gegen Aussage. Vermutlich werden Schmitz und sein Anwalt uns davon überzeugen wollen, dass es doch ein Racheakt der gefeuerten Frau Stricker war. Anstiftung zu einer Straftat ist elendig schwer zu beweisen.«

Verena hatte eine Idee. »Wir könnten seinen Computer beschlagnahmen und unsere Fachleute ranlassen. Wenn der sich das Amanitin im Netz besorgt hat, finden die das raus.«

»Dafür brauchen wir einen gerichtlichen Beschluss. Und wenn er das Zeug woanders herhat, bringt es nichts. Ihr habt doch gehört, was der Kollege von der Streife vorhin gesagt hat. Der Typ da scheint sehr selbstsicher zu sein. So einen billigen Fehler macht der nicht.«

»Der ist so selbstsicher, weil die beiden Kollegen von der Streife Witzfiguren waren«, polterte Lutz. »Pat und Patachon mit gezupften Augenbrauen und 'nem Abo im Solarium. Die kannste zur ›Bachelorette‹ schicken, aber nicht auf die Straße. Ich würde das Verhör mit Schmitz gern führen, dann vergeht dem seine Überheblichkeit schon.«

»Ich hätte eine andere Herangehensweise …«

»Nee, David, du lässt dir wieder Kinderfotos zeigen. Mit solchen Vögeln wie dem da drin muss man anders umgehen.« Carla beendete die Diskussion. »Herr Lahmann, ich finde, Sie haben das heute Vormittag mit Frau Stricker großartig gemacht, jetzt lassen wir mal den Kollegen Tremper ran.« David kommentierte die Entscheidung nicht. Er beobachtete Schmitz, der sein Handy weggelegt hatte und von seinem Stuhl aus mit den Augen den Raum abscannte. Er hatte immer noch seinen Metzgerkittel an, mochte Ende vierzig sein und sah für David wie jemand aus, der in seiner Freizeit Polohemden mit aufgestelltem Kragen trug. Die grau gewellten Haare waren etwas zu lang und locker nach hinten gegelt. Typ Lebemann. Der fuhr bestimmt einen SUV.

David beugte sich ein Stück nach vorn, um Schmitz' Schuhe unter dem Tisch erkennen zu können. Schuhe sagten viel über einen Menschen aus, fand er. Weiße Arbeitsschuhe, na gut, die waren seiner beruflichen Kluft geschuldet, privat hatte der bestimmt Wildleder-Mokassins.

In diesem Moment ging die Tür auf, ein Beamter führte einen weiteren Mann in den Raum, der seinem Friseur anscheinend die gleichen Vorgaben gemacht hatte wie Schmitz. Er trug dazu tatsächlich ein Polohemd, und zwar eins von der Sorte mit ganz vielen unsinnigen Koordinaten, Wappen und Städtenamen drauf. Dazu eine dunkelblaue Jeans mit weiß abgesetzten Nähten und weiße Stoffsneaker. Dr. Caspar Lepsius war offensichtlich mehr von der sportlichen Sorte.

Mit einem angriffslustigen »Dann wollen wir mal« verabschiedete sich Tremper in den Vernehmungsraum. Er wurde allerdings sofort wieder rausgeworfen, weil sich der Anwalt zunächst mit seinem Mandanten beraten wollte.

Das konnte dauern. David verließ die Beobachtungsposition in dem kleinen Nebenzimmer und ging in sein Büro. Er wollte sehen, was das Internet über Metzgermeister Schmitz wusste.

In der zuständigen Lokalausgabe einer Tageszeitung wurde er schnell fündig: Dort befasste sich ein Artikel mit den zwei gegenüberliegenden Metzgereien in der Uhlstraße. Essers Filiale war dort noch recht neu, er hatte das Traditionsgeschäft von einem Paul Nettekoven übernommen, der bei Eintritt in den Ruhestand keinen Nachfolger für seinen Laden gefunden hatte. Harald Schmitz war somit die letzte verbliebene Familienfleischerei in der Stadt. Wobei Haralds Frau mit dem schönen Vornamen Frolinde offenbar nicht im Betrieb mitarbeitete.

Außerdem war Schmitz Vorstandsmitglied in einem Tennisclub, hatte einer E-Jugend-Mannschaft Fußballtrikots mit Wurstwerbung gesponsert und mit dem Porsche-Zentrum eine Benefizrallye zugunsten kenianischer Analphabeten organisiert. Immerhin. Er war Mitglied der Freien Wähler und hatte Weihnachten 2016 der katholischen Kirche Sankt Maria von den Engeln einen Spendenscheck zur Restaurierung des Geläuts überreicht.

David tauchte tiefer und tiefer in das Leben des Verdächtigen ein, der in der Netzwelt ganz offensichtlich keine Datenschutzbedenken hatte. Auf seiner Facebook-Seite fanden sich im ungeschützten Bereich jede Menge Urlaubsfotos mit seiner Frau, die im Vergleich zu Schmitz erstaunlich bieder aussah. Den Aufnahmen nach zu urteilen, war das Paar kinderlos geblieben.

Nach vielen weiteren Klicks, Links und Fotos erschien plötzlich Carla Weiß vor Davids Büro und verkündete: »Keine Aussage. Schmitz streitet den Vorwurf ab und will darüber hinaus keine Angaben machen. Sein gutes Recht. Aber ob die Beschuldigung von Frau Stricker für einen Haftbefehl oder gar eine Anklage ausreicht? Vielleicht sollten wir doch einen Durchsuchungsbeschluss erwirken und seine Festplatte konfiszieren. Unsere einzige Chance.«

Tremper war also erfolglos geblieben. David konnte nicht

verhindern, dass diese Nachricht in ihm das kleine, boshafte Lichtlein der Schadenfreude entfachte, ließ sich das aber nicht anmerken.

»Die sind aber noch da, oder?«

»Die gehen erst, nachdem ich mit allen Kollegen ausgelotet habe, ob uns noch irgendwas einfällt«, antwortete Weiß süffisant.

»Sehr gut.« David bedeutete seiner Chefin, mit ihm einen Blick auf seinen Computerbildschirm zu werfen. »Ich hätte nämlich vielleicht noch eine Idee. Ist ein bisschen mies, und ich habe keine Ahnung, ob's klappt, aber mit Ihrem Okay würde ich es zumindest gern versuchen.«

David betrat den Vernehmungsraum, das Gespräch zwischen Schmitz und Lepsius verstummte abrupt. Er setzte sich nicht hin, sondern stellte sich nur vor und kündigte an: »Durch einen weiteren Zeugen erwarten wir uns neue Erkenntnisse, solange muss ich Sie bitten hierzubleiben. Ich denke, spätestens in einer halben Stunde können wir fortsetzen.«

»Das können Sie nicht machen. Bis auf die haltlose Anschuldigung von dieser Angestellten, einer sehr neuen Mitarbeiterin, will ich betonen, liegt gegen meinen Mandanten nichts vor. Herr Schmitz hat keine Vorstrafen, er ist ein angesehener Geschäftsmann und muss zurück in seinen Laden.«

David wandte sich direkt an den Metzgermeister. »Es tut mir sehr leid, Ihnen Umstände zu machen, aber in einem Punkt hat Ihr Anwalt nicht ganz recht. Wir dürfen Sie hier festhalten. Denn nur, weil Sie nicht mit uns reden, ist der Verdacht gegen Sie nicht ausgeräumt. Möchten Sie vielleicht einen Kaffee?«

Lepsius vereitelte eine Antwort, indem er reingrätschte. »Wir sind nicht zum Kaffeetrinken hierhergekommen. Schaffen Sie Ihren Zeugen ran und tun Sie das so schnell wie möglich.« David verließ den Raum, vor der Tür wartete Verena mit einigen Computerausdrucken. Sie drückte ihm die Papiere grinsend in die Hand. David blätterte in aller Aufmerksamkeit den Stapel durch und zog in anerkennender Ironie die linke Braue hoch. »Super, Verena, daraus lässt sich doch was machen. Und wenn unser Gast kommt, gern direkt reinbringen, ne?«

Mit diesen Worten verschwand der Kommissar abermals im Vernehmungsraum, dieses Mal setzte er sich hin. Er schaltete die Aufnahme ein und legte die Ausdrucke für Schmitz lesbar auf den Tisch.

»Schauen Sie mal, was wir in unserem Computer über Sie gefunden haben.« Schmitz schaute nicht hin, sein Anwalt schon. »Normalerweise haben wir so was direkt zu Beginn des Verhörs parat, aber das ging so ein bisschen hoppladihopp mit Ihnen. Herr Lepsius sagte ja ganz richtig, dass Sie keine Vorstrafen haben. Aber im Zentralregister werden ja nur Freiheitsstrafen oder Geldstrafen ab neunzig Tagessätzen eingetragen. Da sind Sie jeweils drunter geblieben, aber hier«, David tippte nacheinander auf die Blätter, »hier haben Sie auf der Autobahn gedrängelt und einen anderen Autofahrer so stark genötigt, dass er sie angezeigt hat. Hier geht es um eine Rangelei an Karneval, das Verfahren wurde eingestellt, das hier ist die Beleidigungsklage einer Politesse, die Herr Schmitz ›dummes Huhn‹ genannt haben soll, und hier haben Sie einer PETA-Aktivistin vor Ihrem Laden körperliche Gewalt angedroht.«

»Ich bitte Sie«, sagte Lepsius mit einem höhnischen Grinsen. »Das sind doch Kinkerlitzchen. Eingestellt, verjährt, Bagatellen. Waren das die neuen Fakten? Dann würden wir jetzt gehen.«

»Nein, Sie warten, meine Überraschung kommt ja erst noch. Aber das, was Sie ›Bagatellen‹ nennen, zeigt für mich eins: dass nämlich Ihr Mandant seine Emotionen nicht im Griff hat. Ich sehe hier einen Verdächtigen, der nicht kooperiert und ganz offensichtlich eine kurze Lunte hat, wenn er sich provoziert fühlt. Und dieser gut laufende Laden von Esser schräg gegenüber ist ja quasi eine Rund-um-die-Uhr-Provokation, nicht wahr?«

»Mein Laden läuft hervorragend, können Sie ja Ihre zwei stieseligen Kollegen fragen, die mich hergebracht haben. Anstellen mussten die sich.«

»Wie schön, Sie reden mit mir. Ich habe ja beide Läden gesehen, als wir bei Ihnen in der Straße waren. Ihres und das Geschäft von Esser. Das ist schon deutlich moderner als Ihres. Ihr Umsatz ist gar nicht zurückgegangen, seit der alte Nettekoven nicht mehr da ist?«

»Da geht's doch nicht um moderner. Sondern um Frische, um Qualität. Das Zeug vom Esser wird erst mal den halben Tag durch die Gegend gefahren, bis das in den Läden ist.«

Lepsius signalisierte seinem Mandanten, sich nicht weiter provozieren zu lassen.

Das hatte David auch gar nicht vor, denn in diesem Moment ging die Tür auf. Verena Böhme führte die Ehefrau des Verdächtigen in den Raum.

»Frolinde?« Das klang eher entsetzt als erfreut.

»Was soll das denn jetzt?« Auch dem Anwalt schien die Anwesenheit der Frau nicht zu schmecken.

Verena brachte noch einen weiteren Stuhl. Frolinde Schmitz setzte sich. Sie sah genauso bieder aus wie auf den Fotos: graue Hose, schwarzes Shirt, buntes Halstuch, darunter sichtbar ein kleines Holzkreuz an einem Lederhalsband. Die verunsicherte Frau legte ihre Hände auf die Oberschenkel, wie ein Kind, das Schimpfe erwartet.

David klärte Frau Schmitz auf, welche Verdächtigungen gegen ihren Mann vorlagen, Lepsius fügte an, dass sie zu der Sache keine Angaben machen müsse.

Nach einer kleinen Pause sagte David: »Ihr Halstuch gefällt mir.« Er ahnte, wie Lutz in diesem Augenblick gucken würde, falls er zuhörte.

»Danke«, antwortete Frau Schmitz mit leiser Stimme. »Das kommt aus dem Weltladen, den unsere Gemeinde betreibt.« »Richtig, Sankt Maria von den Engeln. Ich habe gelesen, Sie leiten das Pastoralbüro. Was sind da Ihre Aufgaben?«

»Na ja, im Prinzip sind wir die Organisationszentrale für die Gemeinde. Wir führen die Kirchenbücher, die Mitglieder melden bei uns Hochzeiten oder Taufen an, wir vermitteln Seelsorge und haben immer ein offenes Ohr. Ich arbeite nebenbei auch in der Krankenhausseelsorge.«

»Sind Sie studierte Theologin?«

Frau Schmitz huschte ein zartes Grinsen über die Lippen. »Zwei Semester, dann abgebrochen. Die große Karriere können Frauen in der katholischen Kirche ja ohnehin nicht machen.«

David beugte sich über den Tisch, fixierte Frolindes Augen und hielt sich fragend den rechten Zeigefinger unter die Nase. Mehr Markus Lanz ging nicht. Leise fragte er: »Wie hält es die Kirche mit der Lüge?«

»Lügen ist verboten. Neuntes Gebot. ›Du sollst nicht falsch Zeugnis reden wider deinen Nächsten.‹ Das würde man heute wohl mit Lügen übersetzen.«

»Ist Verschweigen auch Lüge?«

»Verschweigen von was?«

»Na ja, ich habe gesehen, Sie haben noch ein paar Kolleginnen in Ihrem Pastoralbüro. Mit denen plaudern Sie doch wahrscheinlich auch mal privat. Auch über die Anzeigen, die gegen Ihren Mann vorliegen?«

»Stopp, Stopp, Stopp«, mischte sich Lepsius ein. »Frau Schmitz, Sie müssen hier nichts beantworten. Wenn Sie nicht mehr als diese Glaubensfragen zu bieten haben, dann würden wir jetzt gehen.«

»Ich bin mit meinen Glaubensfragen aber noch nicht fertig.«

Frolinde Schmitz sah verängstigt aus.

David stand auf. »›Du sollst deinen Nächsten lieben wie dich selbst.‹ Markusevangelium. Beleidigung einer Amtsperson, Bedrohung einer Demonstrantin, Nötigung eines Autofahrers, Auftrag zur Vergiftung. Für mich klingt das nicht nach Nächstenliebe.« Er wurde immer lauter. »Aber Sie können das trennen, ja? War ja nur Ihr Mann, waren Sie ja nicht selbst. Da wird der Herrgott doch differenzieren, oder? Na klar, wird er, wenn der brave Ehemann doch fünftausend Euro für die Kirchenglocken gespendet hat. So was hat man früher Ablasshandel genannt!«

Hinter der blick- und schalldichten Scheibe fragte Verena Böhme Carla Weiß: »Jetzt?«

»Nein, Herr Lahmann gibt uns mit der linken Hand ein Zeichen. Ich glaube, er ist noch nicht so weit.«

Im Vernehmungsraum war David näher an Frolinde Schmitz herangerückt und redete leise weiter. »Ich frage mich nur, wie Sie das mit Ihrem Gewissen vereinbaren können. Sie leben die christlichen Werte, und Ihr Mann tickt immer wieder aus und wird straffällig.«

»So langsam reicht es mir aber! Ich ticke nicht aus. Wie würden Sie denn reagieren, wenn militante Tierschützer im Hühnerkostüm vor Ihrem Geschäft mit Kunstblut eine Schlachtung inszenieren? Soll man sich das vielleicht alles gefallen lassen?«

»Natürlich nicht, Harald. Aber Gewalt kann doch nicht die Lösung sein«, widersprach Frolinde ihrem Mann.

»Ich habe denen doch gar nichts getan, nur gedroht. Ich lasse mich hier nicht als kriminell hinstellen.« Harald Schmitz funkelte David an. »Sie scheinen sich in meinem Leben ja gut auszukennen, dann wissen Sie bestimmt auch, was ich im Charity-Bereich alles mache.«

Darauf ging der Kommissar nicht ein, sondern fragte Frolinde: »Waren Sie eigentlich mit im Auto, als Ihr Mann den anderen Wagen abgedrängt hat, damals auf der Autobahn?«

»Nein.« Sie schaute Harald an. »Aber manchmal bist du am Steuer schon ziemlich aggressiv.«

»Sag mal, hast du dich hier mit der Polizei verbündet? Wollt ihr mir jeden kleinen Ausrutscher aufs Brot schmieren? Ich glaube, du hältst jetzt besser mal den Mund.«

»Ich sitze im Auto einfach nicht gern neben dir. Das hat mit der Polizei gar nichts zu tun, aber wenn wir gerade bei dem Thema sind –«

»Schschsch«, machte Caspar Lepsius. »Ich schlage vor, dass ihr zwei das heute Abend bei einem Glas Wein in aller Ruhe besprecht. Das gehört wirklich nicht hier hin.«

»Nix schschsch, Caspar, heute Abend ist wieder keine Zeit. Es ist nämlich nie Zeit für irgendwas. Wenn ich ihn darum bitte, langsamer zu fahren, sind wir in Eile. Wenn ich ihn bitte, mal wieder in den Gottesdienst zu kommen, ist ein wichtiges Catering vorzubereiten. Wenn ich mit ihm mal ins Kino oder ins Theater will, ist er bei der Partei, bei der Innung, im Tennisclub, sonst wo. Merkst du das gar nicht, Harald? Wir leben doch nur noch nebeneinanderher. Und wenn ich das mal anspreche, soll ich den Mund halten.«

»Was redest du denn da? Ich mach mich krumm, um uns ein schönes Leben zu ermöglichen! Da gehört Sonntagsarbeit in unserer Branche nun mal dazu. Und im Tennisverein … Das sind doch alles Kunden. Ich sorge dafür, dass unser Laden nicht untergeht, und du willst ins Kino! Das ist egoistisch, du bist egoistisch, hast du da schon mal drüber nachgedacht?«

Bevor Frolinde antworten konnte, schoss David die ultimative Provokation ab. »Frau Schmitz, ist Ihr Mann Ihnen gegenüber schon mal gewalttätig geworden?« Danach fuchtelte er mit der linken Hand unter dem Stuhl herum.

»Jetzt!«, sagte Carla hinter der Scheibe zu Verena.

Schmitz explodierte. Er sprang von seinem Stuhl auf und schrie: »Was muss ich mir hier eigentlich bieten lassen? Ich habe noch nie jemand geschlagen, Frauen schon gar nicht! Für diese unverschämten Unterstellungen werde ich Sie verklagen.«

In diesem Moment riss Verena Böhme mit Schwung die Tür des Vernehmungszimmers auf. Schmitz fuhr herum. In ihrer rechten Hand hielt Verena einen kleinen, durchsichtigen Beutel, in dem sich eine Ampulle mit Plastikverschluss befand. Sie streckte das Tütchen direkt vor das hochrote Gesicht des wütenden Metzgers und rief: »Jetzt haben wir Sie dran, Schmitz, auf dem Gift haben wir Ihre Fingerabdrücke gefunden!«

»'nen Scheiß habt ihr, das ist 'ne ganz andere Flasche! Ihr seid vielleicht Trottel.«

Nach diesem Satz herrschte Ruhe. Verena ließ den Beutel langsam sinken, Caspar Lepsius stützte seine Arme mit den Ellenbogen auf der Tischplatte ab und vergrub sein Gesicht resigniert in den Handinnenflächen. Frolinde glotzte entgeistert ihren Mann an – und Harald Schmitz dämmerte, dass er gerade auf die blödeste aller zur Verfügung stehenden Arten ein Geständnis abgelegt hatte.

Bevor die Beamten ihren schnellen Ermittlungserfolg feiern konnten, mussten sie sich ein langes Lamento, fadenscheinige Erklärungen und viele wirre Anschuldigungen von Schmitz anhören. Er gab an, er habe seinem Konkurrenten mit dem Anschlag nur einen Denkzettel verpassen wollen, nie sei er auf die Idee gekommen, dass ein pflanzliches Gift so eine verheerende Wirkung haben könne.

Wie er an das Amanitin herangekommen war, wollte er nicht preisgeben. Stattdessen habe Leo Vossen eine Mitverantwortung für sein Vorgehen, weil der als langjähriger Kunde für die Beschaffung des Kōriyama-Fleischs einfach zu Esser gewechselt sei, der dann auch noch einen riesigen Artikel im angesagtesten Grillmagazin bekommen sollte. Esser trage im Übrigen auch die Schuld an einem großflächigen Sterben kleiner Metzgereien in Familienhand. Zusammen mit der Öko-Lobby, den EU-Bürokraten und der gesamten Medienlandschaft, die allesamt den Fleischkonsum verteufeln würden und ihn Schritt für Schritt seiner Existenz beraubten.

Caspar Lepsius hatte keine Einwände, dass sein Mandant nach dem Geständnis dem Haftrichter vorgeführt werden sollte, Frolinde weinte seit einer halben Stunde und nahm das Angebot des Anwalts an, sie nach Hause zu fahren.

Carla Weiß hatte David und Verena anschließend ins Besprechungszimmer beordert und eine altmodische Schachtel Schokoladenkonfekt auf den Tisch gestellt. Danach verschwand sie kurz, um sich einen frischen Kaffee zu ziehen.

Verena raunte David zu: »Das ist Carlas Art, sich für einen Erfolg zu bedanken. Ich habe keine Ahnung, in welchem Laden sie dieses Zeug noch kriegt. Die schmecken muffig.«

»Ich bin fein raus«, wisperte David zurück. »Ist mit Milch.«

»Dann möchte ich die nächste halbe Stunde bitte auch Veganerin sein.«

Die beiden Ermittler lachten, als Carla mit einer dampfenden Tasse den Raum betrat. Mit einem leichten Stöhnen setzte sie sich. »So, unser Herr Schmitz ist auf dem Weg zum Haftrichter. Ich muss sagen, das haben Sie großartig gemacht, Herr Lahmann. Wie haben Sie das vorhin noch mal ausgedrückt?«

»Erst schwindlig labern, dann reizen und dann im Moment der Maximalerregtheit irritieren. Eine Methode von Jos de Jong, Kriminalpsychologe aus den Niederlanden. Ich bin selbst erstaunt, wie gut das geklappt hat.«

»Sie müssen von den Pralinen nehmen. Alle handgemacht aus einer kleinen Manufaktur. Solinger Pflastersteine. Köstlich!«

»Phantastisch sehen sie aus, aber ich bin doch Veganer. Milch geht nicht.«

»Da entgeht Ihnen aber was.« Carla griff zu und machte ein verzücktes Gesicht. »Wo ist Lutz eigentlich?«

David zuckte mit den Schultern. Verena wusste Bescheid. »Der wollte noch was mit der Patho regeln. Und dann Vossen mitteilen, dass wir den Fall geklärt haben.«

David sagte lang gezogen: »Naaa jaaa … ich glaube, er geht der Sache hier ein bisschen aus dem Weg. Wir hatten schon eine kleine Auseinandersetzung über unsere Art der Verhöre. Und vielleicht ist er sauer, dass meine Methode funktioniert hat.«

»Du musst mit Lutz geduldig sein«, riet Verena. »Harte Schale, weicher Kern. Der ist noch vom alten Schlag. War auch nicht gerade begeistert, als eine Frau seine Chefin wurde, das darf ich doch so sagen, Carla?«

»Definitiv. Die ersten Monate waren für mich auch nicht einfach. Aber er lässt sich von Kompetenz überzeugen. Bleiben Sie bei Ihrem Stil.«

David hatte plötzlich eine Idee. Er wog kurz ab, ob sein Vorschlag übergriffig sein könnte, entschied sich aber schließlich dagegen. »Wie wäre es, wenn wir auf unseren ersten gemeinsamen Ermittlungserfolg ein Bierchen trinken würden? Ich könnte was besorgen und meinen Garten zur Verfügung stellen. Dann lernen Sie auch mal meine Frau und meine Töchter kennen. Und es soll ja so schön warm bleiben heute Abend. Lutz ist natürlich auch eingeladen.«

Verena war sofort dafür zu haben. »Du, super, da muss ich nur kurz Stefan Bescheid sagen, dass er Leon und Tristan vom Fußballtraining abholt. Die sollen sich 'ne Pizza bestellen und einen Männerabend machen.«

Davids positiver Eindruck von Verena wurde bestätigt. Nett und unkompliziert.

Carla tippte auf ihrem Handy herum und sagte schließlich: »Ja, bei mir ließe sich das auch einrichten.« Sie war bemüht, den Satz so klingen zu lassen, als wäre ein freier Abend in ihrem Terminkalender ein seltener Glücksfall.

»Klasse. Halb acht bei uns? Dann rufe ich Sintje an, dass sie noch einen kleinen Happen zu essen vorbereitet.«

»Sie soll sich keine Umstände machen, ein Bierchen reicht schon.«

»Ja, wirklich, keine Umstände«, schob Carla nach. »Nimm doch lieber noch eine Praline, Verena.«

Kommissarin Böhme sagte irgendwas von »Bikinifigur« und stand schnell auf, um ihren Mann anzurufen.

David streckte unter dem Besprechungstisch die Beine aus und verschränkte die Hände genüsslich hinter dem Kopf. Den ersten Fall nach nur zwei Tagen gelöst. Durch seine Art des Verhörs. Das war einfach richtig gut gelaufen.

VIER

Sintje hatte nach dem Anruf ihres Mannes schnell zwei Bleche Rosmarinkartoffeln und einen Dip auf Mandelproteinbasis gezaubert. Sie freute sich auf die Gäste, denn so richtig groß war ihr Freundeskreis in der neuen Heimat bisher nicht. Noch begeisterter waren Mieke und Lola, denn Besuch bedeutete meist irgendwelche Mitbringsel, überwiegend von der ungesunden Sorte, die die Eltern ihnen sonst vorenthielten. Sintje wirbelte durchs Haus, checkte den Zustand der Gästetoilette, räumte die Kuscheltiere von der Couch in die Kinderzimmer und faltete die Elfenland-Spieldecke vom Wohnzimmerboden zusammen. Die Mädchen ließen sich vom Aktionismus ihrer Mutter anstecken und waren bald so überdreht, dass Sintje sie schließlich ins Obergeschoss schickte, um jedem Gast zur Begrüßung ein Bild zu malen.

David kam mit allerbester Laune nach Hause. In der Küche duftete es nach den gerösteten Kartoffeln, die seine Frau in gebückter Haltung vor dem Ofen gerade inspizierte. Er umarmte Sintje von hinten, schob ihre langen blonden Haare beiseite und gab ihr einen Kuss in den Nacken.

»Na, da ist aber jemand gut drauf.«

»Und wie! Das ist wirklich sensationell gelaufen heute. Wir hatten im Verhör einen Typen sitzen, der komplett gemauert hat. Der kam direkt mit Anwalt. Die wollten nichts sagen, gar nichts.«

David erzählte seiner Frau, wie seine Provokationen immer drastischer geworden waren, bis der Verdächtige sich in einer Mischung aus Wut und Unachtsamkeit schließlich verplappert hatte.

»Und ganz ehrlich«, er setzte sich auf die Arbeitsfläche der Küche, »am meisten freut mich, dass Lutz in seiner Befragung davor keinen Erfolg hatte. Tja, manchmal kommt man mit psychologischer Kriegsführung eben weiter als mit dem Holzhammer.«

»Kommt dieser Lutz denn heute Abend trotzdem?«

»Der war nicht dabei, als ich die anderen spontan eingeladen habe, aber Verena wollte das mit ihm klären.«

»Wenn er nicht kommt, ist er ein schlechter Verlierer.«

»Ja, aber ich glaube, dass ihm das klar ist, der wird schon kommen. Die Weiß sagte, man könne ihn mit Kompetenz überzeugen. Ich hoffe, dass ich da heute den ersten Schritt gemacht habe. Ich will ja eigentlich keinen Zoff mit jemandem aus meinem Team.«

»Das wird schon«, sagte Sintje unbestimmt und zählte Teller im Schrank ab. »Dann wären wir sieben, oder?«

David nickte. Er kümmerte sich um Besteck und Gläser und deckte mit seiner Frau den Tisch auf der Terrasse. Ihm fiel auf, dass der Oleander zu trocken war, und er füllte eine Gießkanne mit Wasser.

Sintje faltete auf dem Tisch Servietten, als David mit der schweren Kanne aus der Küche zurückkam. Er sagte: »Ich schenke dir zum Geburtstag so einen einrollbaren Gartenschlauch, den man an der Wand befestigt. Das ist ein schönes und nützliches Geschenk.«

»Frauen lieben nützliche Geschenke«, sagte Sintje ironisch, als es klingelte.

David ging zur Tür, seine Töchter rumpelten mit großem Getöse die Treppe hinab, um zu sehen, wer davorstand. Es war Carla, die zur Feier des Tages ein wenig Lippenstift aufgetragen hatte und in der linken Hand eine Flasche Sekt, in der rechten ein verpacktes längliches Geschenk hielt. Vom Format her hatte David schon eine Befürchtung, was es sein könnte. Er bat seine Chefin rein.

Nach einem kurzen, prüfenden Blick sagte sie: »Schön haben Sie es hier.«

»Ja, kommen Sie durch, die beiden kleinen Monster da sind Lola und Mieke, meine Frau ist im Garten.«

»Hast du uns was mitgebracht?«, plärrte Mieke und spinxte auf das Geschenk.

»Miekemaus, so was fragt man nicht«, maßregelte David seine Tochter in vorwurfsvollem Ton.

»Ach was, so sind die Kleinen eben. Ja, schau mal.« Carla wandte sich an David. »Ich weiß ja nicht, ob Ihre Kinder das auch mitmachen mit dem vegan.« Er winkte ab. »Dann habe ich hier ganz tolle Pralinen für euch. Pflastersteine nennen die sich, Zartbitter mit Pfefferminz. Da ist jede einzelne mit ganz viel Liebe gemacht von einer kleinen Manufaktur.«

Mieke hatte das Geschenk kurz in der Hand, reichte es beim Wort »Pfefferminz« entsetzt an ihre Schwester weiter, die es mit gerümpfter Nase unausgepackt auf den Wohnzimmertisch legte.

»Ja, wir hatten wirklich Glück mit der Wohnungssuche«, sagte David schnell und führte seine Chefin hinaus auf die Terrasse. »Einen Garten hatten wir noch nie, und in der alten Bude mussten sich die beiden Mädels auch noch ein Zimmer teilen. Guck mal, Sintje, das ist Carla Weiß, meine Chefin.«

Die beiden Frauen begrüßten sich, es klingelte abermals, David machte kehrt, und auch Mieke und Lola wuselten wieder zur Eingangstür. Dieses Mal standen Böhme und Tremper davor.

»Lutz, wie schön, dass du mitgekommen bist. War ja ganz spontan.«

»Wenn es irgendwo kühles Bier gibt, kann ich sehr spontan sein«, sagte der Kollege und schleppte ein Sixpack in die Wohnung. »Falls du noch nicht die richtige Sorte kennst. Hier bei uns trinkt man das Bier mit den roten Etiketten. Da kannste nix falsch machen. Die anderen überlassen wir den Touristen.«

David hatte Bio-Bier von einer Brauerei mit blauen Etiketten im Haus.

»Und ihr seid Lola und Mieke?« Verena beugte sich zu den Mädchen runter und drückte ihnen eine Tüte Gummibären in die Hand. »Von euch habe ich ja schon viel gehört.« Das klang für sie plötzlich noch interessanter als Weingummi. »Eheeecht? Was denn?«

»Der Papa hat mir erzählt, dass ihr auf den Reiterhof geht. Und dass ihr ganz toll malen könnt.«

»Ja, wir haben sogar jedem ein Bild gemalt.« Die beiden pesten die Treppe hoch, um die Kunstwerke zu holen.

David führte seine Kollegen durchs Wohnzimmer in den Garten. Sie setzten sich zu Carla, die sich mit Sintje schon angeregt unterhielt.

Lola und Mieke kamen mit vier großformatigen Blättern an den Tisch und verteilten ihre Gemälde. Carla bekam einen gelben Kreis, Lutz mehrere krumme Dreiecke in Schwarz und Blau, auf dem grünen Bild für Verena war mit viel Phantasie ein Baum zu erkennen.

»Und das ist für die Mama.« Lola drückte ihrer Mutter ein weiteres undefinierbares Gekrakel in die Hand.

»Ja, wie, und der Papa bekommt nichts?«, fragte David mit gespieltem Ärger.

»Nee, Papa, du hast doch schon so viele Bilder!«

Sintje stand auf, um Getränke zu holen, und sagte: »Malen ist für Kinder ungeheuer wichtig. Wer sich schon früh in Gemälden ausdrückt, formuliert später auch sprachlich besser. Und wenn die Eltern genau hinschauen, können sie in die Seele ihrer Kinder blicken. Von Kummer bis zur Hochbegabung, in einem Bild findet man alles.«

Lutz hielt sich das Bild nah vor die Augen.

Verena fragte: »Suchst du was?«

»Ja, ich bin am Gucken, ob Davids hochbegabte Töchter auch den Satz des Pythagoras in meine Dreiecke eingezeichnet haben.«

Alle lachten, David klang dabei ein bisschen schrill.

Als die Runde mit Getränken versorgt war, wollte Sintje die Kartoffeln aus dem Ofen holen. Carla bedeutete ihr, noch kurz zu warten, und stand auf.

»Also, liebe Kollegen, ich möchte mich bei Herrn Lahmann ganz herzlich für die Einladung bedanken. Und nicht nur dafür, dass wir heute hier zu Gast sein dürfen, sondern auch, dass wir mit so guter Laune hier sitzen. Einen so komplexen Fall innerhalb von zwei Tagen zu lösen ist der Beweis für einen großen kriminalistischen Spürsinn. Ihre unkonventionelle Verhörmethode, Herr Lahmann, hat schließlich zum Geständnis geführt.«

Verena nickte gönnend, während Carla ihre Eloge hielt, Lutz tippte auf seinem Handy herum.

»Und da mir ein gutes Betriebsklima und ein vertrauensvolles Zusammenarbeiten ganz besonders wichtig sind, möchte ich jetzt auch gar nicht mehr so steif ›Herr Lahmann‹ sagen, sondern ›David‹. David, ich bin die Carla.«

Sie streckte ihm ihre Bierflasche hin, David stieß zuerst an, dann ließen die Kollegen und schließlich auch Sintje die Flaschen klirren.

David nahm einen kräftigen Schluck und sagte: »Also, dann möchte ich an dieser Stelle noch was loswerden. Ich bin ganz gerührt. Ihr habt mich wirklich sehr herzlich hier bei euch aufgenommen. Ich sage mal, so eine Versetzung ist ja schon ein großer Schritt, und dann gleich der Einstieg als stellvertretender …«

In diesem Moment klingelte das Mobiltelefon in der Tasche seiner kurzen Sporthose, die er sich zum gemütlichen Feierabend angezogen hatte. Er schaute auf das Display. »Eine Nummer aus dem Präsidium.« Er hielt die Anzeige Carla vor die Nase.

»Das ist die Durchwahl von Koch aus der Pathologie.«

David meldete sich mit seinem Namen.

»Gut, dass du drangegangen bist, hier ist der Mattes von der

Patho. Junge, du warst das doch, mit dem ich wegen der Giftmorde von dieser Grillparty gesprochen hatte, ne? Ich hoff, dass ich jetzt nicht am Stören bin, aber ich hab an den Leichen noch ein paar weitere Untersuchungen durchgeführt.«

»Warte mal kurz«, unterbrach David den Rechtsmediziner. »Ich sitze eh gerade mit den Kollegen zusammen. Ich stelle dich mal auf laut, dann sind wir alle auf demselben Stand.«

Sintje ahnte, dass gleich ein paar hässliche Details kommen könnten, sie sammelte ihre Kinder ein und verschwand mit ihnen in der Küche. Außerdem waren die Angaben sicherlich nicht für außerpolizeiliche Ohren bestimmt.

»Gut, also, bin ich auf Sendung? Pass auf. Tritschler hatte Vorerkrankungen. Im Prinzip alles nichts Wildes, Bluthochdruck, Altersdiabetes, eine lang zurückliegende Lungenentzündung, ich sage mal, was du mit Mitte siebzig eben so hast, wenn du kein Hochleistungssportler und kein Kind von Traurigkeit bist, aber in Addition und mit dem Gift war das dann eben letal. So. Was mich dann allerdings skeptisch gemacht hat: Die Reynders war kerngesund. Und dreißig Jahre jünger. Da dacht ich, Mattes, dachte ich mir, da musste mal genauer hingucken. So. Und dann hab ich zwischen Lungenoberfläche und Brusthöhle Einblutungen gefunden, gaaaanz klein, wie einen Stecknadelkopp musste dir das vorstellen. Tardieu-Flecken nennt man die. So was entsteht durch Stauung der Blutzufuhr. Sie könnte also gewürgt oder stranguliert worden sein. Hab ich den Hals untersucht, aber da war nix. Das würde man sehen, wenn da jemand Hand angelegt hätte. Also hab ich was wirklich Kompliziertes gemacht und die Luftwege gespült. Und siehe da: Faserspuren in Luftröhre und Bronchien. Die Frau ist doch auf dem Sofa gefunden worden, ne? Und was gibt es auf einem Sofa? Kissen!«

»Mattes, Carla hier. Willst du damit sagen, Sabine Reynders ist mit einem Sofakissen erstickt worden? Ich habe mal gelesen, dass das viel schwieriger ist als gedacht.«

»Carla, grüß dich, da haste recht. Wenn du versuchst, einen gesunden Menschen mit 'nem Kissen zu ersticken, musste normalerweise ganz schön lang drücken, und es wird Gegenwehr kommen. Denn der Körper hat für mindestens eine Minute noch Sauerstoff. Außerdem wird in solchen Situationen kräftig Blut in den ganzen Organismus gepumpt, das verleiht dir noch mal so richtig Kraft. Der Angreifer würde auf jeden Fall Kratzspuren oder sonst irgendwelche Kampfmerkmale davontragen. So. Aber Signalwort hier: normalerweise! Denn wir dürfen nicht vergessen, die Reynders war stark geschwächt durch das Gift. Deswegen dürfte es verhältnismäßig leicht gewesen sein, ihr das Kissen aufs Gesicht zu drücken. Sicher ist: Diese Frau ist erstickt, die Amanitin-Dosis hat sedativ gewirkt, war aber nicht todesursächlich. Noch Fragen dazu?«

David war wie vor den Kopf gestoßen. Das konnte nur bedeuten, dass es einen zweiten Täter geben musste. Alles von vorn. Im Prinzip noch mal ein ganz neuer Fall. Warum hatte dieser Laberkopp das nicht schon früher herausgefunden? Okay, das lohnte es sich nicht zu fragen, weil die Obduktion wohl extrem kompliziert war. Aber wieso hatte er sich so früh bei beiden Opfern auf eine Vergiftung als Todesursache festgelegt? Und wieso hatte er überhaupt noch mal angefangen, die Leichen zu untersuchen? Wobei die Gründe für das Warum im Prinzip auch egal waren, die Situation war jetzt einfach kompletter Mist.

Carla hatte das Gespräch mittlerweile beendet. Die Kommissare saßen ratlos im Garten, die Lust auf Bier und Rosmarinkartoffeln war ihnen eigentlich vergangen, trotzdem stellte Sintje das Tablett auf den Tisch. Bevor Lola und Mieke sich wieder setzen konnten, sagte sie: »Der Papa muss mit den Kollegen noch was arbeiten, ihr Mäuse. Kommt, wir essen drinnen und spielen dann noch eine Partie ›Zicke, Zacke, Hühnerkacke‹.«

Lutz hatte offensichtlich Appetit und schaufelte sich einen Berg Kartoffeln auf den Teller. Carla und Verena nahmen jeweils ein bescheidenes Portiönchen, David war so in Gedanken, dass ihm sogar die Provokation von Kollege Tremper entging. »Ganz lecker, jetzt noch ein Steak dazu, dann wär's eine vollständige Mahlzeit.«

David saß immer noch vor einem leeren Teller. »Das muss Hass gewesen sein. Purer Hass. Ich meine, selbst wenn Frau Reynders angeschlagen war, bis der Tod eingetreten ist, muss der Täter seinem Opfer längere Zeit dieses Kissen aufs Gesicht gedrückt haben. Richtig mutwillig und entschlossen. Das machst du doch nur, wenn du jemand abgrundtief hasst.«

»Wir müssen rausfinden, wer sich zum Todeszeitpunkt wo aufgehalten hat. Frau Reynders wurde doch im ersten Stock gefunden, richtig?«

»Richtig, Verena. Aber das wird schwer, die sind da schließlich überall rumgerannt und haben alles vollgekotzt.«

»Och, Lutz«, wies Carla ihren Kollegen zurecht. »Wir essen gerade.«

»Die meisten waren aber im Garten«, gab David zu bedenken. »Das Sofa gehört zu einer Art Fernsehzimmer im ersten Stock der Vossen-Villa. Das liegt auf einer offenen Galerie, von der das Schlafzimmer, ein Badezimmer und das Arbeitszimmer abgehen. Das ist eher der private Teil des Hauses, ich glaube nicht, dass da oben so viele Gäste waren.«

»Die Frau vom Vossen war auf jeden Fall im Schlafzimmer, als wir da waren«, erinnerte Lutz seinen Kollegen.

Verena gestand: »Also, das ist zwar wahrscheinlich nicht Political-Gender-korrekt, aber bei einem Mord mit dem Kopfkissen sehe ich sofort eine Frau vor mir.«

Carla kommentierte diese Theorie nicht. »Ich würde auf jeden Fall davon ausgehen, dass die Tat im Affekt geschehen ist. So blöd es klingt, aber vielleicht, weil die Gelegenheit günstig war. Stellt euch die Situation vor: Die Hälfte der Gäste leidet an den Folgen der Vergiftung, draußen im Garten kämpft Bertram Tritschler um sein Leben. Niemand achtet darauf, was der andere gerade macht, es herrscht das absolute Chaos. Und plötzlich liegt Sabine Reynders da völlig geschwächt auf diesem Sofa – und der Mörder sieht seine Chance gekommen. Mattes muss rausfinden, ob die Fasern tatsächlich von der Garnitur auf der Galerie stammen, aber entscheidend für uns sind die Fragen: Wer war zur Tatzeit da oben, und wer hatte einen derartigen Hass auf diese wehrlose Frau?«

»Vielleicht ist auch jemand von draußen in das Haus reingeschlichen. Nachdem die Notärzte da waren, stand die Haustür die ganze Zeit auf.«

Verena wollte an diese Theorie von Lutz nicht glauben. »Aber wenn sich die Tat auf einer offenen Galerie abgespielt hat, selbst wenn sie von unten nicht einsehbar ist, machst du das doch nicht, wenn da Leute durchs Haus rennen. Du hast ja gehört, was Mattes gesagt hat, ganz so schnell geht das nicht.«

»Ich denke auch, dass es eher passiert ist, bevor die ganzen Rettungskräfte angerückt sind. In einem Augenblick, als es im Haus noch ziemlich leer war. Aber wisst ihr was?« David erhob abermals seine Flasche. »Das finden wir heute Abend nicht raus. Ich schlage vor, ich hole noch eine neue Runde und wir vertagen die Ermittlung auf morgen im Präsidium.«

Am nächsten Tag war die Ermittlergruppe schon um kurz nach acht vollzählig. Trotz des Biers war in Davids Garten gestern keine große Stimmung mehr aufgekommen, irgendwie waren alle mit den Gedanken plötzlich doch wieder beim Fall gewesen.

Glücklicherweise hatte noch niemand die Zeichnung am Whiteboard weggewischt, wodurch die Kommissare schnell wieder in den Samstagabend bei Vossen eintauchen konnten. Weil David es gewesen war, der die Namensmatrix gezeichnet hatte, stellte er sich neben die Tafel und fragte:

»Also, was wissen wir? Außer Frau Reynders und Herr Tritschler hatten von dem vergifteten Fleisch Walter Blaschek, Irene Matejka sowie Manfred und Lydia Vermeulen. Ich würde mal sagen, die kommen in ihrem Zustand für einen Mord nicht in Betracht. Das Ehepaar Röckerath hat die Party früher verlassen, die beiden hatten auch später keine Beschwerden, sagte Vossen.« David machte einen Kreis um die Namen Simone Blaschek, Klaus Matejka und Leo Vossen. »So, im Prinzip kommen nur diese drei in Frage. Allen anderen ging es schlecht, oder sie waren schon weg. Wenn wir jetzt mal die zwei Cateringburschen in der Küche, die beiden Kellnerinnen und Esser weglassen.«

»Und der Journalist mit seinem Fotografen«, sagte Lutz.

»Und Anka Vossen«, ergänzte Carla.

»Hört auf, eben waren es noch so schön wenige.« David kratzte sich am Kinn. »Aber für so einen brutalen Mord muss es eine Vorgeschichte geben. Und ich glaube, die kann uns nur Leo Vossen erzählen. Wir haben mit dem eh viel zu wenig gesprochen, weil der Fall vermeintlich so schnell gelöst war.«

»Und mit seiner Frau noch gar nicht. Kann ja sein, dass die nicht wegen der schrecklichen Vorkommnisse auf der Party eine Beruhigungsspritze brauchte, sondern weil sie gerade jemand umgebracht hat, und zwar auf recht bestialische Art. Ich würde direkt beide einladen.« Da niemand Carlas Vorschlag widersprach, fuhr sie grinsend fort: »Dieser Vossen ist bestimmt so ein Typ, bei dem es Eindruck macht, wenn die Chefin ihn höchstpersönlich zur Zeugenaussage lädt. Ich rufe an.«

Die Ermittler besprachen, wie sie bis zu Vossens Aussage weiter vorgehen wollten, und machten sich an die Arbeit.

Verena erfuhr aus ihrem Telefonat mit Tom Kraske, dass

der Grilljournalist weder den Gastgeber noch die anderen Gäste vor dem Abend gekannt habe, sondern nur Frank Esser, von dem auch die Einladung zu Vossens Party gekommen sei. Rund um den vermuteten Mordzeitpunkt habe er sich mit seinem Fotografen bei Esser in der Küche aufgehalten, weil er sich bei den erkrankten Gästen im Garten fehl am Platz vorgekommen sei und auch nicht gewusst habe, wie er hätte helfen können. Später habe die Polizei die Essensreste konfisziert, dann sei er gegangen.

Klaus Matejka erklärte Lutz am Telefon, dass er nur die Blascheks kannte, weil Walter bei ihm gelegentlich Material für eine seiner Baustellen holte. Sabine Reynders habe er auf dem Fest zum ersten Mal gesehen – und zum letzten Mal übrigens, als er von außen die Tür der Gästetoilette bewacht hatte. Diese Aussage weckte Lutz' Interesse.

»Haben Sie gesehen, wo Frau Reynders dann hin ist?«

»Die Treppe ist sie hochgerannt. Ich glaube, es ging ihr auch sehr schlecht. Sie brauchte dringend eine Toilette. Oben ist ja noch Leos Badezimmer.«

»Okay, wie lange standen Sie noch etwa vor der Tür, nachdem Frau Reynders bei Ihnen war?«

»Schwer zu sagen. Fünf Minuten vielleicht.«

»Haben Sie in dieser Zeit weitere Personen beobachtet, die ins Obergeschoss gegangen sind?«

»Nein. Ich weiß nicht. Ich habe nicht darauf geachtet, ich habe mir nur Sorgen um meine Frau gemacht.«

»Das ist ja auch verständlich. Könnte Ihre Frau bestätigen, dass Sie die ganze Zeit an der Tür waren?«

»Na sicher. Ich habe immerzu beruhigend auf sie eingeredet.«

»Haben Sie von der Galerie irgendwelche Geräusche gehört?«

»Nein, wie gesagt, ich habe auf Irene eingeredet, und das auch ein bisschen lauter, weil ja die Tür dazwischenlag.«

»Okay, gut. Als Sie dann irgendwann wieder in den Garten zurückkamen, welche Situation haben Sie dort vorgefunden? Können Sie rekonstruieren, wer da noch auf der Party war und wer wo saß?«

»Puh, ja, also warten Sie. Leo hockte am Rand der Bühne und wirkte irgendwie … paralysiert. Der glotzte nur vor sich hin. Simone Blaschek kniete neben Walter, der sehr schlecht aussah. Tritschler war in seinem Stuhl zusammengesackt, es machte fast den Eindruck, als würde er schlafen. Röckeraths waren ja schon beleidigt abgezogen, weil sie vom Rasensprenger nass gemacht worden waren. Ach ja, und dann waren da noch diese Freundin von Anka Vossen und ihr Mann.«

»Lydia und Manfred Vermeulen?«

»Genau. Sie war, na ja, also, sie war besoffen, man kann es nicht anders sagen. Und er kauerte auf dem Rasen und brabbelte irgendwas.«

»Und Anka?«

»Stimmt, Anka war nicht da. Nee, da stand noch diese hübsche schwarze Sängerin ratlos auf der Bühne herum, aber sonst niemand mehr. Ach doch, dieser seltsame Reporter und sein Fotograf, die waren in der Küche bei Essers Team, das habe ich noch gesehen, als wir in den Garten zurückgegangen sind.«

»Wieso war der Reporter seltsam?«

»Ach, der hat sich furchtbar wichtiggemacht in seiner Vorstellung mit tausend Fremdwörtern. Food-Influencer, das ist doch kein richtiger Beruf, oder?«

Lutz ging auf die Frage nicht ein, sah das aber ähnlich. »Was haben Sie anschließend gemacht?«

»Wir haben uns entschieden zu fahren. Irene ging es zwar besser, aber immer noch nicht richtig gut, den anderen konnten wir nicht helfen, Leo war völlig entrückt, also sind wir gegangen.«

»Waren in dem Moment die Krankenwagen schon da?«

»Nein, sonst hätte meine Frau sich bestimmt auch untersuchen lassen. Auf der Hauptstraße sind uns dann zwei Rettungswagen entgegengekommen, kann gut sein, dass die zu Leo unterwegs waren.«

»Gut, Herr Matejka, ich fasse das noch mal zusammen: Als Sie mit Ihrer Frau von der Gästetoilette wieder in den Garten kamen, bevor die Krankenwagen eingetroffen waren, befanden sich alle Partygäste im Garten oder in der Küche, bis auf Frau Reynders und Frau Vossen?«

»Ja, ich denke, so muss es gewesen sein.«

»Eins noch: Haben Sie gesehen, ob die Eingangstür zum Haus offen stand?«

»Darauf habe ich nicht geachtet, aber ich denke, das wäre mir aufgefallen. Wer in den Garten wollte, ist ja über das Portal an der Einfahrt reingekommen und gar nicht durchs Haus.« Klaus Matejka machte eine kurze Pause. Er räusperte sich und sagte schließlich: »Also, ich weiß nicht, ob das interessant ist. Und es ist auch sehr privat. Aber vielleicht hat es irgendwas zu tun mit dem Abend.«

»Wir behandeln alle Aussagen mit der größten Diskretion.«

»Na ja, es könnte sein, dass der Leo fremdgeht. Ich will ihm da nichts unterstellen, aber wir hatten letztes Jahr eine ziemlich feuchtfröhliche Weihnachtsfeier von der Kreisbau-GmbH. Fast nur Männer. Und da hat der Leo so Andeutungen gemacht. Kann natürlich auch nur Prahlerei gewesen sein, das weiß man ja nie so genau.«

»Wie sahen diese Andeutungen denn aus? Ging es da um eine bestimmte Frau?«

»Nein, um Gottes willen, nur so das übliche Gelaber, dass es zu Hause zwar gut schmeckt, aber man auch mal auswärts essen gehen muss und so. Und dass auch andere Mütter schöne Töchter haben. Sprüche halt. Mehr war da nicht.«

»Trotzdem, das könnte eine wichtige Information sein.

Und falls das Gespräch mit Herrn Vossen auf das Thema kommt, wird er nicht bemerken, dass wir sie von Ihnen haben.«

Lutz bedankte sich und legte auf. Er ging hinüber in Davids Büro und wusste, dass sein Telefonat wichtige Erkenntnisse gebracht hatte. Verena am Nachbarschreibtisch war mit diesem Kraske jedenfalls deutlich schneller fertig gewesen.

Carla begann die Besprechung mit der Information, dass die Eheleute Vossen in etwa einer Stunde eintreffen würden. Leo habe sich zuerst ein bisschen wichtiggemacht, dann aber schließlich eingesehen, dass er als Veranstalter einer Party mit zwei Toten um eine Aussage auf dem Revier nicht herumkam.

David hatte nur Walter Blaschek erreicht, dem es schon wesentlich besser ging, Simone war mit einer Freundin auf dem Golfplatz und dort telefonisch nicht erreichbar.

Verena erklärte, dass Kraske nicht viel zur Lösung des Falls beitragen konnte, in der Zeit, in der der Mord vermutlich geschehen war, habe er sich in der Küche befunden. Das wiederum wurde durch Matejkas Aussage gestützt, die Lutz zusammenfasste. Er beendete seine Schilderung mit der Erkenntnis: »Was die räumlichen und zeitlichen Gegebenheiten angeht, ist Anka Vossen am dringendsten tatverdächtig. Sie hat sich im Obergeschoss aufgehalten, sie war nicht geschwächt durch das vergiftete Fleisch, und vor Verenas geistigem Auge wurde der Kissenmord ja eh von einer Frau begangen.« Lutz grinste.

Carla war schon eine Stufe weiter. »Ist es denn möglich, dass Sabine Reynders die heimliche Geliebte von Vossen war?«

»Und dass Anka Vossen davon gewusst hat? Dann hätten wir zumindest ein Motiv. Also, attraktiv war die Reynders ja«, fügte Lutz an und schlussfolgerte daraus offenbar, dass sie aus männlicher Sicht damit das Schlüsselkriterium für einen Seitensprung mitbrachte.

»Ich denke jetzt mal laut«, sagte David. »Frau Reynders kommt unten nicht auf die Toilette, hat aber Magenkrämpfe oder sonst was, jedenfalls braucht sie dringend ein Klo. Sie rennt nach oben, benutzt das Badezimmer der Vossens. Als sie dort fertig ist, legt sie sich angeschlagen und erschöpft auf die Couch im Galeriebereich. Anka Vossen kommt nach oben, warum auch immer, sieht die Frau, mit der ihr Mann fremdgeht, völlig geschwächt da liegen und nutzt die Gunst der Stunde. Könnte so gewesen sein, oder?«

Alle in der Runde nickten.

»Dann wird es aber verdammt schwer, Frau Vossen diese Tat nachzuweisen. Klar, auf dem Kissen sind DNA-Spuren von ihr, aber die sind in ihrem eigenen Haus überall. Wir können ihre Kleidung untersuchen, auch da werden wir Faserspuren von dem Kissen finden. Aber das kann sie in Vorbereitung der Party aufgeschüttelt haben. Wir werden an den Polstern Speichelreste von Frau Reynders nachweisen können, aber die geben keinen Hinweis auf den Täter. Hautpartikel von Frau Reynders an Frau Vossen oder ihren Klamotten? Na klar, die beiden haben sich umarmt. Versteht ihr, worauf ich hinauswill? Wenn es tatsächlich so war und wir von Anka Vossen kein Geständnis bekommen, kriegen wir die nicht dran.«

»Das war aber nicht besonders motivierend«, bemängelte Verena.

»Doch, ich will uns ja motivieren, das Verhör so zu gestalten, dass es nur mit einem Geständnis enden kann. Mein Vorschlag wäre –«

»Dein Vorschlag wäre, du lobst erst mal die Bluse von Frau Vossen, plauderst dann über ein paar angesagte Lokale und zeigst ihr Fotos von deinen Kindern.«

»Ach, Lutz, jetzt komm, da hat halt jeder seinen eigenen Stil. Ich habe aber was ganz anderes vor: Vossen geht ja bisher davon aus, dass beide Gäste durch die Amanitin-Intoxikation gestorben sind. Gleich wird er erfahren, dass seine Geliebte nicht zufälliges Opfer der Vergiftung war, sondern umgebracht wurde. Wir müssen ihm klarmachen, dass dafür aus unserer Sicht nur seine Frau in Frage kommt, und lassen Vossen dann unseren Job erledigen. Er kann sie viel härter angehen als wir. Was meint ihr?«

»Ich meine, dass wir uns schon wieder zu schnell auf eine Verdächtige fokussieren«, mahnte Carla. »Natürlich, wenn die Schilderungen von diesem Matejka alle so stimmen, ist Anka Vossen die naheliegendste Täterin. Aber vielleicht war doch jemand Fremdes im Haus? Oder einer vom Catering, die Sängerin oder der Fotograf? Versteht ihr, da ging es drunter und drüber auf dieser Feier, da weiß doch niemand, wer gerade wo genau war.«

»Ich finde, du hast vollkommen recht, wir haben uns in diesem Fall schon mehrmals zu früh festgelegt. Aber als Nächstes kommen erst mal die Vossens zum Verhör.« Verena übte sich in Pragmatismus. »Also bleibt uns doch nicht viel übrig, als zunächst mit dieser Hypothese zu arbeiten, oder?«

Carla gab zu: »Wenn ich eine bessere Idee hätte, wäre jetzt ein idealer Zeitpunkt dafür. Ich habe aber keine.«

Und auch die von David sollte sich dieses Mal nicht als besonders gut herausstellen.

Anka Vossen war vom Vibrieren ihres Handys um kurz vor neun wach geworden. Sie hatte die letzten beiden Nächte im Gästezimmer geschlafen, Leo hatte dazu keine Fragen gestellt und führte ihren Entschluss vermutlich auf den Streit am Sonntagvormittag oder ihren melancholischen Gesamtzustand zurück. Oder es war ihm schlichtweg egal, das war eigentlich am wahrscheinlichsten, denn offensichtlich war sie ihm schon seit Jahren egal.

Anka hatte in den letzten beiden Tagen viel über das Zusammenleben mit Leo nachgedacht und sehr viele Anhaltspunkte für ihre Theorie gefunden, dass es ihrem Mann nur darauf ankam, eine halbwegs vorzeigbare Frau zu haben, die bei offiziellen Anlässen kein extrem dummes Zeug daherredete. Ein echtes Gespräch, eine wahre Emotion, ein wirkliches Interesse hatte es zwischen ihm und ihr seit Ewigkeiten nicht gegeben. Ein gemeinsames Lachen, eins, das richtig von Herzen kam, schon gar nicht.

Anka hatte versucht zu rekonstruieren, ob Leos Desinteresse ihr gegenüber damit begonnen hatte, dass er sich mit dieser Schlampe traf. Sie konnte es nicht genau sagen. Jedenfalls hatte es ihre Wut auf diesen teilnahmslosen Mann vergrößert. Wut auch deswegen, weil er sie offensichtlich für zu blöd hielt, die Sache zu durchschauen. Treffen mit den Grillfreunden. Was für eine unglaublich billige Ausrede! Als hätte Leo ein ernsthaftes Interesse daran, einmal pro Woche mit diesen Einfaltspinseln Würstchen zu brutzeln. Klar, sich manchmal vom Pöbel bewundern zu lassen, das musste schon sein. Aber so oft war das nicht mal für sein Ego nötig.

Also hatte sie eines Abends unter dem Vorwand, sie wolle ihren Mann sprechen, der sein Telefon vergessen habe, bei diesem Kurti angerufen. Natürlich war Leo dort nicht gewesen. Beim übernächsten Mal hatte sie sich einen Mietwagen besorgt und war ihm gefolgt. Man schien sich im Hotel zu treffen. Na klar, dann durfte jemand anders die zugesauten Bettlaken reinigen, das passte.

Und dann war es nicht mehr besonders schwer herauszufinden gewesen, dass es sich um die Steuerberaterin handelte. Dass Leo sein Handy aber auch immer so unbedacht überall herumliegen ließ. Fast hatte sie die Vermutung, er wolle, dass sie es wusste. Er wolle sie absichtlich kränken. Der Beweis dafür war die Einladung gewesen. Fremdgehen schön und gut, aber die Geliebte bei einer Party mit gerade mal zehn Besuchern auf die Gästeliste zu setzen, das war schon der Gipfel der Unverfrorenheit und ein eindeutiges Zeichen. Er wollte sie demütigen. Schritt für Schritt, immer ein bisschen mehr. Er wollte sehen, ob sie irgendetwas merkte, ob sie genau hinschaute, wie ihr Mann sich gegenüber der anderen Frau verhielt.

Wie wenig Leo an seine eigene Frau dachte, war ihr spätestens bei der Zuteilung des Fleischs klar geworden. Nicht dass sie von diesem überkandidelten Rind unbedingt hätte probieren wollen. Aber erst beim Verteilen zu merken, dass das elfte Rad am Wagen ja auch noch da war, das war wirklich mal wieder ein Höhepunkt. Andererseits: Besser so, sonst hätte sie womöglich auch ein vergiftetes Stück abbekommen.

Ja, das Gift, was für ein bizarrer Zufall. Eigentlich hatte Anka nur vorgehabt, der zitternden Simone Blaschek eine Jacke aus ihrem Schlafzimmer zu holen. Aber auf einmal hatte die Reynders da gelegen. Oben auf der Couch im Fernsehzimmer, in dem Anka mit Leo seit Monaten nicht mehr gesessen hatte. Blass war sie, ganz blass und hilflos. Kotze auf dem Kleid. Hatte wohl nicht schnell genug die Schüssel erreicht, die Arme. Sie hatte Anka kommen sehen und versucht, irgendwas zu sagen. Das Geröchel konnte man aber nicht verstehen. Es sei denn, man wäre näher herangegangen, aber sie stank ja so furchtbar.

Anka hatte schon vermutet, dass sich die Polizei irgendwann für sie interessieren könnte. Deswegen hatte sie Kontakt zu Manfred Vermeulen aufgenommen. Der wollte ihre Fragen zunächst abwimmeln. Er sei Medienanwalt, könne dazu nichts sagen. Irgendetwas in ihrem sehr bestimmten Auftreten musste ihn dann aber doch bewogen haben, Anka zu beraten. Vielleicht auch juristisches Interesse an ihrem Fall, denn sie hatte etwas Besonderes vor.

Und nun war es also so weit. Leo hatte sie mit der Nachricht angerufen, dass er zur Polizei müsse und sie ihn begleiten solle. Na klar, ER musste zur Polizei, SIE war nur die Begleitung. Er hatte ihr sogar angeboten, sie von der Baustelle aus zu Hause abzuholen und mit ihr gemeinsam in die Stadt zu fahren. Anka lehnte ab. Sie ging davon aus, dass Leo nicht mehr so gern mit ihr in einem Auto sitzen würde, wenn sie bei der Polizei fertig waren. Wobei sie sich im Nachhinein darüber ärgerte, vielleicht wäre gerade das besonders schön geworden.

Anka ging ins Bad, duschte sich ausgiebig, cremte sich mit ihrer Lieblingslotion ein und schminkte sich dezent. Dann trat sie vor ihren Kleiderschrank und überlegte, welches Outfit dem Anlass angemessen war. Sie wollte gut aussehen, so viel stand fest. Leo sollte sehen, was ihm entgangen war. Und was ihm entgehen würde, denn vermutlich würde er nach ihrem Auftritt auch trotz des tragischen Ablebens der Zweitfrau nicht auf seine erste zurückgreifen wollen, zumindest nicht im sexuellen Sinn.

Sie entschied sich für ein oranges Sommerkleid mit Spaghettiträgern. Die Farbe unterstrich ihre Bräune, der Schnitt ihre schlanke Figur.

Sie schaute sich im Spiegel an. Ja, so konnte sie gehen. So konnte sie gehen und dafür sorgen, dass ihr Mann sie nie wieder übersehen, übergehen oder beim Zählen vergessen würde.

Auf der Autofahrt dachte Anka darüber nach, was sie für Sabine Reynders empfand. Eigentlich nichts. Mitleid für eine Tote lohnte sich nicht, spürte sie ja eh nicht mehr. Außerdem hieß es doch immer wieder, der Tod könne eine Erlösung sein. Ganze Religionen waren darauf aufgebaut, dass der wahre Spaß im Jenseits erst so richtig losging, vorausgesetzt, man hatte sich zu Lebzeiten nicht allzu sehr danebenbenommen.

Die Reynders war nur das Mittel zum Zweck gewesen. Anka ging es allein um Leo. Er sollte leiden. Natürlich hätte sie sich auch einfach scheiden lassen können. Vielleicht hätte er ihr sogar eine ganze Menge Geld dafür gegeben, einfach aus seinem Leben zu verschwinden und ihn nicht mehr zu stören. Trotz Ehevertrag. Schließlich wusste sie einige betriebsinterne Details zur Auftragsvergabe, die nicht so ganz mit dem geltenden Recht vereinbar waren. Aber das mit der Trennung konnte sie später immer noch angehen. Jetzt sollte er erst mal spüren, wie ein Zusammenleben aussah, bei dem der andere den Ton angab. Das hatte sie schließlich auch jahrelang mitgemacht. Jetzt war sie dran.

★★★

Im Polizeipräsidium war alles für das Verhör der Vossens vorbereitet. Carla hatte entschieden, dass David und sie die Befragung durchführen würden, parallel dazu lief bei der Staatsanwaltschaft der Antrag auf Sicherstellung von Beweismitteln aus der Villa. Alle waren sich zwar einig, dass die Untersuchung von Sofa, Kissen und Ankas Kleidung vom Partyabend wahrscheinlich nur Indizien bringen würde, die sie mit guten Argumenten widerlegen konnte, aber vielleicht war ja doch irgendeine Überraschung dabei.

Leo Vossen traf etwas früher ein als seine Frau, die Kommissare platzierten ihn im schmucklosen Wartebereich vor den Räumlichkeiten der Mordkommission. David konnte den Bauunternehmer durch die verglasten Büros beobachten. Er wirkte nervös. Leo setzte sich nicht, er tigerte zwischen den Stühlen umher und beschäftigte sich schließlich mit einem Automaten, der von Kaffee über Tee und Kakao bis zur Gemüsebrühe alles zubereiten konnte. Weil nichts davon schmeckte, wurde das Gerät ausschließlich von Gästen benutzt.

Nach knapp zehn Minuten betrat Anka Vossen den Raum. Sie wirkte etwas außer Atem, hatte für den Gang ins dritte

Obergeschoss offenbar die Treppen benutzt und begrüßte ihren Mann mit einem knappen Nicken.

Leo hatte David den Rücken zugekehrt, er zog die Schultern hoch und sagte wahrscheinlich so was wie: »Ich habe auch keine Ahnung, was die noch von uns wollen.« Anka zog nur kurz die linke Augenbraue hoch und antwortete mit einem kurzen Satz. Der Mimik nach hätte die Antwort lauten können: »Die werden schon einen Grund haben.«

David beschloss, das Ratespiel zu beenden und die beiden in den Vernehmungsraum zu führen.

Leo und Anka nahmen auf der einen Seite des grauen Resopaltischs Platz, David setzte sich gegenüber hin und wartete auf Carla. Die Vossens schwiegen. Sie machten nicht den Eindruck, als hätten sie vor, mit der gemeinsamen Kraft sich liebender Ehepartner diese ungewöhnliche Situation meistern zu wollen. Dazu passte aus Davids Sicht auch die Tatsache, dass sie einzeln aufs Präsidium gekommen waren.

Carla betrat den Raum und nahm sich den letzten freien Stuhl. David startete die Aufnahme, seine Chefin übernahm die protokollarische Begrüßung mit der Feststellung der Personalien.

»Ja, Herr Vossen, wir haben Ihnen ja gestern Abend mitgeteilt, dass Ihre Gäste Bertram Tritschler und Sabine Reynders an einer Amanitin-Vergiftung gestorben sind. Die genauere Obduktion hat jetzt allerdings neue Erkenntnisse gebracht: Frau Reynders war durch das Gift zwar stark geschwächt, die Todesursache war jedoch ein Atemstillstand durch Ersticken. Ursächlich für die Erstickung war aber nicht etwa Erbrochenes oder ein Fremdkörper in der Luftröhre, sondern Gewalteinwirkung. In den Atemwegen haben wir Faserspuren gefunden, die vermutlich von einem Kissen stammen. Wir müssen davon ausgehen, dass die Tote vorsätzlich umgebracht wurde.«

Während Carlas Ausführungen wich Vossen alle Farbe aus dem Gesicht. Sein breiter Kopf zuckte, als wollte er mit dieser kleinen, unkontrollierten Bewegung negieren, was Carla Weiß ihm zu sagen hatte. Schließlich stammelte er: »Das kann nicht sein, Sie müssen sich vertun, das kann nicht sein. Ich ... Es ... Dann muss ja ein Mörder in meinem Haus gewesen sein. Wie soll der denn da reingekommen sein?«

Anka Vossen schwieg. Ob sie die Nachricht betroffen machte, war ihr nicht anzusehen.

»Nun ja, es waren ja jede Menge Menschen zugegen auf dieser Party. Uns ist es gelungen, in etwa zu rekonstruieren, zu welchem Zeitpunkt Frau Reynders getötet wurde. Die Obduktion kann dazu keine minutengenaue Angabe machen, aber durch Zeugenaussagen wissen wir, wann es passiert sein muss. Und wir konnten uns ein Bild davon machen, wer sich zu diesem Zeitpunkt wo in Ihrem Garten oder Ihrem Haus aufgehalten hat.«

Carla überließ David die detaillierte Beschreibung, die er mit den Worten zusammenfasste: »Alle Gäste, die Küchencrew und die Herren von der Presse haben sich sozusagen gegenseitig selbst beaufsichtigt und damit ein Alibi. Die Einzige, die sich allein im Obergeschoss aufgehalten hat, keine Vergiftungserscheinungen zeigte und von niemandem beobachtet wurde, ist Ihre Frau.«

Anka Vossen nahm das Resümee regungslos zur Kenntnis. Sie legte ihren Kopf leicht schief und schaute David schweigend an.

»Frau Vossen, haben Sie uns dazu irgendetwas zu sagen?«

»Nein, Sie haben ja alles korrekt dargelegt. Ich war im Obergeschoss, und niemand hat mich beobachtet.«

Grinste die? Auf jeden Fall wirkte sie keineswegs geschockt. Ihr Blick wirkte eher herausfordernd.

»Wir haben uns natürlich gefragt, ob Sie ein Motiv hätten, Frau Reynders umzubringen.«

Carla setzte nach. »Vielleicht können Sie uns dazu irgendwelche Hinweise geben, Herr Vossen.«

Leo Vossen schwitzte. Er fuhr sich mit der Hand über die Augen und schüttelte den Kopf. »Nein, was für Hinweise? Frau Reynders war meine Steuerberaterin, Anka kannte sie ja kaum. Wie oft hast du sie vor der Party am Samstag gesehen? Ein Mal, zwei Mal?«

»Zwei Mal, einmal hat sie Unterlagen bei uns zu Hause abgeholt, das andere Mal bei dem Wohltätigkeits-Golfturnier in Marienburg. Aber kürzen wir dieses unwürdige Schauspiel meines Mannes doch einfach ab. Er hatte eine Affäre mit ihr, und ich wusste davon.«

»Waaas? Erzähl doch nicht so einen Quatsch! Ich habe doch keine Affäre.«

Anka Vossen blieb vollkommen ruhig. Sie wandte sich an David. »Sie können sich sein Handy zeigen lassen. Er hat den Chat nicht unter dem Namen Sabine Reynders abgespeichert, sondern unter ›Tessa‹. Aber die Nummer stimmt mit der von Frau Reynders überein. Ich weiß übrigens nicht, wie er auf den Namen Tessa kommt«, fügte Anka mit einem bittersüßen Lächeln hinzu.

Leo hatte Schweißperlen auf der Stirn.

»Waren Sie eifersüchtig auf Frau Reynders?«

»Ach, wissen Sie, Eifersucht … Eifersucht würde ja voraussetzen, dass diese Frau tolle, aufregende, zärtliche Momente mit meinem Mann erlebt, die er mir in diesem Augenblick vorenthält. Aber dazu ist Leo gar nicht in der Lage, das hätte sie noch früh genug gemerkt. Klar, die Aufregung des Verbotenen ist natürlich da, wenn man sich heimlich im ›Steigenberger‹ trifft und die Alte zu Hause davon nichts weiß. Aber sehr zärtlich wird das nicht gewesen sein. Leo kommt immer sehr schnell, als Frau hat man nicht viel davon.«

»Sag mal, spinnst du? Was erzählst du denn hier für einen Scheiß? Ja, verdammt, ich habe mich mit der Reynders getroffen. Und das völlig zu Recht, wenn ich mir anschaue, was du hier für 'ne Show abziehst. Du bist ja krank, krank bist du!«

»Beruhigen Sie sich, Herr Vossen.« Das lief hier nicht ganz so, wie David das geplant hatte. Er wollte zwar, dass Leo seine Frau zu einem Geständnis drängte, aber aktuell schien sie da von allein drauf zuzusteuern, sie war hier offensichtlich mit einem Plan angereist. Da störte Vossens Gebrüll eher.

»Frau Vossen, Sie geben also zu, von den Seitensprüngen Ihres Mannes gewusst zu haben und sich in der fraglichen Zeit mit der stark geschwächten Frau Reynders allein im Obergeschoss Ihres Hauses aufgehalten zu haben.«

»Ja, das ist korrekt.«

»Haben Sie sie ermordet? Mit dem Kissen erstickt?«

»Ich habe mich zur fraglichen Zeit mit Frau Reynders im Obergeschoss meines Hauses aufgehalten und habe ein Motiv.«

»Und haben sie ermordet.«

»Ich habe mich zur fraglichen Zeit mit Frau Reynders im Obergeschoss meines Hauses aufgehalten und habe ein Motiv.«

»Sie war's! Das ist doch eindeutig, dass sie es war. Sie müssen diese Frau festnehmen, Herr Kommissar, wegsperren, die ist doch verrückt, das merkt hier doch jeder.« Vossen schaute die Kommissare flehentlich an.

»Leo«, hauchte Anka. »Ich scheine dir ja richtig Angst zu machen. Das ist ja immerhin mal eine Emotion, die ich in dir auslöse. Dass ich das noch schaffe.« Sie lächelte ihren Mann gütig an.

Carla schaltete sich ein: »Frau Vossen, wenn Sie ein Geständnis ablegen, hat das einen großen Einfluss auf das Strafmaß, und es befreit Ihr Gewissen.«

»Sie müssen sich keine Sorgen um mein Gewissen machen, Frau Weiß. Vielleicht habe ich ja auch gar nichts damit zu tun. Ich war mit der Situation im Garten überfordert. Ich wollte eigentlich für Simone Blaschek eine Jacke holen, habe mich dann aber hingelegt. Tür zu, überhaupt nicht mitbekommen, was draußen passiert ist. Vielleicht hat sich die stark geschwächte Frau Reynders auf den Bauch gedreht, Mund und Nase in ein Kissen gebohrt, kam aus dieser Position einfach nicht mehr heraus und ist tragisch erstickt. Es soll da ja die dümmsten Zufälle geben.«

David entschied sich, andere Saiten aufzuziehen. »Sie müssen hier nicht so selbstsicher tun, Frau Vossen. Wir werden dieses Sofa von oben bis unten durchanalysieren. Und Ihre Kleidungsstücke auch. Sie glauben gar nicht, wozu die Forensik heutzutage in der Lage ist.«

»Dann wünsche ich Ihren Kollegen viel Glück. Dass sich auf meinem Sofa Spuren von mir befinden, wird niemand überraschen. Und Sie werden auf meinem Kleid auch Fasern von Frau Reynders entdecken, es ist noch nicht gewaschen. Weil ich natürlich versucht habe, ihr zu helfen, wo sie doch so reglos auf dem Sofa vor meinem Schlafzimmer lag. Ich bin ja recht schnell wieder aufgestanden. Außerdem hatten wir uns zu Beginn der Party sehr herzlich begrüßt, als Leo noch in der Luft war.«

Das war Leos Stichwort. »Das geht bestimmt auch auf deine Rechnung, du wolltest mich umbringen. Zuerst mich, dann Sabine. Frau Weiß, Sie wissen doch, dass es einen Mordanschlag auf mich gegeben hat, der Fallschirm hätte sich fast nicht geöffnet.«

Diesen Vorwurf wusste David zu entkräften. »In diesem Fall können Sie beruhigt sein, wir hatten Kontakt mit Herrn Heckler. Er hat im Nachhinein festgestellt, dass der Fallschirm offenbar nachlässig zusammengepackt worden war, es hatte eine Verdrehung in den Leinen gegeben, die die fehlerhafte Öffnung verursacht hat.«

»Eine Verkettung unglücklicher Umstände«, säuselte Anka. »Genau wie der tieftraurige Tod von Frau Reynders.«

Leo rückte mit dem Stuhl von seiner Frau weg. »Herr Lahmann, Frau Weiß, Sie müssen mich vor dieser Frau beschützen. Auch wenn die hier nix zugibt, wer soll es denn sonst gewesen sein? Die macht doch völlig widersprüchliche Aussagen! Das ist doch eine tickende Zeitbombe, wer so was einmal macht, macht es auch wieder. Da muss es doch die Möglichkeit geben, sie präventiv einzusperren. Oder in die Psychiatrie zu bringen.« Jetzt wandte er sich an Anka. »Ja, genau, da gehörst du hin, in die Psychiatrie!«

»Mein Verstand war noch nie so klar wie heute, Leo. Ich schlage vor, wir warten ab, ob Herr Lahmann und Frau Weiß noch neue Belege zum Beweis meiner angeblichen Schuld vorbringen können, und dann fahren wir nach Hause und lassen uns von Gianni was Feines zum Abendessen kommen.«

David war vollkommen von den Socken. So ein Verhalten hatte er von einer Beschuldigten noch nie erlebt. Entweder verkörperte diese Frau das personifizierte Böse, oder sie war von ihrem Mann so lange gedemütigt worden, dass die Freude an der Abrechnung ihr die Kraft für diesen eiskalten Auftritt gab.

Als Carla merkte, dass von ihrem Kollegen nichts kam, sagte sie streng: »Wann dieser Raum hier verlassen wird, haben nicht Sie zu bestimmen. Aufgrund der Indizienlage werde ich einen Haftbefehl gegen Sie beantragen, Frau Vossen.«

»Und mit nach Hause kommst du schon gar nicht! Du bist eine Mörderin, eine eiskalte, ich frage mich, wie ich mich je in so eine Frau verlieben konnte.« Vossen hatte ein puterrotes Gesicht und wandte sich fast winselnd an Carla Weiß. »Die Beweislage ist doch eindeutig, sie hat die wehrlose Sabine Reynders umgebracht, Sie haben doch gesehen, wie die tickt. Lebenslänglich gehört die hinter Gitter.«

»Wir können auch beim ›Taj Mahal‹ anrufen, Indisch hatten wir schon lange nicht mehr. Und dann wollten wir doch noch mal ausführlich über die Auftragsvergabe beim Bau der Kreismusikschule reden, nicht wahr, Leo?«

Vossen sprang auf und wollte auf seine Frau losgehen. David schoss in die Höhe, sein Stuhl fiel krachend zu Boden, er hechtete um den Tisch herum und bekam Leos rechten Arm zu greifen, den er ihm mit voller Kraft auf den Rücken drehte.

Carla schrie: »Aufhören, Vossen, machen Sie sich nicht unglücklich! Setzen Sie sich wieder hin.«

In diesem Augenblick kam Tremper ins Zimmer gestürmt. Er wollte David zu Hilfe eilen, musste aber gar nicht mehr eingreifen, weil Leo Vossen sich freiwillig wieder auf seinen Stuhl gesetzt hatte. Er schnaufte wie ein wilder Stier und starrte mit wässrigen Augen auf die Tischplatte.

Eine gute Stunde später kam Carla von Staatsanwalt Uwe Schürmann zurück. Leo hatte die Beamten nach seinem Wutausbruch wieder nach Hause geschickt, Anka musste im fluchtsicheren Verhörraum abwarten, was mit ihr geschah.

David wartete mit Verena und Lutz im Großraumbüro auf die Chefin und ahnte schon nichts Gutes, als er ihr Gesicht sah.

Carla ließ sich auf einen freien Stuhl fallen und sagte resigniert: »Zu dünn. Schürmann findet die Beweislage zu dünn. Bei mindestens fünfzehn anwesenden Personen hätte sich da ja jeder hochschleichen können, sagt er. Die Indizien über unser Ausschlussverfahren haben ihn nicht überzeugt. Die Spusi solle die sichergestellten Beweismittel auswerten, dann könnten wir ja noch mal sehen, aber bislang sieht er keine Handhabe, Anka Vossen festzusetzen. Um ehrlich zu sein, ich hatte es befürchtet.«

Lutz schüttelte den Kopf. »So eine Scheiße. Ich bin hundertpro überzeugt, dass die das war. Sie hat ja nicht mal gesagt, dass sie es nicht war. Das ist doch Wahnsinn.«

»Nee, das ist Rechtsstaat«, sagte Carla. »In dubio pro reo. Wenn wir die Schuld nicht zweifelsfrei belegen können, sind der Staatsanwaltschaft die Hände gebunden. Und können wir mit Gewissheit ausschließen, dass es nicht doch jemand vom Catering oder der Fotograf oder der große Unbekannte war?« Niemand antwortete. »Also, seht ihr.«

David wollte noch nicht aufgeben. »Okay, fürs Erste müssen wir sie laufen lassen, aber ich bleibe an diesem Fall dran. Wir sind nur einen Millimeter davon entfernt, die Vossen zu überführen. Und irgendwann ist die Technik so weit, dass wir ihr den Mord nachweisen können. Wir haben Zeit, Mord verjährt nicht.«

»Und du bist noch jung«, schob Verena schmunzelnd nach.

Lutz schlug sich mit den Händen auf die Oberschenkel und verkündete: »Ich brauch jetzt ein Bier. Is mir egal, wie spät es is, ich will auf der Stelle ein Bier.«

Carla konnte die Enttäuschung ihres Kollegen verstehen. »Eins ist genehmigt.«

David wollte mit Lutz noch eine Kleinigkeit besprechen und fand die Situation bei einem Bier ideal. Auch wenn Alkohol so früh am Tag sonst nicht sein Ding war. »Ich komme mit.«

Lutz quittierte die Aussage mit einem anerkennenden Nicken. Er schien die Entscheidung für ein dienstagmittägliches Halb-zwei-Bier für einen wichtigen Meilenstein auf dem Weg zu Davids Mannwerdung zu halten.

Die beiden fuhren mit dem Aufzug nach unten und liefen zur Hauptstraße vor. Dort blieb Lutz stehen. »Wir können nach links ins Einkaufszentrum gehen oder rechts unter der Brücke durch zur Shell. Gemütlich ist es hier nirgendwo.« Er schaute David fragend an.

»Dann machen wir es doch davon abhängig, wo es die Sorten mit den roten Etiketten gibt.«

Lutz entschied sich für die Tankstelle und besorgte zwei gut gekühlte Halbliterflaschen. Sie stellten sich an einen schmutzigen weißen Stehtisch zwischen der Waschanlage und dem Eingang zum Kassenraum. Dann zückte Lutz ein Feuerzeug und hebelte die Kronkorken von beiden Flaschen ab. Er schien davon auszugehen, dass David das nicht konnte. Was stimmte.

Sie prosteten sich zu und nahmen genüsslich einen tiefen Schluck. Auf der nahe gelegenen Eisenbahntrasse ratterte ein Güterzug vorbei.

David rief: »Eins muss ich dich noch fragen.«

Lutz nickte.

»Du warst doch Sonntag noch mal in der Pathologie. Hat Verena gesagt.«

Lutz nickte abermals.

»War das deine Idee, dass Mattes die Leiche von Frau Reynders noch mal genauer obduzieren soll?«

Lutz wartete, bis der scheppernde Zug vorbeigefahren war, und antwortete schließlich: »Na ja, da wäre der Mattes schon von selbst draufgekommen, der arbeitet sehr gründlich. Dem entgeht nix.«

David trank einen weiteren Schluck, beim Absetzen der Flasche drückte die Kohlensäure das Bier schäumend nach oben. Er tropfte den Tisch voll und wischte sich anschließend die Hand an seiner Jeans ab. »Jaja, ich will dem Mattes da auch gar nichts unterstellen. Aber war es dein Verdacht, dass bei Frau Reynders nicht die Vergiftung todesursächlich gewesen sein könnte?«

»Kann man so sagen, ja.« Nach einer kleinen Pause fuhr Lutz fort. »Ich fand es unlogisch, dass Frau Reynders als einer der jüngsten Gäste auf dieser Party fast die schwersten Symptome gehabt haben soll. Tritschler hatte jede Menge

Vorerkrankungen, der wäre vielleicht sogar bei einer heftigen Grippe aus den Latschen gekippt. Aber eine Frau Mitte vierzig? Das kam mir seltsam vor.«

»Gut beobachtet. Ich glaube, wir haben alle miteinander diesen Fall ein paarmal zu früh als gelöst betrachtet. Beide an Gift gestorben. Stimmte nicht. Die verrückte Veganerin war's. Stimmte nicht. Petra Stricker wollte sich an Frank Esser rächen. Stimmte auch nicht. Und dann noch die Vermutung von Leo Vossen, dass dieser Bredow den Fallschirm manipuliert hat oder hinter dem vergifteten Fleisch steckt. Davon stimmte ja überhaupt nichts. Also: Querdenken ist bei so was wirklich wichtig. Wenn dir auffällt, dass ich mich oder wir uns in irgendwas verrennen, dann sag mir das gern sofort. Ich kann damit leben, und im Zweifelsfall beschleunigt es die Ermittlungen.«

Lutz schaute einem ICE nach, der stadtauswärts fuhr. Nach einer Weile sagte er: »Gehört dieses direkte Feedbacksystem auch zu deiner Arbeitsmethode des Smart Confidence Questioning?«

»Ach daaas.« David schaute etwas verlegen auf den Boden. »Diese Methode gibt's gar nicht. Damit wollte ich dich ein bisschen hochnehmen. Tut mir leid.«

»Keine Sorge, ich hatte meine kleine Rache schon. Oder glaubst du, es war Zufall, dass Mattes Koch genau in dem Moment angerufen hat, als du Montagabend bei dir im Garten zu deiner Dankesrede angesetzt hast? So eine kleine WhatsApp im richtigen Moment kann da Wunder wirken. Es steht zwischen uns also eins zu eins.«

»Boah, du Arschgeige.«

»Du hast ja angefangen!«

»Ich bin auch dein Chef.«

»Mit 'nem glitzernden Einhornblöckchen!«

»Und mit einem im Tee. Alter, dass so ein labbriges Kölner Bier tagsüber so reinhaut.«

»Ich seh schon, wir müssen häufiger trainieren gehen. Ist doch schön hier, oder?«

David machte eine seltsame Handbewegung, anhand der er bemerkte, dass er wirklich nicht mehr ganz nüchtern war.

»Superschön.«

Die beiden ließen die leeren Flaschen auf dem Tisch für den nächsten Menschen stehen, der sich über ein bisschen Pfand freute, und liefen vorbei an der Waschanlage über eine vertrocknete Grünfläche wieder zurück Richtung Präsidium.

Unter der Eisenbahnbrücke sagte Lutz: »Weißte, was schade ist? Dass Anka die Mörderin ist, die wir wieder laufen lassen mussten, weil wir ihr die Tat nicht nachweisen konnten, und nicht Leo. Weißte, warum?« Er grinste in spitzbübischer Vorfreude.

David zuckte mit den Schultern.

»Weil, dann hätte es geheißen: in dubio pro Leo. Verstehste, pro Leo!«

Das Gelächter der beiden Kommissare war lauter als die S-Bahn, die in diesem Augenblick über die niedrige Stahlbetonbrücke ratterte.

ZWEI TOTE AUF LUXUS-GRILLFEST!

Es sollte ein unvergesslicher Abend werden. Bauunternehmer Leo V. (52) wollte seinen Gästen etwas ganz Besonderes bieten: japanisches Kōriyama-Steak. Von Rindern, die nur mit Kirschblüten gefüttert werden. 840 EURO DAS KILO. Und es sollte eine Premiere werden! Noch nie war ein solches Stück Fleisch aufs europäische Festland geliefert worden. Doch die fröhliche Party endete im DESASTER. Am Schluss waren zwei Menschen TOT. Unter den Opfern: der mächtige

Kreistagsabgeordnete Bertram T. (76), graue Eminenz der Konservativen im Kreis. UNFALL ODER GIFT? Ein Partygast verriet unserer Zeitung: »Es war schrecklich! *Eine gute Stunde nach dem Essen ging es los. Viele hatten MAGENKRÄMPFE, mussten sich übergeben.*« *Die Nachfrage bei der europäischen Behörde für Lebensmittelsicherheit ergab: Die Fleischsorte hat in der EU bisher KEINE ZULASSUNG. Der renommierte Ernährungswissenschaftler Manfred Reinartz-Louven bringt Licht ins Dunkel. Kann das unbekannte Fleisch am Tod der Gäste schuld sein?* »MÖGLICH!« *Nachbarn wollen allerdings gehört haben, dass es VERGIFTUNGEN waren. Hat da jemand eine Rechnung offen mit dem Baulöwen? Der* »EXPRESS« *bleibt dran.*

Sascha legte die Zeitung zurück auf Kurtis Gartentisch. »Wann ist der Artikel rausgekommen?«

»Gestern. Aber ich habe im Internet gelesen, dass sich die Polizei jetzt sicher ist, dass es nicht an der Fleischsorte lag, sondern dass es wohl tatsächlich vergiftet war. Die haben sogar schon jemand festgenommen, hieß es. Aber da stand nicht, wen. Könne aus ermittlungstaktischen Gründen nicht gesagt werden. So heißt das ja dann immer.«

»Krasse Sache, überlegt mal, das hätte uns genauso treffen können. Wenn wir bei der Party dabei gewesen wären. Da bin ich im Nachhinein wirklich froh. Aber bei der Überschrift bin ich echt zusammengezuckt«, gab Sascha zu. »Ich dachte schon, das hätte mit unserem kleinen Scherz mit dem Rasensprenger zu tun gehabt.«

»So ist das, wenn man ein schlechtes Gewissen hat«, meinte Maurice belehrend, der von Anfang an dagegen gewesen war, sich auf diese Art bei Leo für die ausgebliebene Einladung zu rächen.

»Im Gegenteil!«, rief Kurti. »Stell dir vor, die hätten erst später gegrillt. Unsere kleine Dusche hätte für Empörung gesorgt, die ganzen Schnösel mit ihren teuren Klamotten wären vor dem Essen nach Hause gefahren – und wir hätten denen so das Leben gerettet.«

Er war immer noch stolz, dass er den Mut aufgebracht hatte, sich zusammen mit Sascha in den Wirtschaftsraum von Leos Garage zu schleichen und den Rainbird 805 XL zu manipulieren. Den Zahlencode für den Türöffner hatte Leo seinem Kumpel an einem gemeinsamen Grillabend mal verraten, und wenn sich Kurti eins merken konnte, dann waren das Zahlen.

»Jaja, red dir deinen Hausfriedensbruch nur schön«, murmelte Maurice und packte zwei blasse Biobratwürste aus seiner Kühltasche.

»Leo kommt heute übrigens nicht«, tat Kurti kund. »Ihr könnt euch vielleicht vorstellen, dass der vom Grillen erst mal genug hat. Er hat mich vorhin angerufen, da kam er gerade vom Verhör bei der Polizei. Er sagte, dass er sich einen Gemütlichen mit seiner Frau machen will, die bestellen was. Er meinte, dass er sich in nächster Zeit eh ein bisschen mehr um Anka kümmern muss. Na ja, die wird nach der Party auch noch unter Schock stehen.«

»Frauen stecken so was nicht so leicht weg.« Sascha legte drei eingeschweißte Grillfackeln vom Schweinenacken auf den Tisch.

»Hui, die sehen aber gut aus, wo haste die denn her?«

»Vom Schmitz. Kann ja sein, dass der Laden für unseren feinen Herrn Vossen nicht mehr elegant genug ist. Aber ich gehe da weiter hin, der hat anständiges Fleisch zu fairen Preisen. Nur was mich gewundert hat: Der Chef hat heute gar nicht abkassiert.«

»Komisch, ich hätte wetten können, der ist hinter seiner Kasse festgewachsen.« Kurti stand auf. »Ich geh mal den Krautsalat aus dem Kühlschrank holen. Jeder noch ein Bierchen?«

Die Grillfreunde nickten, Sascha drehte seinen Stuhl so um, dass er in Kurtis kleinen Garten schaute. Die Luft war angenehm warm, die Kirchturmglocke schlug acht Mal, es hatte noch nicht mal angefangen zu dämmern. Aus Kurtis Feuertonne stieg Rauch auf, der aromatisch nach Buchenholz duftete. Irgendwo zirpte eine Grille. Sascha streckte die Beine aus und sagte zufrieden: »Ich kann mich nur wiederholen. Grillen ist einfach das schönste Hobby der Welt.«

Danksagung

Mein Dank geht an Uta und Andi von der SmokerOne Station in Florstadt und Tobi von der Metzgerei Lang in Urberach.

Außerdem an Dr. Bernd Hontschik für die Tipps zum kreativen Um-die-Ecke-Bringen.

An Nils Heinichen von der Pressestelle der Polizei im Rhein-Erft-Kreis.

An Martin, der mich im verregneten Freiburg in das Projekt hineingequatscht hat.

Und wie immer an Basti für seine Geduld und Inspiration.

Tim Frühling
DER KOMMISSAR IN BADESHORTS
Broschur, 176 Seiten
ISBN 978-3-95451-503-5

»*Klingt klamaukig, ist aber höchst unterhaltsam. Tim Frühling ist ein scharfer Beobachter mit Sinn für Situationskomik und schräge Wortschöpfungen.*« WDR 2 Krimitipp

Tim Frühling
FESTSPIELFIEBER
Broschur, 192 Seiten
ISBN 978-3-95451-809-8

»*Frühling punktet mit Humor und Sprachwitz: Schnodderschnauze auf gepflegtem sprachlichen Niveau – das zu lesen, macht Spaß.*«
Hessischer Rundfunk

www.emons-verlag.de

Tim Frühling
DER KOMMISSAR MIT SONNENBRAND
Broschur, 192 Seiten
ISBN 978-3-7408-0177-9

*»Tim Frühlings typisch humorvoller Stil und die feine Beobachtungs-
gabe des Autors sorgen für beste Unterhaltung.«* Reise Magazin

www.emons-verlag.de

Tim Frühling
HESSENTAGTOD
Broschur, 192 Seiten
ISBN 978-3-7408-0782-5

»Frühling, der beliebte Wetter-Moderator, kann auch Krimi. Genau
der richtige Lesestoff für einen gemütlichen Nachmittag auf der
Terrasse.« Wiesbadener Kurier

www.emons-verlag.de

Tim Frühling
**111 ORTE IN OSTHESSEN UND
IN DER RHÖN, DIE MAN
GESEHEN HABEN MUSS**
Mit Fotografien von Christine Frühling
Broschur, 240 Seiten
ISBN 978-3-7408-0127-4

»Es macht Freude, seinen Tipps zu folgen, neue Orte kennenzulernen und unbekannte Geschichten zu erfahren.« Ostheimer Zeitung

»Tim Frühling gelingt es, die Sinne der Osthessen für die Besonder-
heiten ihrer Heimat zu schärfen. Gefunden hat er dabei jede Menge
Skurrilitäten, die er in knappen Kapiteln mit dem gebotenen Unernst
aufspießt.« Fuldaer Zeitung

www.emons-verlag.de

Tim Frühling
111 ORTE IN MITTELHESSEN,
DIE MAN GESEHEN HABEN MUSS
Mit Fotografien von Christine Frühling
Broschur, 240 Seiten
ISBN 978-3-7408-0883-9

»Sie werden Geschichten, Kuriositäten und Anekdoten kennenlernen, die selbst für Mittelhessen-Kenner neu sind.« hr

www.emons-verlag.de